友達の後ろで君とこっそり手を繋ぐ。
誰にも言えない恋をする
3
真代屋秀晃
illust. みすみ

朝霧火乃子《あさぎりひのこ》
田中新太郎《たなかしんたろう》
宮渕青嵐《みやぶちせいらん》

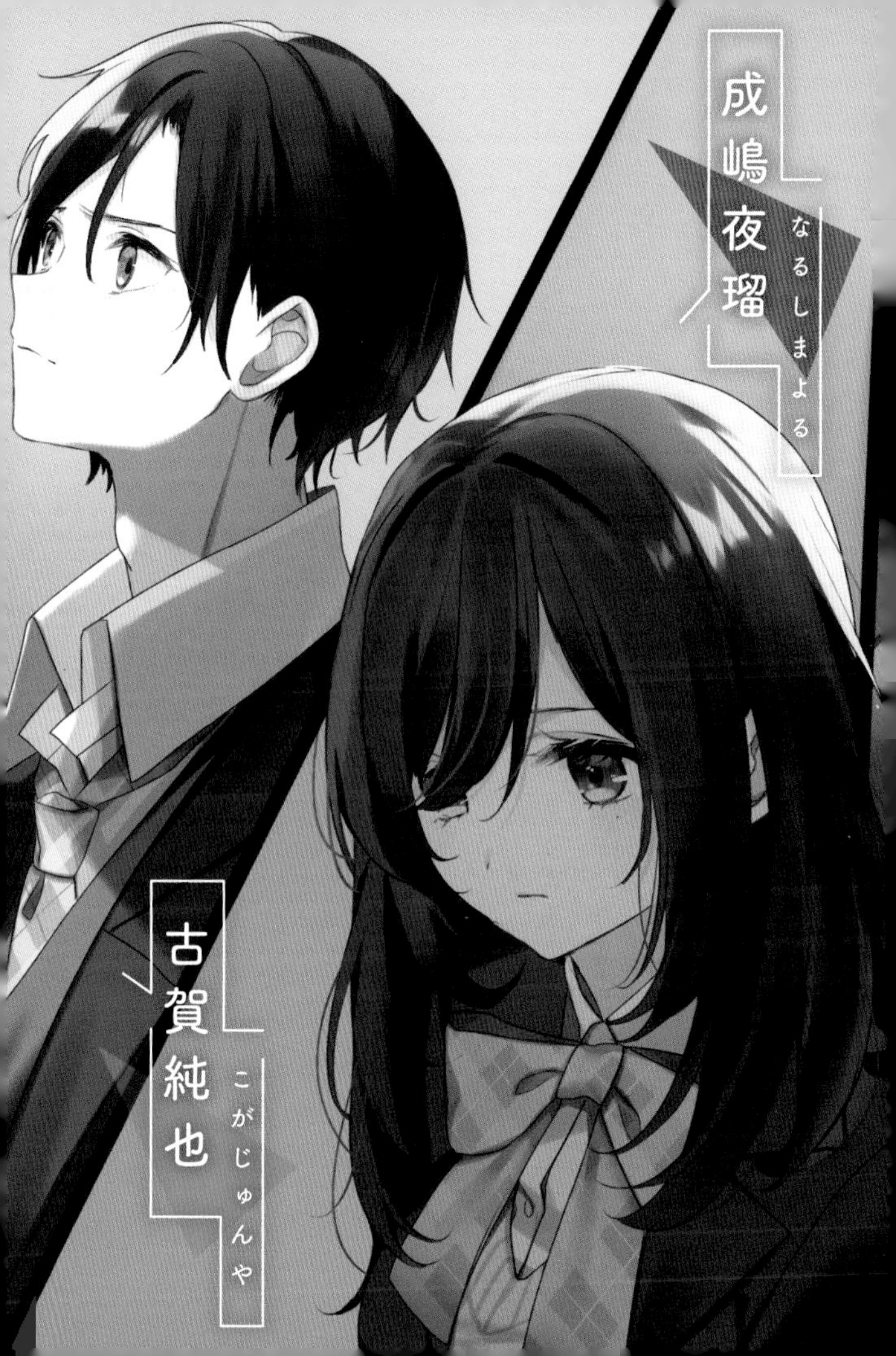

成嶋夜瑠
なるしまよる

古賀純也
こがじゅんや

CONTENTS

DARE nimo IENAI
KOI wo SURU.

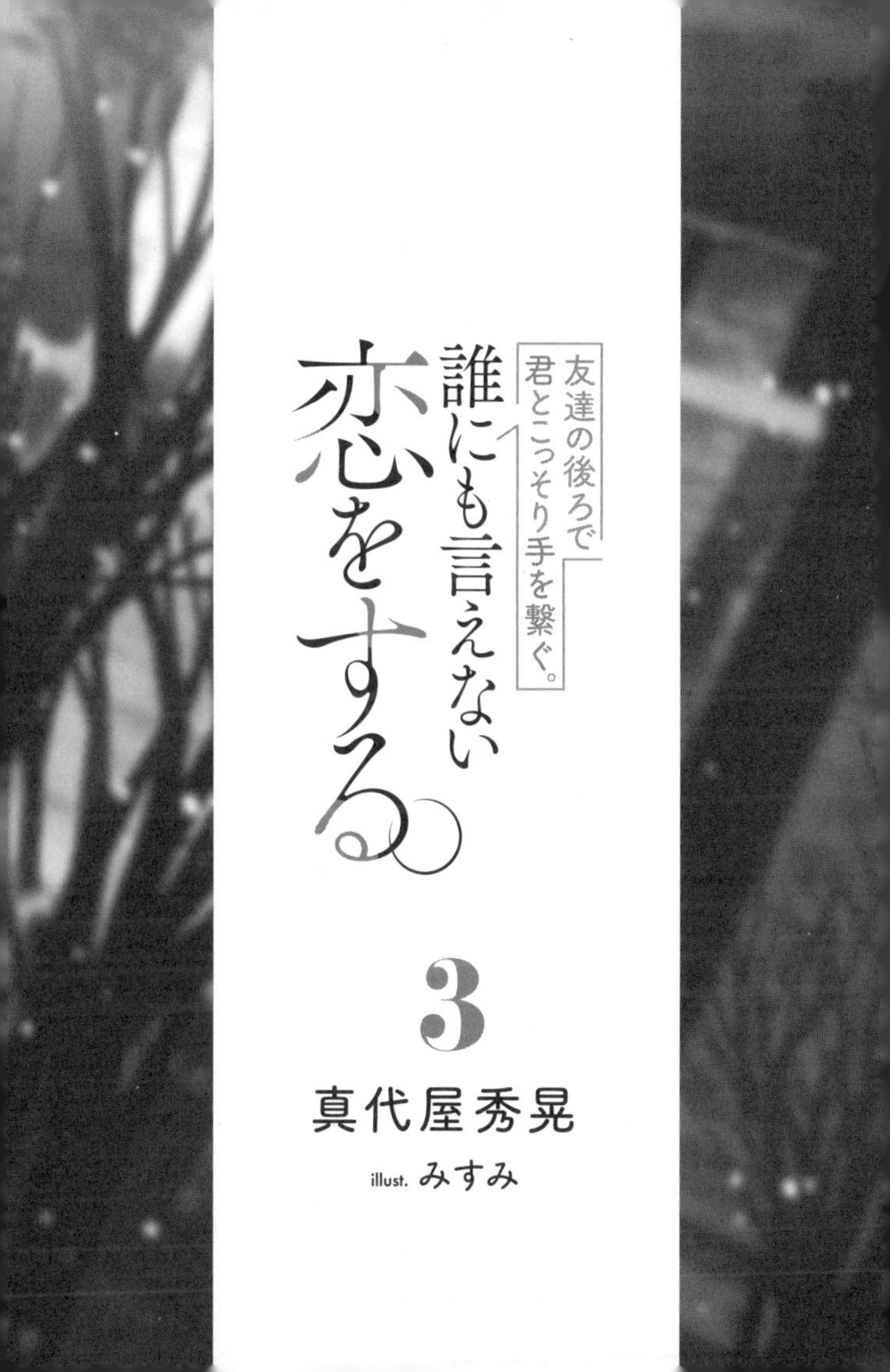

友達の後ろで君とこっそり手を繋ぐ。

誰にも言えない恋をする

3

真代屋秀晃

illust. みすみ

プロローグ

これは歪《ゆが》んだ形で大人になっていく、俺たち子どものまっすぐな物語。


「う、やっぱ校舎の外は寒《さみ》ぃな……そろそろコートの準備でもすっかなあ」

「軟弱者め。少年の心をもつ俺にそんなものは必要な……うおお、風冷てぇ⁉」

「思えば不思議だよね。昔の僕らって、この寒さでも薄着で走り回ってたんだよ」

宮渕青嵐《みやぶちせいらん》。

田中新太郎《たなかしんたろう》。

そして俺こと、古賀純也《こがじゅんや》。

俺たち三人は中学時代からずっと一緒にバカやってきた親友同士。

そして。

「あたしも小さい頃は、冬でも男子たちと一緒に走り回ってたっけ。半ズボンで」

「あはは……火乃子《ひのこ》ちゃんらしいね。私はずっと家で過ごしてたな……友達いなかったし」

朝霧《あさぎり》火乃子と成嶋夜瑠《なるしまよる》。

高校からはこの女子二人が加わって、俺たちは親友五人組になった。

「もー、今の夜瑠にはあたしらがいるじゃん！　そーゆー暗いのナシナシ！」

「そだね……みんながいるなら、今年の冬はちょっと外でも遊んでみたいかも……」

この五人の出会いは、もう奇跡だったと言ってもいい。

まるで最初から親友同士だったみたいに、出会った瞬間にはもう打ち解けていた俺たちは、それ以来なにをするにも五人一緒だった。

買い物、映画、カラオケ、ファミレス、ゲーセン……エトセトラ、エトセトラ。

夏には山を越えてホタルを見に行ったし、秋には駅前でストリートトライブなんかもやった。

「おーし！　んじゃ次の日曜はみんなで童心に返って、鬼ごっこでもやるか！　走り回ればダイエットにもなるし、どうよ成嶋さん？」

「あ、あの……古賀くんは私が太ってるって、言いたいのかな……？」

「いちいち純也の悪ノリに反応しなくてもいいんだよ？　鬼ごっこなんて僕もやだし」

「つかダイエットが必要なのは、むしろ朝霧のほうじゃね？　最近のお前って妙に」

「ねえねえみんな、聞きました？　青嵐くんがあたしと戦争したいって言ってまーす」

　この五人が揃《そろ》えば、いつだって最強で無敵。

　たとえどんなに退屈な毎日でも、全部がキラキラでバカ楽しくなる。

　そこに男女の別なんてあるはずもなく、みんな平等で最高の親友五人組――だったはずなんだけど。


「てゆーか、男の子ってコート着たら急に大人っぽく見えたりするよね～。少し前まではみんな、半ズボンが似合うガキンチョだったはずなのに」

「よーするに俺らは、そろそろガキを卒業する時期ってわけだ」


　子どもから大人への転換期。

　それは抗《あらが》いきれない思春期の濁流にいることを意味していて。

　否《いや》が応《おう》でも、このグループには確かに異性がいることに気づかされてしまう。

　それでも俺たちは全員、叶《かな》うなら今と変わらない五人組のままでいたいと願っていた。

　それぞれが濁った感情を内に秘めたまま。輝かしい青春に浸るふりをしながら。

だからこの物語は、とても歪《ゆが》んでいる。

これは嘘《うそ》と矛盾と策謀に塗《まみ》れた、秘密の恋の物語。

歪《ゆが》んだ歪《ゆが》んだ、愛と友情の物語——。

◇

いつもの交差点に差し掛かったところで、成嶋さんが立ち止まった。

「え、えと、じゃあ私は、ここで……」

「おう。また明日な、成嶋さん」

俺が片手を挙げて挨拶したら、成嶋さんは一瞬だけきょとんとした。

俺と成嶋さんは同じアパートに住んでいる。いつもなら俺もここでみんなと別れて、成嶋さんと二人で一緒に帰るんだけど。

「あ……そ、そっか。今日は古賀くん、火乃子ちゃんとデートなんだっけ」

「いや、デートってもんじゃないけど……」

「そーそー。あたしらまだ、付き合ってるわけじゃないしね！」

朝霧さんが俺の背中をばしんと叩《たた》いてきた。

「昨日は古賀くんが、あたしを置いて急に帰っちゃったからさ。そのお詫《わ》びとして今日もゲーセンに連行してやろうってだけ」

「ふふ……そっか。じゃあね、古賀くん。火乃子ちゃんと楽しんできて」

成嶋さんはいつもの気弱な笑みを浮かべると、俺たちに背を向けて一人で歩いていく。

その姿が見えなくなってから、朝霧さんが新太郎に軽く蹴りを入れた。

「おい田中くん。あたしは悲しいよ。なにぼーっと突っ立ってんの」

「え、なにが？」

「夜瑠を一人で帰しちゃってさ。そこは『僕が送っていくよ』くらい言わんと」

「だ、だから僕はそんな……」

青嵐が「まあまあ」となだめた。

「新太郎がいいって言ってんだから、別にいいじゃねーか。なあ純也？」

「え？　あ、ああ」

朝霧さんが盛大なため息をついた。

「ったく……この男子どもは、友達の恋を応援しようって気がないのかねぇ」

発端は今日の昼休みだった。

俺たちはいつも五人揃《そろ》って、校舎の屋上で昼メシを食べるんだけど。

そこに成嶋夜瑠の姿はなかった。

朝霧さんがなんか用事を押し付けて、席を外させたらしい。

「さてさて。夜瑠がいない今のうちに、あたしらだけで緊急会議を始めたいと思います！」

「会議ってなんだよ？」

俺に頷《うなず》いてみせた朝霧さんは、満面の笑みで、

「題して『田中新太郎と成嶋夜瑠をくっつけちゃおう作戦』の会議です！　ぱちぱち〜っ！」

「————ッ⁉」

一瞬で血の気が引いた。

「な、面倒だろ？　朝霧の奴《やつ》、今朝からこの話ばっかでうるせーんだよ」

「はいそこ！　全体の士気を下げるような発言は謹んでもらいまーす！」

やれやれと首を振る青嵐。俺はゆっくりと新太郎に向き直った。

「な、なあ……新太郎。お前ってその、まだ成嶋さんのことが……？」

「……まあ……うん……」

わざわざ確認しなくても、少し前からなんとなく気づいていた。

新太郎の成嶋さんに対する想《おも》いは、まだ消えてないんじゃないかって。

小柄な新太郎は身をすくめて余計に小さくなると、弱々しくつぶやいた。

「で、でも僕はその、別に友達のままでいいって言ってるんだけど……えと、朝霧さんが」

「そ。あたしが強引に二人をくっつけようとしてるわけ。つーわけで、古賀くんたちもなんか意見ちょーだい。プリーズプリーズ」

「意見っつっても……どうすんだ？」

色恋話が不得意な青嵐が、困った顔で俺を見た。

俺だって気の利《き》いたことはなにも言えなくて。

昼休みに突如開かれた緊急会議は、結局建設的な意見が出る前に、

「あ、あれ？　みんなまだ、お昼、食べてなかったの……？」

成嶋さんの合流をもって終了した。


そして下校時。

また成嶋さんがいなくなったところで、こうして会議再開と相なったわけだ。

「別に俺らだって、応援したくないわけじゃねーんだぜ？　ただこいつ自身が……なあ」

青嵐の言いたいことはわかる。

全員で新太郎の恋を応援しようっていう朝霧さんの提案に、新太郎本人が乗り気じゃない。

ぶっちゃけた話、俺はその事実に少しだけ安堵《あんど》していた。

我ながら最低だと思っている。

「でも田中くんだって、夜瑠と付き合えるなら付き合いたいって思ってるっしょ？」

「そ、それはその……えっと……僕は、別に……そんな……」

青嵐が頭を掻《か》きむしった。

「だぁーっ！　もうなんなんだよ、めんどくせえな！　その気があるならさっさと告っちまえよ！　ダメならダメ、オーケーならオーケー。それで全部解決だろ？　俺はもう知らん！」

「だ、だから僕は告白なんかしないってば。変に気まずくはなりたくないし……」

「もうあれだお前。いっそラップで告っちまえ。それなら失敗してもギャグで済むだろ」

「ひ、他人事《ひとごと》だと思って、そんな適当な……っ！」

「こんなのノリでいいんだって。おら純也、ボサっとしてねーで、ビートやれや」

「まかせろ」

卑怯《ひきょう》な俺は乗っかるしかない。

「ジュクジュクジュクジュク、ドンドン、カッ！　ドドン、ドドン、カッ！」

新太郎も乗っかる。

「エYO。とにかく今日の、議題理解。どうやらみんなの、期待肥大。僕告白している、未来見たい？　でもやっぱり告白、しないみたい――って、なにやらせるんだよ！」

朝霧さんがキレる。

「なんでうまいんだよ⁉」

「ツッコミどころ、そこなんだ……」

駅前で青嵐、新太郎と別れて、俺は朝霧さんと二人きりになった。

「あーあ……三バカのせいで例の作戦会議、全然進まなかったし」

「まあしょうがないって。そもそも新太郎自身が乗り気じゃないんだから」

「てゆーかさ」

朝霧さんが俺の目をじっと覗《のぞ》き込んできた。

「純也くんまで乗り気じゃなかったのはなんで？」

心臓がどくんと脈打った。

もちろん急に下の名前で呼ばれたからじゃない。

「え、だってそれは……新太郎が」

「いつもの純也くんなら『いいから俺たちにまかせろ！』とか言って、強引に事を進める場面だよね？　でもさっきは妙に話を変えたがってたよね？　なにが『ドンドン、カッ！』なん」

「そ、そうかな。俺は普段からこんな感じだろ」

「いや違うっしょ。田中くんと小西《こにし》先輩のときは、真っ先に応援しようとか言ってたけど？」

こちらの腹を探るような瞳。

まるで感情が読めない。一体、朝霧さんはなにを考えてるんだろう。

「ま、しょうがないか」

急に表情を緩めて、ふっと笑った。

「今回の相手は夜瑠だもんね。そりゃ純也くんとしては複雑だわな」

「ど、どういう意味、だよ……？」

「ん？　だって純也くん、あんまグループ内に色恋沙汰とか持ち込みたくないって思ってるでしょ？　ほれ、田中くんと夜瑠がうまくいってもいかなくても、今の五人の空気感は絶対変わっちゃうわけだし」

――ああ、そういう意味か。

「はは、それはそうだけどさ。でも新太郎が真剣に相談してきたら、俺だってもちろん応援するぞ？　まあ俺も青嵐も、恋バナとか苦手だけどな」

「…………」

「な、なんだよ」

「ううん？　とりま行こーぜい、純也くん！」

朝霧さんはさっさと歩き出していた。

……なんだったんだろう、今の間《ま》は。

ゲーセンに行く前に、俺たちはまず駅前の大型ショッピングモールに入った。

モールの広い廊下を並んで歩き、目についたぬいぐるみショップに立ち寄る。

「夜瑠ってウサギ好きだもんね。これなんか喜びそうじゃね？」

「でも成嶋さんなら、案外こっちも……」

次の土曜は、みんなで成嶋さんの誕生日会をやろうって話になっていた。プレゼントは全員でひとつのものを買う予定なんで、これはその下見ってわけ。

「お、このぬいぐるみなんか、いいんじゃない？　田中くんにも写真送ってみよ」

手に取ったウサギのぬいぐるみをスマホで撮影して、新太郎に送信する朝霧さん。

「だったら青嵐にも聞いたほうが」

「や、今回の影の主役は田中くんじゃん。田中くんの意見が最優先っしょ」

「……いっそ新太郎と青嵐も連れてくればよかったな」

「うわ純也くん、デリカシーねえ。あの二人はあたしたちに気を遣って帰ったんでしょ」

そうなんだ。だから事態はややこしい。

俺は数日前の文化祭で、朝霧さんに告白された。

返事はまだ保留にしてあるけど、それ以来俺たちは二人きりで出かける機会が増えた。

新太郎や青嵐には、もう付き合っているようなものだと思われてるのかもしれない。

「よし、とりまあっちの店も覗《のぞ》いてみよーぜい、純也くん！」

俺と二人になってからずっと、俺を下の名前で呼び続ける朝霧さん。

なんでも二人きりのときは、その呼び方をしたいらしい。

この一部分だけを切り取れば、きっと平凡な高校生の平凡な日常に見えるんだろう。

みんなで友達の恋を応援して。

こっちはこっちで、自分たちの恋愛を育んでいる。

キラキラで、ドキドキで、甘酸《あまず》っぱい、仲良しグループ内のありふれた恋模様。

……だけどこれは、そんな爽やかなものじゃない。

黒くて、汚くて、嘘《うそ》だらけで——とんでもなく歪《いびつ》だ。

しかもその歪《ゆが》みの中心にいるのは俺なんだから、本当にどうしようもない。

「あのさ、朝霧さん」

「なあに、純也くん」

俺は思い切って聞いてみた。

「その……なんで新太郎と成嶋さんを、くっつけようとしてるんだ？」

だってあいつ、別にいいって言ってるのに。

なにか裏があるんじゃないかと、つい勘繰ってしまう。

朝霧さんの答えは、教科書のように模範的だった。

「田中くんって気が小さいじゃん？　本当は夜瑠と恋人になりたいって思ってるくせに、自分一人じゃ動くことができないみたいだから」

「……こんなこと言うのもアレだけど、新太郎からすれば余計なお世話なんじゃないか？」

「そだね。どこからどう見ても、余計なお世話。でも多少ウザがられても、やっぱり手を差し伸べたいって思うのが友達じゃない？」

「それは……そうかも、しれないけど」

どこか都合のいい建前に聞こえてしまうのは、俺に負い目があるからだろうか。

「それともなに？」

朝霧さんは和やかな笑顔で向き直った。

「田中くんと夜瑠がくっついたら、なんか困ることでもあんの？」

「い、いや、そういうわけじゃ……」

「あたしが告白したとき、純也くん言ってたよね。自分にはほかに好きな人がいるって。それって、まさか？　もしかして？　苗字《みょうじ》は『なる』から始まる人だったり～？」

「ち、ちが、違う！　俺と成嶋さんは、そういう関係じゃないぞ！　ただの友達だ！」

「あは、冗談だってば。てかそんなに力説されると、ちょっと不安になるなー、なんちて」

小さく舌を出した朝霧さんが、俺の手を握って指を絡《から》めてきた。

恋人繋《つな》ぎ。

その俗称どおり、これは恋人同士がやるものだ。俺と朝霧さんはそうじゃない。

乱暴にならないように、彼女の柔らかい手をそっと離した。

「俺に好きな人がいるって話は、本当なんだよ。だからこういうことは」

「あは、ごめんごめん。さすがにまだ早かったか」

「遅い早いの問題じゃないんだよ。その、やっぱり俺は、朝霧さんとは──」

付き合えない。

そう言うよりも早く、俺の唇に、彼女の人差し指が押し当てられた。

「それはまだ聞かないって言ったよね。今度また言おうとしたら」

朝霧さんはその人差し指で、自分のぷっくりした赤い唇をそっとなぞる。

「また不意打ちしちゃうぞ?」

昨日、ゲーセンのプリントシール機の中で、いきなりキスされたことを思い出す。

俺と朝霧さんの間にそんなことがあったなんて、俺たち以外は誰も知らない。

二人だけの秘密ということになっている。

心に楔《くさび》を打ち込まれたような、血が出るほど痛い最低の秘密だ。

「純也くんの気持ちがまだあたしに向いてないってことは、もちろん理解してるよ」

朝霧さんは笑顔を崩さずに続ける。

「でも二年に進級するまでは好きでいさせてくれるって、約束したよね？　チャンスくれたのは純也くんじゃんね？　ほかに好きな人がいるって言われた程度で諦められるなら、最初からキスなんてしてない。舌を入れたり、スカートの中をさわらせたりもしてない。でしょ？」

「…………」

「あはっ。それとも不安なん？　あたしに好意を向けられてたら、自分の好きな女の子のことを忘れてしまいそうで」

「そ、そんなわけないだろ。俺は本当に……あの子のことが好きなんだ。世界で一番……」

だから朝霧さんの好意は受け取れない。暗にそう伝えているのに、彼女はまったく動揺の色を見せない。

そればかりか。

「一途《いちず》な人って、いいよねぇ」

朗らかな笑顔を完璧に保ったまま、のんびりと言ってのけた。

「でもそんなん、あたしの恋には関係ないし。純也くんには好きな人がいる。あたしはそれでも純也くんが好きだから、振り向かせようとしている。それだけのことじゃね？」

あまりにもまっすぐすぎる歪《いびつ》な告白に、思わず身がすくむ。

俺が黙り込んでいると朝霧さんは、

「――――あは」

寂しそうに笑った。

「ごめんね……絶対に告白の返事を聞こうとしないのは、あたしが、弱くて、ずるくて、汚いから。でももう少しだけ、夢を見させてほしい。約束どおり、二年になるまでは一緒にいさせてほしい。そこで断られちゃったらさすがに潔《いさぎよ》く諦めて、もう裏表のない普通の女友達に戻るからさ」

そこまで言われたら、俺は頷《うなず》くしかない。

「……わかった」

だって俺も――――弱くて、ずるくて、汚いから。


朝霧さんとはそのままゲーセンで遊んで、晩飯を食ったあとに解散した。

スマホで時間を確認すると、もう夜の七時半。

普段の俺なら、あとは帰ってゲームして寝るだけなんだけど。

今日はまだ帰らない。

アパートとは逆の方向に向かって、一駅分を歩く。

隣の駅にやってきた俺は、その駅前広場のベンチに座っていた女の子に声をかけた。

「ごめんな。結構待っただろ」

「うぅん。全然待ってないぴょん。むしろさっきまで、待ち合わせのこと完全に忘れてたくらいでさ。あー、むっちゃ面倒だなー、とか愚痴りながら今着いたとこだぴょん」

本当かよ、とその子の手を握ると、ものすごく冷たかった。

「やっぱりずいぶん待ってたんじゃないか。ごめんな」

「だから待ってないってば。あんましつこいと、首へし折っちゃうぞ？　んふふ」

彼女はそう言って、夜風に揺れる長い黒髪をそっと耳にかけた。

学校では決して見せない艶《あで》やかな仕草。

万人の心を射抜くような色っぽい笑み。

気弱な雰囲気をまとう少女から一転、激しく濃い色香を放つ魔性の女――。

俺しか知らない成嶋夜瑠が、そこにいた。

「火乃子ちゃんとのデート、楽しかった？」

「だからあれはデートじゃないって言ってるだろ」

「いやいや、男と女が二人で出かけたら、もうそれデートだし……はっ⁉」

「急にアホみたいに口を開けてどうした？」

「う、うん。私、アホかもしれない……だ、だって今さら、大変なことに気づいちゃった。だ

ってだって、私と古賀くんも男と女だよ⁉　これから二人で出かけるんだよ⁉

「だからこれはその、デート……だろ？」

「わ、フツーに認めた！　フツーに認めたよこの人！　こ、これデートだったの⁉ざ古賀と私の、は、初デートだったのか⁉　はわわ、はわわわわ〜っ⁉」」


俺、古賀純也と成嶋夜瑠は、昨日からこっそり付き合っている。

みんなには内緒で。誰にもバレないように。


季節は冬。

凍える空気が肌を刺し、誰かの体温を欲《ほっ》してしまう弱虫たちの季節。

厳しい寒さに震える弱い俺たちは、また少しずつ、歪《いびつ》な大人になっていく。

これは罪と蜜が混ざり合う、秘密の恋の物語。

歪《ゆが》んだ歪《ゆが》んだ、愛と友情の物語——。

第一話　理想

成嶋《なるしま》さんと合流した直後、スマホに父さんからの着信があった。

父さんはたまにこうして、一人暮らし中の俺に定期報告を促してくる。

タイミングの悪さを愚痴りながら、しぶしぶと電話に出て、

「——と、まあそんな感じで、こっちはとくに問題ないから。人を待たせてるんで切るぞ」

成嶋さんをチラ見しつつ、手短に報告を済ませた。

その成嶋さんは少し離れたベンチで、前髪をいじりながら手鏡と真剣に睨《にら》めっこ中だ。

『こんな時間に誰を待たせてるんだ？　もしかしてあれか？　彼女でもできたのか？』

父さんはまだ通話を終わらせてくれなかった。

「まあ……そんな感じ。これからちょっと遅いデートなんだよ。そんなわけで」

『わはははは！　そーかそーか、純也《じゅんや》に彼女がなあ。で？　新太郎《しんたろう》くんと青嵐《せいらん》くんのどっちと付き合ってるんだ？』

「ちげーよ！　相手はちゃんと女の子だよ！」

『犯罪じゃないなら説明しろ』

仕方なく端的に事情を説明した。

『……純也。お前は焼肉屋に連れて行っても、肉しか食わない奴《やつ》だったな』

「急になんの話だよ」

『なんで野菜を食わないんだと聞けば、お前はいつも不思議そうにこう答える。〝だってこいつら草食動物だろ？　肉も野菜でできてるじゃん〟……俺の息子は終わりだと思っていた。こんなアホと付き合ってくれる女の子は存在するわけがないと思っていた』

「もう切っていいよな。じゃあ」

『待て純也。最後にひとつだけ聞かせろ』

父さんはまだ引っ張る。

『成嶋夜瑠《よる》さんと付き合ってることはわかったが、なんでみんなに内緒にする必要がある？』

「う……」

『お前はいつも、成嶋さんを含めた五人組で遊んでるんだったよな？　だったら秘密になんかしないで、みんなには言っておいたほうがいいと思うけどな』

「……父さんは当事者じゃないから、簡単に言えるんだよ」

もちろん俺だって、なるべく早く言ったほうがいいとは思ってる。

グループのなかで隠れて付き合うなんて、みんなに対する裏切りだ。わかってるんだよ、そんなことは。

だけど俺たちはいろいろ遅すぎた。

新太郎は今日、はっきりと公言した。まだ成嶋さんのことが好きだって。

それも俺と成嶋さんが付き合うことになった翌日という、最悪のタイミングで、だ。

でも正直、新太郎に関して言えば、それほど心配はしていない。あいつは一番付き合いが長い親友だし、腹を割って話せばきっと理解してくれる。もちろん恨まれるだろうけど、それでもきっと友達のままでいられると信じている。

だけど朝霧《あさぎり》さんのほうは、ちょっと事情が違う。

俺はもう、朝霧さんから告白されてしまっている。しかもそれは、成嶋さんを含めた全員の前で公言されてしまっている。

それなのに『あなたの親友の成嶋さんと付き合うことになった』なんて言えばどうなるか。

俺はまだいいとしても、朝霧さんと成嶋さんの友達関係は間違いなく破綻する。

当たり前だ。朝霧さんからすれば、成嶋さんの横取り——略奪になるんだから。

成嶋さんにはこれまで、友達自体がいなかった。初めてできた同性の親友の存在は、きっと想像以上に大きい。だから成嶋さんは余計に怯《おび》えている。それで俺にこう言ったんだ。

——火乃子《ひのこ》ちゃんには、言わないで……お願いだから……絶対……。

——やっぱり怖い。私、火乃子ちゃんには、一生言えないかもしれない……。

成嶋さんがそう言うなら、ひとまず俺は従うしかない。これは俺たち二人の問題なんだ。俺一人がラクになりたいからといって、勝手に全部喋《しゃべ》っていいわけがない。

……違うだろ俺。成嶋さんだけのせいにするなよ。

結局のところ、俺も怖いんだ。グループ内でこんなにも複雑に矢印が絡《から》み合《あ》った状態で、みんなに全部話すことが。その結果、あの大切な五人組を失うかもしれないことが。

そんなの最初からわかっていたはずなのに。絶対にだめだと何度も律してきたはずなのに。

それでも俺は最後の最後で自分を抑えきれず、成嶋さんと恋人になる道を選んでしまった。

矛盾している。絶対におかしい。

だけど世の中には、脳髄を溶かし、理性も常識もすべて吹き飛ばしてしまうほどの狂気めいた恋が確かに存在するということを、俺は身をもって知ってしまった。

成嶋夜瑠という、暴力的なまでの魅力を放つ女の子を通して、識《し》ってしまったんだよ。

だからいずれはみんなに話さないと、とは思いつつも、俺たちはどちらもガキで臆病なあまり、こうして黙ってこっそり付き合っている。この深い闇の中で、なんとか五人の関係を残す方法はないかと模索しながら。

もちろんそんなの、砂漠で米粒を見つけるような行為だと承知の上でだ。

父さんは幼い子どもに聞かせるような口調で、ゆっくり言った。

『確かに父さんは当事者じゃない。外野だ。だからこそ、さっさと打ち明けろなんて無責任なことが言えるのかもしれない。その心境は当事者にならんとわからんのだろう』

「……ごめん父さん。本当にごめん」

『お前と成嶋さんだって、きっと相当悩んだうえで秘密の恋人になったんだろうな』

「悩んだよ。今だってかなり悩んでるよ」

『でもな純也。友達グループのなかでこっそり付き合うなんて、ロクなことにならんぞ。そんなのいつまでも隠し通せるわけがないんだ。それにもし、成嶋さんのことを好きな子がほかにもいたら？　天地がひっくり返ってもありえないと思うが、お前のことを好きな子がほかにもいたら？　それはもう地獄だぞ』

「…………………」

ぐうの音も出ない。

まさに今、父さんが言ったことと同じ状況にあるんだから。

『人間、理想だけを求めすぎると、必ず危うい方向に向かうんだ。それだけは覚えておけ』

「……わかってる。みんなには機を見て、ちゃんと言うから。なるべく早いうちに」

『ならいい。今度うちにも成嶋さんを連れてくるといい。父さんが最近覚えた酢豚を振る舞ってやる。ちなみに父さんの酢豚は牛肉を使用する』

「だったら酢豚名乗んな。じゃあな」

『あと彼女ができたなら、いい加減バイトしろよ。デートは金がかかるぞ』

「そ、それもわかってるって。じゃあな」

今度こそ通話を切って、大きくため息。

理想だけを求めすぎると、必ず危うい方向に向かう、か……。

離れたベンチでスマホを見ていた成嶋さんが駆け寄ってきた。

「電話終わった？　グループチャットに火乃子ちゃんの書き込みがあったよ」

五人で作っているそれを俺も開いてみる。


朝霧火乃子【古賀《こが》くんとプリ撮ったぜい！】

そんな書き込みと一緒に、さっき俺と朝霧さんが二人だけで撮ったプリントシールの画像が添付されていた。

「……火乃子ちゃん、喜んでるね」

「……だな」

俺の隣に写っている朝霧さんは、満面の笑みでギャルピースをしていた。

粘り気のある重たい空気が、俺たち二人の間にのしかかる。

「朝霧さんの告白は、向こうの約束どおり、二年に進級するときにちゃんと断るから」

「うん……でも私たちのことは」

「わかってる。まだ言わないよ。それについては、二人でゆっくり考えていこう」

俺は成嶋さんの左手を、そっと握って歩き出す。

指を絡《から》めた恋人繋《つな》ぎ。

朝霧さんとはやらなかった繋《つな》ぎ方。


今日の目的は、二人でプリントシールを撮ることだ。

俺と成嶋さんは秋の初め頃にもこっそりシールを撮ったんだけど、いろいろあって、おたがい捨ててしまったから。

適当なゲーセンを探して、二人で入る。

まず俺は成嶋さんから紙袋を受け取って、トイレに向かった。紙袋の中身は俺の部屋から持ってきてもらった私服のパーカーとジーンズだ。こんな時間に学校の制服姿でうろうろしているなんて、さすがにまずいからな。

私服に着替えてトイレを出ると、成嶋さんのほうから手を繋《つな》いできた。

「んふ……古賀くんと初デート。オシャレしてきてよかった～」

成嶋さんはヴィーガンレザーのミニスカートと、ワインレッドの長袖ニット、上からハーフコート。体のラインがくっきり出る大人っぽい格好で、学校での内気な成嶋夜瑠しか知らない連中が見れば、びっくりするかもしれない。

「デートじゃなかったら、なんだと思ってたんだ」

「ただシールを撮り直しに行くだけだと思ってた。こんな遅い時間にデートなんて、私たち不良だ。ヤンキーだ。ツッパリだ。ぶち食らわすぞこのダボがぁっ！」

古いヤンキー漫画風のセリフを口にしながら、俺に何発も頭突きを入れてくる成嶋さん。

改めて思うけどこいつ、学校とは全然違うんだよな……。

内向的でおとなしい一面と、積極的で明るい一面が同包されていて。

無邪気な子どもみたいだったり、妖艶《ようえん》な大人みたいだったり。

気が強いくせに、泣き虫で。やたら怖いけれど、健気《けなげ》で優しくて。

絶対に屈折しているけど、とても純粋でまっすぐな、矛盾だらけの女の子。

成嶋夜瑠——。

その名を思うだけで愛《いと》しさが込み上げてくる、俺の大切な恋人だ。

　適当なプリントシール機で撮影したあと、謎のトランスが流れる落書き部屋に移動して、撮影した画像に二人で落書きをする。

ポーズは前に撮ったときと同じ。成嶋さんが俺のほっぺたを思いっきり左右に引っ張ってるアレな。

「プリの落書きにマルバツゲーム描く人っているんだ……？」

「だってなに描いたらいいかわからんし」

「いろいろあるだろ～？　たとえばさ、ほら」

成嶋さんはタッチペンでデカデカと、こんな文面を書いた。

『初デート記念！　ざ古賀と夜瑠ちゃん♪』

「……そっか」

つい頬が緩んでしまう俺とは対照的に、成嶋さんは不安そうな顔になった。

「今さらなんだけど……古賀くんは私みたいな歪《ゆが》んだ女で、本当によかったの？」

「当たり前だろ」

そもそも俺だって相当歪《ゆが》んでるしな。

なにしろ朝霧火乃子とデート紛《まが》いのことをした直後に、成嶋夜瑠ともデートしている。

気持ちがどっちつかずのまま、二人のヒロインとデートしてしまうタイプのラブコメ主人公のほうが百倍まともだ。だって俺の好きな女の子は、成嶋さん一人だけ。それなのに朝霧さんにはその名前を出すこともできず、未《いま》だに拒絶しきれないでいるんだから。

しかもその理由を「友情のため」とか宣《のたま》ってる時点で、俺は完全にイカれている。

「古賀くんは私のどこがいいの？　だって私、古賀くんをいじめたりするのが好きだし、今だって、ほっぺた引っ張りたくて仕方ない。すごく変な子だよ私」

「ほっぺたは嫌だけど、なんだろ。成嶋さんの全部が好きかな。怖い部分も含めて」

「…………あう」

カーテンで覆われた狭い落書き部屋の中で、成嶋さんがそっと俺に身を寄せた。

躊躇《ためら》うことなく、そいつの肩を抱き寄せる。

最高の宝物である親友たちを欺いているこの状況でも、成嶋夜瑠が俺の腕の中にいる。

罪の意識をいくら差し引いても、まだ有り余るほどの至福だった。自分のそんな醜悪な一面には、さすがに身震いを禁じ得ない。

だけどこれは俺自身が決めた道だ。もう迷ったりするものか。

「俺はもう成嶋さんを手放したりしないよ。いくらでも言う。大好きだ成嶋さん」

「…………あうう。なんだそれ……ざ古賀のくせに、なんなんだよそれぇ……ぐす」

成嶋さんは俺の胸に顔を押し当てて、鼻を啜《すす》った。

「泣いてるのか、成嶋さん？」

「だって……嬉《うれ》しいよ。私たち、いろいろあったけどさ。こうしてやっと古賀くんの彼女になれて、好きって言ってもらえて、すごくすごく嬉《うれ》しいんだよ……ぐす……」

「そうだな……本当に、いろいろあったよな、俺たちは」

——初めて会ったときからずっと『消えてほしいな〜』って思ってたんだよね。

——あの—……成嶋さんのそれって……。

——消える準備はお済みでしょうか。偉大なるクソガキー・キングダムの童貞犬王様。

成嶋夜瑠と最初の秘密を共有した、あの夏。

あの頃はおたがい、まったく反りが合わなくて。俺はひたすら毛嫌いされていて。

それから本当にいろいろあって。


——どれだけ諦めようとしても、心も体も全然ついてきてくれないのッ！　古賀くんじゃないと絶対にだめって、私の全部が言ってるのッ！　それでも古賀くんの彼女にはなれないなんて、好きって言ってもらえないなんて……ッ！　こんな苦しい恋、もうやだよぉ……ッ！

——だったら『黙ってたらいい』んだよッッ！

いつしかおたがい好き同士になっていた俺たちは、秋の終わりにとうとう決断した。

おぞましく傲慢な、秘密の決断を。

「私、ずっと待ってた。夢にまで見てた。世界で一番大好きな古賀くんの彼女になって、こうしてデートすることを……本当にね。私はね。ずっとずっと待ってたんだよ……？」

「……ごめんな。長いこと待たせちゃって」

「でも嬉《うれ》しいよ。幸せだよ。こんな幸せが、永遠に続けばいいのにな……」

成嶋さんの幸せ――――それは『恋』も『友情』も両方を取ること。

その総毛立つほど強欲な望みは、俺自身の望みでもある。

だから俺たちは似た者同士。二人で友達を欺きながら愛を育む、最低の共犯者だ。

「大丈夫。ずっと続くに決まってる。成嶋さんはなにも心配しなくていい」

「……あは。古賀くんはいつも前向きだね。さすがだ」

違うんだよ成嶋さん。

俺はもう前しか向けないだけだ。

俺たちがいる場所は今にも崩れ落ちそうな細い橋の上で、よそ見をするのが怖いから。

臆病で目を逸《そ》らせないことを、「前向き」とは言わないんだよ。

だからせめて俺は、足を止めない。どんな罪悪を抱えようと、儚《はかな》い理想に向かって前に進み続ける。歪《ゆが》み切った友情を胸に。この最愛の女の子と一緒に。

決意を新たにした俺は、腕の中にいる成嶋さんを最後にひときわ強く抱きしめた。

「んふ……ここでぎゅっとしてくるとは、やるな古賀くん。偉大なるクソガキー・キングダムの童貞大王様にしては、女子の対応がよくわかって――あれ？　待てよ……」

ゆっくり身を離した成嶋さんは、視線を落として考え込んで。

ぼっ、と頬を赤くした。

「そ、そっか。古賀くんはもう『童貞』大王様じゃなかったんだ」

改めて言われると、こっちまで恥ずかしくなるからやめろ。

「か、かつて栄華を極めた童貞大王様は、もう革命家のヨル・ナルシマがやっつけちゃったんだ。そ、そして王政は崩壊し、つ、ついにクソガキー・キングダムにも民主化の波が」

「なに言ってんだ成嶋さん？」

「ま、まあ、しかしだ。貴様ほどの童貞大王はほかにおるまい。せめて称号くらいは残しておいてやろう。喜ぶがいい、永遠の童貞大王よ。そして誉《ほま》れあれ、クソガキー共和国の」

「いいからさっさと出ようぜ……」

シールの落書きタイムはとっくに終了していた。

シールを撮ったあとも、俺たちはアパートに帰らなかった。

そのままゲーセンで対戦して、カフェに入ってお茶をして、カラオケに行って熱唱した。

まだ高校生なのに深夜まで遊び歩くなんて、やっぱり俺たちは不良だ。

だけどどうしても、まだ切り上げることはできなかった。

だって俺たちは昼に出歩けない。こんな夜じゃないと誰かに見られそうで怖い。

初めてのデートを愛《め》でるように。

これまでずっと通わせることができなかった恋を慈《いつく》しむように。

太陽も知らない秘密のデートを、俺たちは心ゆくまで楽しんだ。


「ずっと夜だったらいいのにな。そしたら古賀くんとずっと二人でいられるのにな」

「でもそろそろ帰らないと。明日だって学校あるんだぞ。しかももうすぐ期末考査」

「わかってるけど……朝なんて来なかったらいいのに。解散するのが辛《つら》いよ」

「もう離さないって言ったろ。今から俺の部屋に来いよ。て言っても、もう終電ないけど」

「嬉《うれ》しい……歩こう古賀くん。一緒に歩こう。古賀くんと二人なら、どこまでも行けそうだ」

俺たちはどっちも、今さらブレーキを踏むつもりなんてない。

そもそもブレーキ自体がとっくにぶっ壊れている。

「と、ところでさ。今から部屋に来いって、それ今日も一緒に寝ようって意味だよね……？」

「なに言ってるんだ。俺が寝かせるわけねーだろ」

「そ、そっか……寝かせてくれないんだ……うん、わかった。私だってもちろん」

「この前ネットでジェンガ買ったんだよ。朝までやるから覚悟しとけ？」

「………あ？」

「成嶋さんは深夜ジェンガやったことない？　これめっちゃ盛り上がるんだぜ。眠気で集中力がガリガリ削られて、罰ゲームの緊張感も爆上がりするんだ。昔、新太郎たちとやったときなんて……ははっ、やべぇやべぇ。思い出しただけで笑いが」

「貴様はなんでそうなんだっ⁉　復権でも狙っているのか童貞大王っ⁉」


こうして成嶋さんと付き合ったまま、みんなとも友達のままでいる。

そんな決断をしてしまう俺のアタマが、一番ぶっ壊れているんだろう。


深夜にアパートに戻った俺たちは、薄暗い部屋のなかで静かに抱き合った。

どこか決定的に間違えている気もしていたけど、この蕩《とろ》けるような恋の泥濘《ぬかるみ》の前では、もうなにも考えられない。

「──あ……んっ……好き、古賀くん……大好き……ふあ……っ！」

人はどうして、恋人ができたら周りに言いたがるのかわかった気がする。

誰かに喋《しゃべ》ることで自分たちの恋人関係を再確認して、結びつきをより強くしたかったんだ。

だけど俺たちには、それができない。

誰にも言うことができない。

「……俺も好きだよ、成嶋さん……」

だから深く深く繋《つな》がる。

俺たちは確かに恋人だということを、相手の体と言葉だけで確認していく。

形而上《けいじじょう》の愛を形として捉えたいからこそ、執拗《しつよう》に触れて、声に出して、深く繋《つな》がっていく。

しかもこの愛情の確認行為には、中毒性の高い湿った快楽までついてくる。

たとえ一時でも、おたがいの不安を暗い快感で塗り潰すことができる。

「もっと言って古賀くん……もっと、好きって……言って！　ぅあ……んっ……！」

俺以外の誰も見ることができない、成嶋夜瑠の秘密の表情。

俺たち以外の誰も知らない秘密の夜。

世界から隔絶されたその異空間で、俺たちは飴色《あめいろ》のどろりとした恋に溺れていく。

「好きだよ成嶋さん……心の底から……愛してる……」

愛を囁《ささや》くたびに、脳の奥で氷が溶けるような、軋《きし》んだ音がしていた。


ぱきっ。みし。

第二話　爆弾

ここ最近の私は、ずっと古賀《こが》くんの部屋で寝食を共にしていた。

「古賀くん古賀くん、いい加減起きて！　もうすぐお昼だよ！」

ちゃんと朝に起きた私と違って、家主は昼近くになってもまだベッドに寝転んだまま。

だらしないこと、このうえない。

でも私は少々だらしない男のほうが好きみたい。彼のために掃除とか洗濯をしてあげてるんだって思うと、すごく嬉《うれ》しくなっちゃうから。

私が家事好きの女の子でよかったね古賀くん。んふ。

「ん〜……？　だって今日は学校休みだろ。まだ寝ててもいいじゃん……ぐう」

「だめだよ。もうみんな来ちゃうでしょ。そろそろ起きて準備しないと」

「ああ……そっか。そうだったな。ごめんごめん」

古賀くんは寝ぼけ眼をこすりながら、もそもそとベッドから起き上がった。

「掃除は軽くしといたよ。朝ごはん用にお味噌汁《みそしる》も作ってあるから、昨日の残りと一緒に食べてね。じゃあ私は一旦、自分の部屋に——って、おめえフル○ンじゃねーか⁉　そんな格好で出てくるんじゃねえ！」

顔面に思いっきりパンチして古賀くんは飛んだ。

「せーのっ。夜瑠《よる》、誕生日おめでとーっ！」

火乃子《ひのこ》ちゃんの合図で、みんなが一斉にクラッカーを鳴らした。

古賀くんの部屋に紙テープが舞うなか、私は照れ笑いを漏らす。

「あはは……えと、みんな、ありがと……」

今日は少し遅い私の誕生日会をやるために、こうしてみんなが集まってくれた。

いろいろあって、誕生日の当日は古賀くんと二人だけで過ごしたんだけど、それはもちろん誰にも言えない秘密だ。

あの誕生日、古賀くんは初めて私に「好き」って言ってくれた。

私がずっとずっと聞きたかった言葉。思い返すだけで今でも脳がショートしそうになるほどの至上の告白。この鮮度は一生変わらないと断言できる。

だけどあの告白は私にとって、意識が飛ぶほどの至福であると同時に、殺意を抱いてしまうほどの呪詛《じゅそ》でもあった。

古賀くんはもう火乃子ちゃんに告白されている。そのうえで私と恋人関係になってしまったら、私と火乃子ちゃんの友達関係は確実に終わってしまうから。

だから「付き合おう」って言われたとき、私は頭の中がめちゃくちゃになった。

だって古賀くんにそんなこと言われたら断れるわけがない。

私はそれだけ古賀くんが好きだった。

好きで好きで、仕方がなかった。

そして憎悪《ぞうお》と恋心が爆発した私は、古賀くんの背骨を折る勢いで抱きついていた。


――もう殺す殺す！　愛してる古賀くん！　死ぬほど愛してる――ッッ！


こうして私と古賀くんは、ひとまずみんなには黙って付き合う道を選んだ。

二人で大事な親友たちを騙《だま》していく道を選んだんだ。

……古賀くんはなるべく早く言ったほうがいいと思ってるんだよね。ごめんね古賀くん。だけどどうしても怖いの。


「お、このホールケーキ、家もあんじゃん。これ俺がもらうわ」

「青嵐《せいらん》くんってバカなん？　そんなん主役の夜瑠のものに決まってるし！」

「ちょ、ちょっと。僕のケーキにも唾飛んだんだけど……もう」

昔はまったく気にならなかったのに、友達の暖かさを知ってしまった今では、この関係を失ってしまうことが本当に怖い。

人はなにかを失わないと、なにも手に入れられない。

以前、火乃子ちゃんに言われた言葉だ。

それでも私はもう、片方だけを取ることなんてできない。

恋も友達も、絶対に両方を取る。

あまりにも傲慢な考えだと思うけど、私と古賀くんなら、きっとできるはずなんだ。

だってさ――。

「あはは……その、別に家はいいよ……青嵐くんにあげる」

「おっし、主役の許可もらいましたあ。ほらよこせ朝霧《あさぎり》。俺に献上せよ」

「ねえ夜瑠。この男、一回殴ったほうがいいよ？」

「ふふ。じゃあ、せっかくだし……えい」

青嵐くんの頬に軽くパンチすると、隣に座っていた古賀くんが小声で囁《ささや》いてきた。

「……相変わらずのエセ陰キャおっぱいだな。さっきは俺を星にしたくせに」

「……黙れ童貞大王（偽《にせ》）」

――私と古賀くんは、こうしてずっと秘密を共有してきた仲だから。


古賀くんと付き合ったまま、みんなとの友達関係も残す方法は？

この究極の問題は、もう私のなかで答えが出ていた。

ずっ、と黙って、たら、いい。

つまりは原点回帰。もとよりこれが正解だったんだ。

古賀くんはみんなに話すことを前提にいろいろ考えてくれているみたいだけど、これ以外の方法なんてあるわけがない。

私は絶対に言わないほうがいいと思ってる。

一年後も、十年後も、五十年後も、ずっとずっと黙ってたらいいんだよ。

そしたら私たちは、永遠に親友五人組のまま。

こんなの隠すほうがおかしい？　普通の人なら誰でも言う？

うん、そうかもね。

じゃあ私は普通じゃなくていいや。

みんなを騙《だま》し続けることは確かに胸が痛いけど、友達を失《な》くすよりはずっとマシ。

やっと摑《つか》んだこの恋も、初めてできた親友も、どちらも手放すつもりは微塵《みじん》もない。

私は恋も友達も、絶対に両方を取る。

切り分けたホールケーキを食べたあと、みんなが私にプレゼントをくれた。

ものすごく大きなウサギのぬいぐるみ。

絶対に高いやつだけど、みんなでお金を出し合って買ってくれたんだって。

「選んだのは田中《たなか》くんなんだ。さすが、夜瑠の好みもよくご存じですなあ～？」

「そ、その言い方は誤解を生むから！　朝霧さんが僕に『どれがいい？』って聞くから！」

火乃子ちゃんと田中くんの楽しそうなやりとりを見ながら、私はその大きなぬいぐるみをぎゅっと抱きしめた。

「……これずっと大事にするね。田中くんもみんなも、本当にありがとう……」

本物のウサギは小さいほうが可愛《かわい》いのに、ぬいぐるみは大きければ大きいほど可愛《かわい》さが増すのはなんでだろう……ウサギさんラブラブ。ぴょんぴょん。

「あ、えと。ちょっと僕、トイレ借りる」

田中くんが慌てた様子で席を立った。なんだか顔が赤い気がする。

「くふふ……夜瑠の幸せそうな笑顔は男を殺すな～」

なんのことだろう？

「つーか、んなことよりもよ。そろそろ新太郎《しんたろう》が持ってきたアニメ観《み》ようぜ」

青嵐くんが面倒臭そうな口調で話を変えた。

「そ、そうだな。よし観《み》よう」

古賀くんも同調して、勝手に田中くんのカバンを漁《あさ》り始めた。


今回田中くんが用意してくれたアニメは、妙にピザが食べたくなるロボットものだった。

出前のピザを貪るように食べながらアニメに集中していた私たちは、全話観《み》終わった時点でお腹《なか》が大変なことになっていると気づく。

そこで「ちと運動したくね？」と口にした青嵐くんに、古賀くんが笑ってこう言った。

「だったら俺にいいアイデアがあるぜ」

夏に買った大量の花火がまだ残ってるから、それをみんなで消化しようぜ。どうせなら夏にみんなで行った、花火大会の河川敷《かせんじき》でな！

そんな提案をしてきたんだ。

もう冬なのに花火なんて……とは誰も言わなかった。私も絶対に素敵だと思った。

こうして私たちは、すっかり暗くなった夜の河川敷《かせんじき》までやってきた。

みんなで遊ぶときの古賀くんは、本当にアイデアマンだと思う。

「ジュンヤ・ヴィ・ブリタニアが命じる。ロケット花火よ、飛べ」

「お前ってすぐ影響されるよなあ……」

「そんなことより僕の花火にも火つけてよ」

ああやって観《み》たばかりのアニメのセリフを口にするところは、やっぱりガキだけど。んふ。

「冬に花火っていうのも、なかなか粋なもんだねえ」

「……うん」

私と火乃子ちゃんはうるさい男子たちから少し離れた場所で、静かに線香花火を堪能《たんのう》中。

十二月の夜はさすがに肌寒いけど、幸いなことに風はない。ずっと暖かい部屋にいたこともあって、身を刺すような冷たい空気は逆に心地よかった。

「あ、見て見て夜瑠」

火乃子ちゃんが空を見上げる。私も釣られて上を見た。

「わあ……」

夏の花火大会のときとはまた違った、幻想的な光景が夜空一面に広がっていた。

息を呑《の》むほど冷たく美しい星々。

乾燥して水蒸気の含有量が少ない冬の夜空は、大気の透過率が高い。だから星々がより一層強く瞬《またた》いて見えるんだ。

「すごい……」

夜空にちりばめられた無数の星々は、凍《い》てついた銀色の輝きを放っている。刃の切っ先のように鋭く。激しい恋のように狂おしく。

「ん？　おお……」

次の花火を取りに戻ってきた古賀くんたちも、私たちに倣《なら》って夜空を見上げていた。

……この星空みたいに、今が永遠だったらいいのにな。

もちろん星にも寿命はあるけれど、私たちに比べるとそれは永遠と呼んでもいい時間だ。だからこの燃えるように凍《い》てつく夜空が、私にはとても羨ましい。

「時よ止まれ、お前は美しい。だね」

火乃子ちゃんがぽつりと言った。

こっちに向き直って、微笑《ほほえ》んでくる。

「ゲーテの『ファウスト』だよ。知らない？」

「えと……聞いたことはあるけど、それって、どんな話だっけ」

「ファウストって人が悪魔と契約して若返る話。年老いたファウストはこれまでの人生に悲観して、自殺まで考えるんだけどね。そこに悪魔が現れてこう言うわけ」

「お前の人生をやり直させてやる代わりに、死んだら魂よこせ、だろ？」

と、青嵐くん。

火乃子ちゃんは頷《うなず》いて続ける。

「そこでファウストは悪魔に条件をつけるんだよ。その新しい人生で最高の時を迎えることができたなら、自分の魂をあげてもいいって」

「うん……それで？」

「こうして契約は成立。悪魔の力で若返ったファウストだったけど、やっぱりその人生も苦難と絶望の連続だったんだ。それでも最期《さいご》の瞬間に、最上の喜びを感じる出来事があってね。そこであの有名なセリフを言うわけよ」

「時よ止まれ、お前は美しい——お前っていうのは、至福を感じたその瞬間のことなんだ」

「そう。ファウストは悪魔に魂を売ってでも、その最高に思えた美しい瞬間を永遠に留《とど》めたいって、願ってしまったんだね」

悪魔に魂を売ってまで留《とど》めたいほどの至福。人生で最高に美しい瞬間。

私にとっては、今がそうなのかもしれない。

古賀くんがいて、みんながいる。この素晴らしい時間が永遠に続けばいいのになって、心の底から願っている。

それが叶《かな》うなら、私は悪魔に縋《すが》りついてでも契約したいよ。

……違うな。力づくでも契約させてやる、だ。

「ま、俺らにはそんなん関係ねーだろ」

青嵐くんが笑った。

「時よ止まれー、とか願う必要あるか？　だってこの五人がずっと一緒なら、それは最高の瞬間がずっと続くってことじゃん？　これまでも、これからも。だろ？」

言いながら、古賀くんにフィスト・バンプを促す。拳同士を重ね合わせる友情の誓いだ。

二人がよくやっているその誓いの拳は、今日も「ごちん」と小気味いい音を響かせた。

視線を落とした火乃子ちゃんが、消え入りそうな声でぼそりとつぶやく。

「そうだね……五人の友情がずっと続いたら……本当に…………素敵だろうな……」

それは私の大親友がたまに見せる、哀愁たっぷりの大人っぽい顔だった。

「ところで、さっきからなにしてんの純也《じゅんや》？」

田中くんがそう言ったんで、みんな一斉にそっちを見る。

古賀くんはじっと自分の人差し指を見つめていた。

「ああ。さっき火傷《やけど》したみたいで、指に水ぶくれができてるんだ。若干痛くて泣きそう」

「ほら見なよ。ロケット花火を発射ぎりぎりまで持ってたりするから」

そんなことしてたんだ。相変わらず、ざ古賀だね。まったく。

「え、えと、古賀くん大丈夫……？　冷やしたほうが、いいんじゃない……？」

本当はすぐにでも、古賀くんの体ごと冷たい川にブチ込んでやりたいんだけど、みんなの前だから、そういう彼女っぽいことはやめておいた。

あれ。普通の彼女って、彼氏を冬の川にぶん投げようとするのかな。まあいいや。

「ちょっと缶ジュースでも買って冷やしてくるわ。みんなは花火やっといてくれ」

「あ、待ってよ純也。だったら僕もついてくよ」

もう駆け出していた古賀くんを、田中くんが追いかけようとしたんだけど。

「まあまあ、待ちたまえ、田中新太郎クン」

火乃子ちゃんがその腕を摑《つか》んで止めた。

「古賀クンの様子はあたしが見てくるから、キミはここに残るがよい」

そこにはもう、さっきまでの憂いの表情はなかった。

年相応の悪戯《いたずら》っぽい笑みを浮かべる、いつもの火乃子ちゃんだった。


「エマーソン、レイク&パーマー。五十年くらい前のバンドなんだけどよ、あれマジで今聞いても超鳥肌。とくにヤバいのが——」

「エマーソン……なに？」

花火をしながらそんな話をしている青嵐くんたちをよそに、私はスマホで時間を確認した。

古賀くんと火乃子ちゃんが堤防の上に消えてから、もう十五分くらい経《た》っている。それでも二人はまだ帰ってこない。

自販機が見つからないのかな。どこまで行ったんだろう、古賀くんたち……。

「成嶋《なるしま》は知ってるよな？　エマーソン、レイク&パーマー」

五連発の発光花火を打ち終わった青嵐くんが、筒をバケツに入れながら話しかけてきた。

「え？　うん……ＥＬＰだよね。その、アルバムも一枚だけ、持ってるよ……」

「お、それってもしかして、ギーガーがジャケットの原画描いたやつ？」

「ふふ、そうそう。『恐怖の頭脳改革』。あれ名盤だよね……」

「だよなー。キング・クリムゾンもいいけど、俺はどっちかっつーと」

「…………僕も聞いてみようかな」

田中くんがぼそりと独り言を漏らした。

私と青嵐くんしかわからない話をしちゃって、ちょっと悪かったかな。

「お？　新太郎も興味出てきたか？　んじゃ俺がいろいろオススメを見繕ってやんよ」

「じゃあその、エマーソンなんたらの……」

また二人で話し始めたところで、私は古賀くんたちを探しに行くことにした。

「あの、私、ちょっと古賀くんたちの様子、見てくるね」

「え？　だったら僕も行くよ」

「ううん、その、大丈夫。二人とも、ここで待ってて……」

田中くんの提案をやんわり断って、堤防の石段に足をかけたタイミングで。

ちょうど堤防の上から、古賀くんと火乃子ちゃんが降りてきた。

「ごめーん、遅くなっちった」

「はは、その、自販機がなかなか見つからなくて、さ……」

古賀くんは手に缶ジュースを持っている。プルタブはまだ開いてない。あれで指先を冷やしていたみたい。

「指の火傷《やけど》はどう？」

「もうだいぶよくなったよね～、古賀くん？」

田中くんの質問に、なぜか火乃子ちゃんが答えた。

「まあ……な」

古賀くんはチラチラと私を見ながら言う。

なんだろ？

「おし、花火もあとちょっとだし、とっとと片付けて純也ん家《ち》に戻るか」

「そうだね。あ、その前に僕、コンビニに寄りたいかな」

もう結構遅い時間なのに、男子二人はまた古賀くんの部屋に行くつもりっぽい。

古賀くんが呆《あき》れたようにため息をついた。

「さてはお前ら、うちに泊まる気だろ……まあ土曜に集まった時点でわかってたけどな」

「へへ。話が早ぇわ。朝霧も成嶋もいいだろ？　今日はみんなで夜会といこうや」

「おーっ！　ね、夜瑠？」

「……うんっ！」

火乃子ちゃんと私はハイタッチを交わす。

今日はまだみんなと遊べるんだ。嬉《うれ》しいな……。


遊び終わった花火を全部バケツに入れて、私たち五人は河川敷《かせんじき》をあとにした。

堤防を上がってあたりを見渡した途端、すぐそれに気づいて笑っちゃった。

まったく。古賀くんのサーチ能力は低いなあ。

すぐそこにあったじゃん、自販機。


それから私たちは、コンビニで買い出しをしてから古賀くんの部屋に戻った。

五人で映画を観《み》たり、トランプをしたり、古賀くん推奨の深夜ジェンガをやったりして。

気がつけばとっくに日付が変わって、深夜の一時過ぎ。

誰よりも早く漏らした古賀くんのあくびが、お開きの合図になった。

「んじゃ、朝八時くらいに連絡入れるから。そっちも戸締りしろよ……ふわあ〜」

「おっけー。最後まで寝てた人が朝ごはん奢《おご》りね。みんなオヤスミ！」

男子組を残して、私と火乃子ちゃんの女子組は古賀くんの部屋をあとにする。

いくら親友五人組でも、男と女が同じ部屋で寝るわけにはいかないからね。火乃子ちゃんは私の部屋でお泊まりだ。

アパートの廊下で私が鍵を取り出している間、火乃子ちゃんが後ろでのんびり言った。

「しっかし夜瑠はいいなあ。古賀くんの部屋の隣に住んでてさ」

「あはは……そう？」

「やっぱどっちかの部屋で、一緒にご飯食べたりしてんの？」

「そんな……いくらお隣さんだからって、男の子と部屋で二人きりにはならないよ」

百パーセントの嘘《うそ》だ。

ごめんね、火乃子ちゃん。

でも私だって、生半可な覚悟で『あの答え』を出したわけじゃないの。

私と古賀くんのことは、絶対に隠し通す。

とくに火乃子ちゃんにだけは、決してバレるわけにはいかない。

嘘《うそ》は最後までバレなければ、相手にとって真実になるから。

だから私は、一生隠し通す。

誰も傷つかないで済むのなら、私が一生罪を背負うことくらい些細《ささい》な話だ。

「さ、入って、火乃子ちゃん」

「お邪魔しまーすっ！」

屈折した本物の友情を胸に、私は生涯の大親友を部屋に招き入れた。


二人で順番にシャワーを浴びた時点で、もう深夜二時。

それでも私たちはまだ眠らなくて、長々とおしゃべりしていた。

お風呂上《ふろあ》がりの火乃子ちゃんがパジャマ代わりに着ているのは、私のお気に入りバンドの黒パーカー。なにを着ても似合う人だよね、火乃子ちゃんは。

「ヒトラーの空耳で『おっぱいぷるんぷるん！』って聞こえる映画あるじゃん？　あれって」

「あ、あの、火乃子ちゃん……なんの話を、してるの……？」

私たちの雑談はまったく実のない内容だけど、それでも楽しいんだから、親友っていうのは本当に不思議だ。

ふと、ＢＧＭ代わりに点《つ》けていたテレビから、よく知った曲が流れてきた。

月とヘロディアスの『群青色《ぐんじょう》』だ。

当然のように火乃子ちゃんが、それに合わせて話題を切り替えてくる。

「そういや夜瑠って、もうエルシドさんとは連絡取ってないんだっけ」

「うん……向こうから連絡してくる人じゃないし、その、私もさすがに……ね」

エルシドさん――人気バンド、月とヘロディアスの作詞作曲とギターを担当している音楽クリエイターだ。本名の獅童礼次郎《しどうれいじろう》は、私しか知らない秘密の名前だったりする。

「あのエルシドPをふっちゃうんだもんなあ。明らかに超優良物件だったのに――って、ごめんごめん。こんな言い方はだめだね。打算が多く入っちゃう」

火乃子ちゃんは小さく舌を出してから続ける。

「そりゃ恋愛なんて打算がないと始まらないとは思うけどさ。でもこの打算って、相手との距離を詰めるための計算とか作戦のことであって、損得勘定で男を吟味する意味での打算とはまったく別物なんよ。『物件』って言い方しちゃうと、そっち寄りに見えちゃうよね」

「あはは……そうだね」

「もちろん恋愛にも損得勘定は必要なんだろうけどさ。あたしはまだ、相手の地位とか経済力とか、そういう要素も含めた男選びはしたくないなあ。気持ちだけで恋愛できるなんて、たぶんあたしら子どもだけの特権なんだろーね。これってつまり、今あたしらがしている恋愛こそが、人生でもっとも純粋な恋って言えるのかも?」

本当に面白いことを言う人だ。

私は火乃子ちゃんのこういう独特な考え方が、好きで仕方ない。

「……うん。私もそう思うよ」

損得勘定のない子ども時代の恋愛が、一番純粋。

だからこそ、とっても貴重で、絶対に手放せない。

本物を知ってしまったら、余計にだ。

「ちなみにさ」

火乃子ちゃんはホットココアを一口飲んでから、意地悪な笑みを浮かべた。

「夜瑠がエルシドさんをふったのって、やっぱりまだ青嵐くんのことが好きだから？」

「え？」

……そっか。火乃子ちゃんはそう思ってるんだ。

だったら頷《うなず》いておいたほうがいい。

ここで「うん」と言っておけば、私は今後、変に疑われずに済むだろうから。

だけど――――。

「違うよ」

この親友に対して、そういう類いの嘘《うそ》はつきたくなかった。

私がつく嘘《うそ》は「古賀くんとはなんでもない」の一点だけでいい。

所詮はただのエゴだけど、それ以外はせめて正直でありたい。

「青嵐くんのことは好きだし、確かに昔は告白しようとしてたけどね……でも、気づいちゃったの。それは恋じゃなかったって。『好き』と『恋』は、まるで次元が違うものなんだって」

火乃子ちゃんはなぜか目を丸くしていた。

「……………へえ」

そしてまたホットココアを一口飲む。

「意外だった。なんとなく、夜瑠なら頷《うなず》いちゃうかと思った」

「あはは。そう?」

「……やっぱあたし、夜瑠のこと本気で好きだよ。もう夜瑠以上の親友は出てこないと思う」

「もう。急にどうしたの、火乃子ちゃん」

火乃子ちゃんは答えない。また大人びた憂いの顔を見せて言った。

「ねえ……夜瑠は昔さ。もし好きな人がかぶっても、自分は女子との関係より迷わず男の子を取るって、言ってたじゃん?」

「そうだったね……」

かつての私は、確かにそう言っていた。なによりも恋愛が最優先で、友達なんて心底どうでもいいと思っていたから。

「それって今もまだ同じ気持ち? 恋愛のためなら友達を切り捨てられる?」

「無理だよ」

即答した。

だって今は違う。みんなと過ごしてきた時間は、それだけ私を大きく変えてしまった。

「恋も友達も、やっぱり私は手放せない。なにがあっても手放したくないよ」

「じゃあベタだけどさ、恋人と親友が同時に溺れてます。助けられるのは片方だけ。夜瑠ならどっちを助けますか？」

「二倍泳いで、二人とも助ける」

「だから片方だけなんだってば」

「絶対に両方助ける」

「神様が『それは許しません。どちらか片方だけです』って言ってます。さあどっち？」

「別に許してもらわなくてもいい。神様を殺してでも両方に手を伸ばす」

「――――ぷっ」

私のあまりにも傲岸不遜な発言に、火乃子ちゃんはいよいよ吹き出した。

「あははっ！　すごいね夜瑠。とんでもなくわがままで、とんでもなく真剣だ。それめちゃくちゃ罪深いこと言ってるよ？」

「そうだね」

事実私は罪深いし、こんなの他人からすれば、ガキの戯言《たわごと》なんだと思う。

でも、だからなにって話。

恋も友達も両方を手に入れられるなら、私は悪魔にだって魂を売る。

「ま、夜瑠が半端《はんぱ》な気持ちで言ってるんじゃないってことはわかった。夜瑠にとっては、恋愛も友達も、それだけ大事ってことだね」

「当たり前だよ……すごく大切だよ。絶対に無くしたくないよ」

「…………………これはきついなあ」

火乃子ちゃんが頭を掻《か》きながら、なにかぼそりとつぶやいた。

「なに？」

「ううん、なんでもない。夜瑠は強いなあって思っただけ。あ、そだ！　古賀くんの部屋から
ケーキの残りパクってきてるんだけど食べる？　深夜だけど、あたしは遠慮なく食うぜ？」

「あはは……じゃあ私も。二人で食べちゃおう」

火乃子ちゃんは笑顔で立ち上がって、キッチンに向かった。

その背中を見つめながら思う。

……私は全然強くないよ、火乃子ちゃん。

むしろ弱虫だから、こんな結論を出したんだよ。

秘密とはいえ、私と古賀くんはもう付き合っている。でも二人で堂々と遊びに行けるのは、
みんなの公認になっている火乃子ちゃんのほうなんだ。

嫉妬する。羨ましい。古賀くんの気持ちが揺れないか不安になる。

もう私と古賀くんは付き合ってるの。だからちょっかい出さないで——正直にそう言えたら
きっとこの不安だって解消されるんだろう。でもそれは同時に、火乃子ちゃんとの離別を意味

する。こんなの火乃子ちゃんからすれば略奪なんだから、絶交を言い渡されても不思議じゃない。

だから私は、黙ってるしかないだけ。

あなたを失うことはそれだけ怖いから。

私の恋と友情は、どっちもすごく歪《いびつ》だから。

「………ごめんね、夜瑠」

絶対に私が言うべきセリフを、なぜか火乃子ちゃんが小さく口にした。

全部黙ったまま火乃子ちゃんと親友を続けることは、古賀くんの傍《そば》に爆弾を置いておくようなものだってこともわかっていた。だけどこのときの私は、その爆弾の威力を侮《あなど》っていた。なんだかんだ言っても、古賀くんはきっと大丈夫だって信じていたんだと思う。

だって私は知らなかったから。

私だけじゃなくて、火乃子ちゃんと古賀くんの間にも、危ない秘密があるってことを。

そして秘密の鎖はいつの間にか私たち五人全員に巻き付いていて、それぞれが凶悪な爆弾に繋《つな》がっていることにも、やっぱり気づいていなかった。

そんな状況だからこそ、私一人がいくら隠蔽を考えたところで、世界は決して留まることを許さない。

時計の秒針は、ゆっくりと正確に時を刻んでいく。

まるで時限爆弾のように。

ちっ、ちっ、ちっ、ちっ、ちっ――……。

「……このケーキ、ほんとおいしいね。どこで買ったの？」

「お、気に入った？　じゃあ今度みんなでスイーツ巡りしよっか！」

親友同士の女子会は続く。

どちらも胸に黒い恋を秘めたまま、時は残酷に流れていく。

第三話　共犯

「お、マジでいやがるぜ」

放課後、俺のバイト先に青嵐《せいらん》たち四人がやってきた。

「なんだよお前ら。来るなって言っただろ」

陳列棚に商品の洗剤を並べながら、吐き捨てるように言ってやる。

それでも連中のにやにやは止まらない。


「だって古賀《こが》くんがバイトしてるとこ見たいじゃん？　そのエプロン姿も似合ってるぞ！」

「店員さーん。最近俺ん家《ち》の壁にコバエが止まってたりすんだけど、殺虫剤ないすか？」

「そんなもん頭突きで仕留めろ」

「え、あの……おでこ怪我《けが》するし、手のほうが、よくない……？」

「成嶋《なるしま》さんって案外冗談が通じないんだね……」

ほら、こんなふうにすぐやかましくなる。

まあこのウザさが最高だったりするんだけどさ。

十二月の期末考査が終わり、午前だけの短縮授業になったこのタイミングで、俺はやっとバイトを始めた。

父さんからもずっと言われてたことだし……成嶋さんとのデート代も稼がなきゃだし。

ただこのバイト探しは非常に難航した。

なにしろ俺が住んでいるアパート周辺はド田舎だから、店がない。駅前にはいろいろあるんだけど、短縮授業中の今ならともかく、三学期以降も続けるとなると放課後は微妙に間に合いそうにないバイトがほとんどだった。

休日はあんまり潰したくないけど、もう土日限定で探すしかないかなあ……なんて考えていたとき、母さんからこんな連絡があった。

『国道沿いに二階建ての広い総合スーパーがあるでしょ？　そこも高校生のバイトを募集してるみたいだけど、まだ探してるならどう？』

条件を聞くと確かに良さそうだった。シフトの融通だって利くし、なにより時給が高い。

だけど。

『それにそのスーパーには、あの子もいるわよ。あんたなら幼馴染《おさななじみ》のよしみで紹介扱いにできるから、ほぼ確実に採用されるってさ。面接受ける気があれば、連絡してみたら？』

「ちょっと待て。その幼馴染《おさななじみ》って、もしかして……」

『そうよ、あの子。あんた最近、全然会ってないんでしょ？』

その名前を聞くと、さすがに渋った。


「古賀くん、洗剤の補充は終わった？」

母さんが言っていた「あの子」が、こっちにやってきた。

彼女は新太郎《しんたろう》を見て、嬉《うれ》しそうな声をあげる。

「え。もしかして……しんちゃん!?」

しんちゃんこと新太郎も、同じく嬉《うれ》しそうな顔になる。

「はは、純也《じゅんや》からも聞いてたけど、久しぶりだね……めぐみ」

俺がこのスーパーのバイトを渋った理由がこれ。

新太郎と懐《なつ》かしそうに話す、黒髪ミディアムボブの女子店員——前田《まえだ》めぐみがバイトしてる店だったからだ。

前田めぐみは俺と新太郎と、もう一人、寺井《てらい》和道《かずみち》の幼馴染《おさななじみ》だ。

俺たち四人は、小学一年の頃からずっと一緒に過ごしてきた親友グループだった。でもその関係は中二のとき、めぐみと和道が付き合い始めたことをきっかけに、突然終わりを迎える。

それ以来、俺はめぐみと顔を合わせづらくなって、ずっと距離を置いてきた。高校も別々になったし、もうこっちから連絡するつもりだってなかった。

とはいえ、ほかにいい条件のバイトが見つからなかったのも事実だった。めぐみの紹介ならほぼ確実に採用という誘い文句に逆らえなかった俺は、先日やっと決断して、久々にめぐみと連絡を取った。

そのツテで無事に採用された俺を、めぐみは温かく迎えてくれた。

そればかりか、

——じゅんくん……古賀くんは、私とかずくんに気を遣って離れていったんだよね。もう話す機会もないって思ってたから、一緒に働けることになってすごく嬉《うれ》しい。

申し訳なさそうに、そんなことまで言ってきた。

確かに俺は、恋人になった二人を気遣って距離を置いたんだけどさ。

それだけが理由じゃないんだ。

あの頃の俺は……めぐみに特別な感情をもっていたから。めぐみと和道が付き合い出したあとでも、すべてを破壊しかねない横恋慕をしていたから。

だからなるべく会わないようにしていたんだよ。

もちろん今となっては、そんな恋心もとっくに風化してるんだけど、それでも会いづらいものは会いづらい。めぐみは俺のトラウマを想起させる鏡のような存在だから。

……醜い恋心に振り回されている点でいえば、今も同じだな。友達グループでの色恋沙汰なんて、もう散々懲りたはずなのに、どうして俺はまた……。

「私としんちゃんと、古賀くんがいる空間って、なんだか懐《なつ》かしいね。ここにかずくんもいたら、幼馴染《おさななじみ》四人組の再集結なんだけどな……あはは」

めぐみが商品のチェックをしながら、苦い顔で笑った。

家族同然だったあの幼馴染《おさななじみ》四人組が再び集まる日は、もう永遠にこない。

めぐみと和道は別れてしまったから。二人はおたがいの連絡先も消して、もう二度と話さないって決めたらしいから。

恋は甘酸《あまず》っぱくてロマンチック――そんなの表面上のものにすぎない。当事者の二人はもちろん、その周囲ごと巻き込んで、すべてをボロボロにしてしまう危険性だってある。

恋の本質は強い毒性と拡散力を併せ持つ、取扱注意の感情兵器なんだ。

新太郎が強引に話題を変えた。

「そ、そうだ。めぐみってバトロワゲーム好きだったよね？　今もまだやってるの？」

「うん。たまに友達とやってるよ」

「じゃあ今度また一緒にチーム戦やろうよ！　ね、純也？」

「えー、しんちゃんは全然いいけど、じゅんくんはチームキラーだからなあ」

「いや俺のせいにするなって。あれはいつもめぐみが……」

――と、いかんいかん。懐《なつ》かしさのあまり、つい幼馴染《おさななじみ》トークに花を咲かせてしまった。

この広い総合スーパーのなかで、俺とめぐみは二階の日用品売り場を担当している。お客さんの数は少ないとはいえ、仕事中にお喋《しゃべ》りをするのは気が引けるんだけど……一応、朝霧《あさぎり》さんたちのことも軽く紹介だけしておく。

「めぐ……前田さん。こっちは俺たちと同じクラスの……」

「朝霧火乃子《ひのこ》でっす！　前田めぐみさんの話は、ふわっと聞いてるよん♪」

「あ、えと……な、成嶋夜瑠《よる》です。こ、古賀くんがいつも、お世話になってます……」

二人がめぐみに会釈《えしゃく》した。

「前田めぐみです。こちらこそお世話になってます」

めぐみも笑顔でそう返してから、俺を肘で突いてくる。

「二人ともすごくかわいい子じゃん。ね、もしかして、どっちかと付き合ってる？」

「そ、そんなわけないだろ。ただの友達だよ……」

嘘《うそ》だ。

めぐみだって本気で聞いてるわけじゃない。これはあくまで世間話の一環――なんだけど。

「…………」

「…………」

朝霧さんも成嶋さんも、硬い笑顔のまま無言だった。

「え、えっと、それでこっちのスカした男が」

空気を変えるためにも、青嵐を紹介しようとしたんだけど、

「知ってるよ。宮渕《みやぶち》青嵐くんでしょ」

「ん？　俺のこと知ってんの？　まあ俺も純也たちと同じ中学だしな」

興味のない商品を眺めていた青嵐が、興味なさそうに答えた。

「うん。クラスはずっと違ったけど、宮渕くんは有名人だったからね」

「有名人？　俺が？」

首を傾《かし》げる青嵐。めぐみは笑顔で続ける。

「中一のときから女子の間で話題だったんだよ？　四組に高身長の超絶イケメンくんがいるって。それにほら、宮渕くんって、あの狭山《さやま》先輩と付き合ってたって噂《うわさ》もあったし」

「――――ッ」

青嵐が微《かす》かに顔をしかめた。

なんだこいつ。恋愛には興味ないとか言ってるくせに、じつは彼女いたのか？

そんな話、今まで一度も聞いたことないんだけど。

「狭山先輩って、もしかして？」

めぐみに聞いてみた。

このスーパーには、同じ名前のバイト女子がいる。確か俺たちと同じ中学の出身で、学年は

二個上って話だった。

頷《うなず》いためぐみが青嵐に顔を向けた。

「今日もシフトに入ってるよ。あっちの衣料品売り場の担当なの。呼んでこようか?」

ちょうどそこで、その狭山先輩の緩やかな怒号が轟《とどろ》いた。

「こらー。キミたち、いつまで駄弁《だべ》ってんの〜? 上の人に怒られるよ〜?」

「悪《わり》ぃ。俺、先帰るわ」

青嵐は早口でそう捲《まく》し立《た》てると、さっさと踵《きびす》を返《かえ》していた。

なんだ一体?


新太郎たちも青嵐を追って店を出ていった直後、俺はこっちにやってきた狭山先輩に「宮渕青嵐と付き合ってたんですか?」と聞いてみた。

狭山先輩の答えはこうだった。

「ううん? なんで?」

◇

宮渕青嵐が総合スーパーを飛び出したあと。

「あたし、青嵐くんを追いかけるわ。あとでそっちに合流するから」

朝霧火乃子がそう言って、駆け出していった。

今日は古賀純也のバイト先を冷やかしたあと、四人でパンケーキを食べに行く予定になっていた。でも青嵐に続いて火乃子まで消えた今、田中《たなか》新太郎はすぐに察する。

おそらく火乃子は、合流なんてしてこない。青嵐の突然の帰宅は予想外のアクシデントだったとはいえ、彼女はこれを機に新太郎と成嶋夜瑠を二人きりにさせるつもりなのだ。

「……どうしようか、成嶋さん」

「うん？　なにが？」

「だからその、これから」

「えっと……パンケーキのお店に、行くんでしょ……？　青嵐くんのことは気になるけど、ここは火乃子ちゃんに任せて、先に行って待ってようよ」

成嶋夜瑠はこの状況について、一ミリも不審に思っていない様子だった。

新太郎は少しだけ残念に思う。多少は警戒してくれたほうが、異性として認識されているんだと自信をもてるのに。

……やっぱり成嶋さんにとって僕は、恋愛対象じゃなくてただの友達なんだなあ。

ため息に声を乗せて、できるだけ明るく言った。

「じゃあ、僕らだけで行こうか」

「……うん！」

その内向的な少女の微笑《ほほえ》みは、あまりにも可憐《かれん》で目が眩《くら》む。


目的地のパンケーキ店に二人で入る。

ロココ調の耽美《たんび》な店内を埋める客の比率は、女性グループが七割、明らかにカップルの男女客が三割。つまり今店にいる男性客は全員、デートで訪れていた。

……僕と成嶋さんは、周りからどう見えているのかな。

「わあ、見て田中くん……このチョコアートパンケーキって、リクエストした絵をプレートに描いてもらえるんだって。私、これにしようかな……ウサギさん描いてもらいたいし……」

「い、いいんじゃない？　じゃ、じゃあ僕はこの、レモンノコッタパンケーキを」

「レモン残った……？　えっと、それ『レモンリコッタ』の読み間違いじゃ……？　リコッタチーズを使ったレモンのパンケーキ……だよね……？」

「あ、そ、そうなんだ!?　はは、僕っていつもレモン残すから……あはは」

「……田中くんって面白いね」

死にたくなった。

新太郎はとても緊張していた。さっきから心臓が早鐘のように鳴っているし、手汗もじっとりかいている。成嶋夜瑠とは二人きりで出かけること自体が初めてで、しかもその場所がカップル御用達《ごようたし》の洒落《しゃれ》たパンケーキ店とくれば、萎縮するのも当然だった。

夜瑠も新太郎も、口数が多いほうではない。注文を終えたあとは、二人の間に沈黙の緞帳《どんちょう》が降りる。

その沈黙が、内気な新太郎を余計に焦《あせ》らせる。

自分なんかと二人きりにさせられて、退屈してないだろうか。

なにか彼女が喜んでくれる話題はないだろうか。

もうなんでもいい。天気の話でも振ってみよう。

やっと切り出そうとした新太郎だったけれど。

先に言葉を発したのは、夜瑠だった。

「青嵐くん、さっき変な感じだったよね。その……狭山先輩って人と、なにかあったのかな」

「…………」

「田中くん？」

「あ、ああ。えっと、どうなんだろう。そういう話は聞いたことないけど」

本当に知らないのだが、仮に事情を知っていたとしても、今その話題は避けたかった。

とはいっても、

「と、ところでさ、最近寒いよね」

「うん」

「あ、えと、僕って寒いの苦手なんだよね」

「私も苦手かな……でも夏よりは好きかも。いろいろオシャレできるし」

「そ、そっか」

「うん」

会話のボキャブラリーが少ない新太郎にとって、天気の話から広げられるはずもなく。

夜瑠のほうから話題を変えてくれた。

「……そうだ。田中くんと古賀くんって、さっきの前田さんって人と幼馴染《おさななじみ》なんだよね」

よかった。この手の話ならいくらでも広げられる。

「う、うんうん！　前田めぐみね！　小一から中一まで、ずっと一緒だったんだ。純也は保育園からの付き合いらしいけど」

「やっぱり幼馴染《おさななじみ》っていいなあ。その……私みたいに高校から出会った人間には、入り込めない空気感があるっていうか……ちょっと嫉妬する」

夜瑠の笑顔には、どこか翳《かげ》りがあった。

「そんなことないって。そりゃ僕らと成嶋さんが出会ったのは最近かもしれないけど、なんだろう。それでもずっと昔からの知り合いみたいに感じるときがあるよ」

「あは……じつはそれ、私も同じ。古賀くんが無理やり引っ張ってくれてるからかもしれないね。やっぱり古賀くんって、昔からそんな感じだったの……？」

「…………」

また新太郎が避けたい話題になってしまった。

青嵐に続いて、今度は純也。

夜瑠はただ共通の友人の話をしているだけなのに、それでも新太郎は気に入らない。せっかく二人きりでいる今、この場にいない男の話をされるのはどうしても癪《しゃく》に障《さわ》る。

自分はなんて嫌な男だろう、と新太郎は思う。

その自己嫌悪《けんお》は、すぐさま自嘲に変わった。

はは……実際、僕は嫌な男じゃないか。だって僕は――。

「田中くん？」

夜瑠の声で我に返った。

「……あ、ああ、ごめん。うん、そうだね。純也は昔から強引だったよ。あいつがいなかったら、僕たち五人はここまで仲良くなれてなかったかも」

「んふ。古賀くんって、ほんと変な人だよね。ね、ね、田中くんと古賀くんの出会いって、どんな感じだったの？　よかったら聞かせてよ」

どうせなら、ほかの話がしたい。

だけど夜瑠が求めているのなら、無視するわけにもいかない。

新太郎は自分の記憶をたどりながら、純也との邂逅《かいこう》を話し始めた。

「小一のとき、粘土細工の授業があったんだよ。みんなが作った作品は、教室の後ろに並べてたんだけどね。教室に誰もいないときに、僕は純也の作品をうっかり壊しちゃってさ。純也の作品は大作だったから、僕はすごく怖くなって、咄嗟《とっさ》に逃げちゃって……」

「大作って、どんな？」

「プロの造型師も顔負けのロボット。もう一回言うけど、これ小学一年の話だよ？」

「あははっ！　古賀くんって、小一でそんなの作ってたの？　うける～っ。それでそれで？」

夜瑠は手を叩《たた》きながら大笑いした。

「……先生がすぐに緊急ホームルームを開いたんだ。みんなの前で『古賀くんの作品を壊したのは誰ですか』って。僕はすごく怖くて、もう黙っておこうと思ったんだけどね。でも純也を見たらさ、あいつ泣いてたんだよ。だから思い切って名乗り出た。僕がやりましたって」

「古賀くん泣いちゃったんだ……田中くんも相当勇気が必要だったよね……」

夜瑠は悲しそうにまぶたを落とした。

「うん……純也には本当に申し訳ないと思った。それまでほとんど話したこともなかったんだけど、これでもう完全に嫌われたなって。そしたら純也、どうしたと思う？」

「……どうしたの？」

夜瑠は好奇心が宿る目で見つめてきた。

「先生が僕に説教を始めたとき、あいつも急に挙手してさ。『俺と田中がつかみ合いのケンカをして、二人で壊しました。だから田中だけが悪いんじゃない』って」

「…………」

夜瑠は口に手を当てて、目を丸くした。

純也の話を始めてからというもの、それまで遠慮がち一辺倒だったその表情は、まるで嘘《うそ》だったようにコロコロと変わる。

新太郎は――気分がよかった。

「もちろんケンカなんてしてないし、そもそも僕はクラスでも無口なほうだったから、すごくびっくりしたんだ。それで結局、僕と純也が一緒に怒られて、壊した作品を二人で作り直すことになって……純也とまともに喋《しゃべ》ったのは、たぶんそのときが初めてじゃないかな」

「その、古賀くんとは、どんな話をしたの……？」

「純也は僕を一切責めないどころか、こう言ってきたんだ。『お前さえよければ俺たちの粘土を合体させて、どでかい大作を作ろうぜ！』って。こうして僕と純也は二人分の粘土を使って、誰よりも大きな作品を作った。ロボットじゃなくて、二人の子どもが仲良さそうに肩を組んでいる粘土作品。クラスで一番目立つ作品になったよ。純也と連名で……嬉《うれ》しかったな……」

「……やっぱり古賀くんは昔から、友情モンスターだ」

夜瑠が幸せそうな笑顔を見せた。

……そうなんだよ。純也は本当にいい奴《やつ》なんだ。それまで友達なんていなかった僕をかばってくれて、二人で一緒に誇らしい粘土作品を作ってくれて。

それからも、ずっとずっと、僕と一緒にいてくれた。

クラスの班決めでは、消極的な僕にいつも率先して声をかけにきてくれた。

学校のマラソンでは、体力がない僕と一緒にゆっくり走ってくれた。

青嵐と三人、チャリで山越えをしたときは、タイヤがパンクして走れなくなった僕を荷台に乗せて下山してくれた。疲労なんて微塵《みじん》も見せずに。いつもの強がりだけを口にして。

——俺はばちくそ元気だから、早く乗れよ新太郎！

あいつは間違いなく僕の親友なんだ。

心の底から大切な、初めての親友なんだよ。

それなのに新太郎は、その、大事な親友を欺いている。

「ねえねえ。ほかにもある？　古賀くんとの思い出話、もっと聞きたいな」

成嶋夜瑠が身を乗り出してきた。

新太郎は今、純也の話をするのはとても胸が痛んだけれど。

それでも成嶋夜瑠が笑ってくれる。とても楽しそうに笑ってくれている。

「……そうだね。じゃあ小二のときの運動会の話なんていいかな。これが爆笑でさ」

「んふ。だめだ私、もう笑っちゃいそう。ね、それでそれで？」

たとえどんな話題だろうと、彼女の笑顔が見られることは至上の喜びだった。


案の定、新太郎と夜瑠が店にいる間、火乃子が合流してくることはなかった。

パンケーキ店を出て夜瑠と別れたあと、新太郎は一人で駅の改札口に向かう。

すると駅構内でばったり出くわした。

「あ、田中くんじゃん！」

「よう新太郎。さっきは悪《わり》ぃ。ちょっと取り乱しちまったわ」

朝霧火乃子と宮渕青嵐だ。

あのあと火乃子は無事青嵐に追いついて、二人でファストフード店に入っていたらしい。

「結局青嵐くん、さっきはなんで逃げたのかなんも話してくれねーの。やっぱその狭山先輩って人が元カノだから、会いづらかったとか？」

「だから言ってんだろ。なんでもラブコメに考えるのはよくねーって。ハンバーガー奢《おご》ってやったんだから、もう忘れてくれ」

その狭山先輩の件については新太郎も気になっていたのだが、当の青嵐が話したくなさそうだったので、あまり触れないでおく。

「んで？　田中くんのほうはどうだったの？　夜瑠とのパンケーキデート」

「な、なにもないってば。朝霧さんたちが来るのを待ってたのに……もぉ」

嘘《うそ》だ。

新太郎は別に待っていなかった。

「俺はさっさと合流しようって言ったんだぜ？　でも朝霧がダメって言うからよ」

「そりゃそうじゃん。田中くんも楽しかったっしょ？」

「だ、だから僕は別に……成嶋さんとは友達のままでいいって、言ってるじゃないか」

「ほら、新太郎もこう言ってんだからよ。いい加減、こんなセコい真似《まね》やめようや」

――ああ、本当に胸が痛い。

新太郎は罪悪感を抱えながら、二人と一緒に改札をくぐってホームに向かう。

下り電車の到着時刻までは、まだ余裕があった。青嵐が「ちょっとトイレ行ってくる」と言って、一度改札階まで降りていく。

新太郎はホームで、火乃子と二人きりになった。

「……ところでさ。夜瑠のことは家まで送ってあげたんだよね？」

「え？　い、いや、僕もそうしようと思ったんだけど、成嶋さんがいいって言うから」

「またそれか」

突如、火乃子が新太郎の胸ぐらを乱暴に摑《つか》み上げた。静かな怒りの形相で。

「これは田中くんが望んだことだよね？　もっとガンガン攻めないと、あたしも協力してあげてる意味ないよね？」

「わ、わかってるよ……」


それは十一月の終わり頃。

珍しく純也と夜瑠の登校が揃《そろ》って遅れた、あの日。

新太郎は先に来ていた火乃子と青嵐の前で、つい自分の恋心のことを喋《しゃべ》ってしまった。

それは本当に、口が滑っただけだった。


——とりま、田中くんって夜瑠のこと好きなんよね？

——成嶋さんには内緒にしといてよ？　もぉ……。

——あたしは応援してあげるって言ってんの。どうせなら、みんなで。

——え、みんなって……？

——いや、決まってるっしょ。あたしと、青嵐くんと——古賀くんで。

そのとき新太郎は、一度は拒否した。

成嶋夜瑠とは今の友達のままでいいと断言した。

だって仕方がない。

純也と火乃子が付き合うまで秒読み段階というこの状況で、自分も成嶋夜瑠と恋人になりたいなんて、言えるわけがない。それは青嵐を一人ぼっちにしてしまうことと同義なのだ。

このグループは五人組。決して「二二」では割り切れない。

それに新太郎は夏の終わりに、純也と青嵐の前ではっきりと「成嶋夜瑠のことは諦める」と宣言している。その際にＧＫＤこと『グループ内では彼女を作らない同盟』を結成しようと言ったのは、誰であろう新太郎自身なのだ。

もう白紙に戻したとはいえ、グループの平穏のために一度はそんな同盟を切り出した新太郎の口から、「やっぱり成嶋さんと付き合えるように、みんなで応援して」なんて恥知らずな要請は、さすがにできなかったのだ。

だから本当に、成嶋夜瑠とは友達のままでいいと思っていた。

この恋はいずれ風化するまで、堅く封じておくつもりだった。

それでも火乃子の放った「応援してあげる」という発言が、もう諦めようとしていた新太郎の心に、一点の黒い水滴となって落ちた。

純也や青嵐には、決してこんなことは話せない。

だけど火乃子になら？

向こうから「応援してあげる」と言っている朝霧火乃子になら？

落とされた黒い水滴は、新太郎の心全体をみるみる黒く染めていく。

——俺、トイレ行ってくるわ。

ちょうどそのタイミングで青嵐が席を外したことが、最後の後押しとなった。

——あのさ……僕のこと、応援してくれるって話……あれ、本気にして、いいの……？

——え、もちだけど？

新太郎は火乃子にだけ、そう言った。

ほかに誰もいないところで、そう言った。

頭の回転が早い火乃子は、すでに新太郎の苦悩をだいたい察しており。

こう言ってきた。

——田中くんは誰にも言えない恋をしてるんだね。いいよ、そのスタンスで。あたしが悪者になってあげる。田中くんはあたしの言うとおりにしてくれたら、それでいい……。

こうして二人の間には、秘密の共犯関係が成立した。

新太郎は純也たちの手前、大々的に夜瑠との距離を詰められない。だから純也や青嵐の前では「朝霧さんが強引に……」と嫌がるふりをしながらも、実際は火乃子のトスを喜んで受けている。

成嶋夜瑠とは今の友達のままでいい、などと嘯《うそぶ》く姿勢はそのままに、裏では火乃子と秘密で連絡を取り合って、夜瑠と仲良くなれる計略を二人でこっそり立てている。

新太郎は自らの保身のために、純也や青嵐といった親友たちを欺いているのだ。

あまりにも醜い。この薄汚い恋には吐き気すら覚える。

それでも新太郎は、どうしても成嶋夜瑠を諦めきれなかった。

その恋心は今日改めて、より強く再燃してしまった。

特定の『誰か』の話をしているときにだけ見せる、成嶋夜瑠のあの笑顔。内気な彼女にあれほどの魔物的な魅力が隠されていたなんて、自分のほかに誰が知っているというのか。

もちろん新太郎はとっくに気づいている。成嶋夜瑠の最大の魅力は、その『誰か』に恋をしているからこそ放たれるものであると。

だからさっきは、その『誰か』の話をし続けた。もっともっと成嶋夜瑠の魅力に浸っていたかったからこそ、自分ではない別の男の話を長々と続けた。

歪《ゆが》んだ恋心を胸に。

いつの日か、自分がその男に成り代われる時がくると信じながら——。


「……まったく」

新太郎の胸ぐらから手を離した火乃子は、もう普段の表情に戻っていた。

「夜瑠と二人きりのときなら、演技する必要もないっしょ？　田中くん自身が本気で獲《と》りに行かないと、いくらあたしがトスしたところで夜瑠の心は動かんよ？」

「わかってる……朝霧さんには本当に迷惑かけてばっかりだね。ごめん……」

火乃子は弱い自分の代わりに、泥をかぶってくれている。

あたしが二人をくっつけたいから、勝手にやってるだけ。

純也たちにはそう言ってくれている。

それには申し訳なさと同時に、計り知れない感謝もあるのだが。

「あのさ、朝霧さん……僕はみんなに言いづらいから、朝霧さんにだけ協力を頼んだんだ。それなのに純也たちを巻き込んだのはどうして？」

新太郎としては、誰にも悟られずにこっそり協力してもらえたらそれでよかった。

みんなの前で大っぴらに、『田中新太郎と成嶋夜瑠をくっつけちゃおう作戦！』などと宣言されなければ、純也たちに対してここまで白々しい演技をする必要もなかった。

……胸の痛みだって、もう少し軽かった。

「あたしだって別に、古賀くんたちにも協力させようなんて、最初から思ってないよ」

「え……？　だったらどうして、わざわざ……」

「古賀くんたちの前で、あの作戦を宣言したこと自体に意味があんの。これで田中くんは夜瑠とは友達のままでいいって言ってるのに、あたしが強引に事を進めようとしてるって構図になった。これなら夜瑠と付き合えることになっても、みんな『朝霧がゴリ押ししたから』って思ってくれる。悪者になってあげるって言ったのは、そういうこと」

「…………………」

確かにそれは、新太郎にとって最良の形なのだが。

朝霧火乃子にはなにか別の真意があるように思えてならない。

「あ、もしかして不安なん？　あたしが田中くんと夜瑠をくっつけようとしてること、誰かの口から夜瑠に漏れたりしないかって」

「まあ……それもあるかな」

「大丈夫だって。青嵐くんはそもそも口が硬いし、古賀くんは……そうだね」

火乃子は少し逡巡《しゅんじゅん》したあと、にっこりと笑った。

「うん。古賀くんは青嵐くん以上に、絶対に漏らさない。百万円賭けてもいい」

「どうして？」

「あたし、古賀くんのことなら、誰よりもよく知ってる自負があるから」

新太郎はここで、なんとなく思った。

やはり朝霧火乃子はただの善意で協力してくれているわけではない。あくまでも自分の利益のために動いているのだと。

それがどういったものなのか、新太郎にはよくわからないけれど。

利害が一致しているのなら、やはり朝霧火乃子との共犯関係は頼もしく思えた。

無論、彼女の真意が見えない点においては、空恐ろしさもあるのだが……。

しかし新太郎がもっとも恐ろしいと感じているのは、親友たちを騙《だま》してまで恋に手を伸ばそうとしている自分自身の弱さだった。

「朝霧さん。この感情って怖いね。恋愛は美しいなんて、どこの誰が言ってるんだろう。だってこんなにも醜くて汚い……僕は恋なんて、大嫌いだよ」

「……そうだね。あたしも同意見。それでも抗《あらが》えないのが、本物の恋なんだよね」

火乃子がわずかに寂しそうな顔を覗《のぞ》かせたとき、青嵐がホームに戻ってきた。

「おう、待たせたな。電車まだか……って、なんだお前ら、なんか辛気臭ぇ顔してね？　まさか俺がいねえ間に、また……」

「あー……まあ、その。ご明察？」

ため息をついた青嵐が、後頭部をガシガシと掻《か》いた。

「あのな朝霧。なんで新太郎と成嶋をくっつけたいのか知らねーけど、本人がいいって言ってんだから、もういいじゃねーか。新太郎もいい加減、うぜえって言ってやれ」

新太郎が心の内を正直に話せば、青嵐も純也も快く応援してくれるに違いない。

だけど彼らが今の五人組を本当に大切にしていることは、十分に伝わっているからこそ。

「……そうだね。もうこの話はやめよう。成嶋さんとは友達のままでいいんだから」

新太郎はこうしてまた、心にもないことを言う。大切な親友に嘘《うそ》をつく。

抗《あらが》いきれない恋心と、捨てきれない友情によって――。

「おし、聞いたか朝霧？　もうこの話は終わりだ。これ以上、新太郎を煽《あお》るんじゃねーぞ？」

「ほーい」

間伸びした声をあげた火乃子が、こっそり耳打ちしてくる。

「……また夜瑠とデートできるプラン、考えておくからね」

「……ありがとう……朝霧さん……」

本気の恋の前では、人はどこまでも黒く卑怯《ひきょう》になれる。

第四話　侵蝕《しんしょく》

バイト先のスーパーはシフトの融通が利くんで、短縮授業中の今は昼からのシフトにしてもらっている。

今日も十八時にバイトが終わって、アパートに戻ると、

「お帰り古賀《こが》くん！　今日もお仕事、お疲れ様だっぴょんっ！」

いつものように成嶋《なるしま》さんが、俺の部屋で待っていた。

「それじゃ今夜もおなじみのやつ、いっくぞ～っ！」

そいつはぴょんぴょん飛び跳ねながら、謎のダンスを踊り始める。

「ご飯にする～？　お風呂《ふろ》にする～？　それとも～……わ・た・し？」

「悪いんだけど、ドンキに行こうぜ」

「第四の選択肢⁉」

俺たちは大型のディスカウントストアまでやってきた。

時刻はすでに十九時過ぎ。

相変わらず俺と成嶋さんが二人きりで外出できるのは、闇に溶け込める夜の間だけ。

吹きつける夜風に冬を感じながら、暖かい店内に身を投じる。

「どうして古賀くんは、ざ古賀なんでしょうか？」

「なにがだ」

「自分がバイトしてるスーパーにも薬局あること、忘れてない？　詰め替え用のシャンプーなんてそこで買えるじゃん」

「そういうの、バイト先では買いづらいんだよ」

ちなみにうちの浴室には、シャンプーが二種類ある。俺用と成嶋さん用だ。

もちろん誰かが遊びにくるときには、成嶋さんのシャンプーを隠しているぞ。

……まるで浮気男《うわき》のやり口だな。

もう当たり前になった恋人繋《つな》ぎで、商品が雑多に陳列された細い通路を並んで歩く。

「そういや今日は、みんなでパンケーキ食いに行ったんだっけ。どうだった？」

「ああ、それね。ほら、四人で古賀くんのバイト先に行ったあと、青嵐《せいらん》くんが一人で先に帰っちゃったでしょ？　そのあと火乃子《ひのこ》ちゃんが追いかけていっちゃったから、結局私と田中《たなか》くんの二人だけでお店に行ったんだ」

「新太郎《しんたろう》と二人で……そっか」

……朝霧《あさぎり》さんのことだ。最初から、成嶋さんと新太郎を二人きりにさせるつもりだったんだろう。もちろん俺たちのことを知らない以上、悪気がないのはわかってるんだけど……。

「田中くんって面白いんだよ。レモンリコッタパンケーキを、『レモン残ったパンケーキ』って読み間違えちゃってさ。もう私、ぷふふーって。ぷふふーっ！　ああいう天然なところもかわいいよね。田中くんって絶対女子にモテると思うんだけどな～」

　そして成嶋さんは、新太郎の好意に気づいていない。

　あくまでも親友五人組の一人だと思っている。

　俺たちは本当に、秘密だらけのグループだな……。

「あとね、あとね。田中くんと古賀くんが出会った頃の話もいっぱい聞いちゃった。面白くてかわいくて、もうずっと聞いていたかったよ。いっそ『童貞大王（偽《にせ》）略年記・ボイスドラマ集――CV田中新太郎』として、CD発売してくれないかなあ。私すぐに予約するよ？」

「……そのカッコ偽《にせ》って、今後もずっと使っていくつもりか」

「だって古賀くん、もう童貞じゃないじゃん。気に入らないなら童貞大王（仮）にする？　童貞大王（笑）でもいいけど」

「意味がわからんし、そもそもカッコやめろ」

「てゆーか、話戻していいすか？」

「もちろんだ」

成嶋さんと話していると、いつも脱線する。

「田中くんには、今度またゆっくり古賀くんの話を聞かせてねって約束したの。なんか今日はすごく仲良くなれた気がするな～」

「……そうか」

俺は今日ほど、恋の恐ろしさを痛感したことはない。

だって俺、あまりにも身勝手で、ドス黒い嫉妬をしている。

成嶋さんと二人きりで出かけた新太郎に対して、場違いな嫉妬をしてしまっている。


……いっそ言ってしまおうか。

……新太郎は成嶋さんに恋をしているぞって。

……だからなるべく二人きりにはなってほしくないって。


慌ててかぶりを振った。

本当にどうかしてるぞ俺。そんなの言えるわけないだろ。というか言う必要がないんだ。

だって新太郎はこう言ってるじゃないか。

成嶋さんに告白するつもりはないって。ずっと今の友達のままでいいって。

なんとか五人の関係を残そうと考えている俺が、わざわざそんな爆弾を落とす必要がどこにある？　そんなの成嶋さんと新太郎が気まずくなるだけじゃないか。
……はは。笑ってしまうよな。もうこんなにも歪《いびつ》な状況になってるのに、俺はまだあの親友
五人グループを壊したくないとか思ってるなんて。狂ってるよマジで。
友情。
一見誠実で誇らしく見えるその言葉は、次第に俺を縛って痛めつけるだけの、有刺鉄線にな
りつつある――……。

数日前。

みんなで成嶋さんの誕生日会をやって、夜の河川敷《かせんじき》で花火をしていたときのこと。

ロケット花火で指を火傷《やけど》した俺は、患部をジュースの缶で冷やすために、一人で堤防の上の
自販機に向かっていた。

「おーい、純也くん」

一人で行くつもりだったのに、あとから朝霧さんがついてきた。

俺と二人きりのときだけの呼び方で、追いかけてきた。

「指、大丈夫？」

「ああ。ちょっと水ぶくれになってるだけだし、ちょっと冷やしてたら――――っ⁉」

自販機のボタンを押そうとした瞬間。

火傷《やけど》していた俺の人差し指は、朝霧さんの口の中に……あった。

生温かくて蠢《うごめ》く女の舌の感触に驚いて、無理やり指を引き抜きながら後ろに飛ぶ。

「な、なにすんだよ⁉」

「子どものときって、火傷《やけど》したらこうしてなかった？」

朝霧火乃子はいつもの朗らかな笑顔のまま、そう言ってきた。

「そ、そりゃガキの頃はそう、だけど……でも俺たちはもう」

「大人？　それとも子ども？」

どっちに分類されるんだろう。

きっと大人でもないし、子どもでもない。

成長過程の思春期ど真ん中にいる俺たちは、ひどく不安定な存在だ。

「ま、このトシで他人の指を舐《な》めるって、普通はしないよね」

「……そりゃそうだよ。だったらなんで」

「純也《じゅんや》くんのことが好きだから？」

朝霧さんはまるで食べ物の話でもしているみたいに、軽く言い放つ。

「あ。純也くん、もしかしてちょっと背伸びた？　少し前まではあたしと同じくらいだったのに、やっぱ男の子だなあ。そーゆーとこ敵《かな》わないや」

背伸びをして俺の頭を撫《な》でてくる。

どうして彼女は仮にも好意を伝えたばかりの男に、こんなにも自然体で接することができるんだろう。

いつもの朝霧さんのようで、でもやっぱり俺の知らない誰かのようで、少し寒気を覚える。

ジュースを買った俺は、その刺すように冷たい缶を指先に当てながら聞いた。

「……朝霧さんは一体、俺のなにがいいんだよ」

「ん？　言ってないっけ？」

俺の手を缶ジュースごと両手で握り込んで、近距離からまっすぐに見つめてくる。

「純粋なところが好き。友達思いなところが好き。子どもっぽいところが好き。みんなとバカ騒ぎするところが好き。男女の別なく親友として接してくれるところが好き。なによりも友達を一番に考えてるところが好き。面白い遊びを考えてくれるところが好き。音痴なところが好き。泳ぎが下手なところも好き。笑った顔が好き。怒った顔も好き。好きな人には誠実であろうとするところも好き」

「ま、待って。待ってくれ」

たまらず彼女の手を振り払った。

「ようするにあたしは、古賀純也くんという男の子そのものが好きなわけよ。ご理解いただけたかしら？」

おどけた調子で言う朝霧さんは、やっぱりいつもの朝霧火乃子だ。

だけどその全身から放たれる濃い空気は、いつもの朝霧火乃子のものじゃない。男を惑わせる妖《あや》しい女の、本気の色香がそこにあった。

「ま、ちょっと幼い思考の純也くんを好きになるとか、自分でも相当なマイノリティだと思うけどね。あ、これ悪口じゃないから。そういうとこも含めて、いいと思ってるよあたしは」

「だから何度も言ってるけど、俺は」

「わかってるってば～。ほかに好きな人がいるんだよね」

「……だからその、朝霧さんの気持ちは、本当に嬉《うれ》しいんだけど」

「ところでさ」

朝霧火乃子は決してその続きを言わせてくれない。

「純也くんの好きな人って、誰にも言えない相手だったりする？」

冬の冷たい夜風とかは関係なく、身が震えた。

「そ、それは、その……」

「あ、大丈夫。相手が誰かなんて聞いても意味ないから、あたしも別に聞かないよ。ただ純也くんも言うつもりないみたいだし、たぶん人には言えない恋をしてるんだろうなーって」

言えるわけがないだろ。

その相手は成嶋さんで、じつはもう付き合ってるなんて。

「それって後ろめたい恋なんしょ？　誰にも言えない恋なんて、辛《つら》いだけじゃない？　その点あたしと付き合っちゃえば、なんの問題もナシ。隠す必要はないどころか、みんなが祝福してくれる。純也くんはもう苦しまなくて済むんだよ？」

朝霧火乃子はもう一度、俺の手を取った。

火傷《やけど》している俺の人差し指を、またしても自分の赤い口内へと運んでいく。

「や、やめろって朝霧さ」

「静かにして。大声出すよ」

大声を出す？

なんでそっちがそれを言う？　というか出されたらどうなる？

きっとみんながここに来る。成嶋さんだって来る。

こんな場面を見てしまったら、成嶋さんは傷つくだろう。朝霧さんに対して悪感情を抱いてしまうかもしれない。

待て待て——俺、本当にそう思ってる？　ただの保身じゃなくて？

俺の人差し指に、彼女の柔らかい唇がかぶせられた。

「〜〜〜〜〜〜ッ」

口内で艶《なま》めかしく動く肉厚の熱い舌が、指にまとわりついてくる。

指の先から股のほうまで、ゆっくりと這《は》い回《まわ》る。

丁寧丁寧に、しゃぶられる。

背筋に電流がほとばしる。

おぞましいことに、その電流は快感と呼んでも差し支えのないものだった。

「待って。待ってくれ朝霧さん」

「んー？」

俺の指を咥《くわ》えたまま、上目遣いで見つめてくる。

その口元からは唾液でぬらぬら光る赤い舌が僅かにはみ出ていて、ひどく扇情的だった。

「もう、やめよう……」

俺を押さえつけている朝霧さんは、唇をすぼめてじっくりと引き抜いていく。たったそれだけのことで、全身がぞくぞくしてしまう。

「どうして？」

「どうして、じゃないだろ。だってこんな」

「女にこんなことされたら、自分の好きな子のこと忘れちゃいそう？」

「そんなわけないだろ。俺は本当に」

「じゃあ問題ないじゃん。あたしはただ、火傷《やけど》を癒《いや》してあげてるだけだから」

朝霧さんは再び、俺の指先に唇を寄せた。

「も、もういい。もういいって」

乱暴にならないように、そっと彼女を押し退《の》ける。

「そろそろ戻らないと、みんなが変に思う……もう行こうぜ」

「ふふ。それもそっか」

朝霧さんは、自分の口元と俺の指先に架かっている透明な未練の尾を、丁寧に拭う。

「純也くんの好きな人への想《おも》い、あたしがゆっくり上書きしてあげるから。そのうちあたしのことしか考えられなくしてやるから」

「だ、だからそんなことには、ならないって……言ってるだろ」

「二年に進級するまでは好きでいさせてくれる約束、絶対に守ってね」

俺の額を自分の指先で軽く押した。

「親友同士の約束だよ」


親友。

あんなことがあったっていうのに、俺と朝霧さんは今でも親友なんだろうか。

——なに言ってんだ。そんなの当たり前だろう。だって俺たちは親友五人組で、昔からずっと一緒に遊んできた仲じゃないか。いや待て朝霧さんと出会ったのは高校一年からであって昔から一緒だったわけじゃないだからもう切っても問題ないんじゃないかというよりもだな。

　親友ってなに？

「おーい古賀くん？」

　逆に恋人ってなに？

「どしたー？　なにぼーっとしてんだ、こらー？」

　カラダの関係をもったら恋人？　それがなかったら親友？

「いい加減にしないと、パンチするぞ～？　ほんとにしちゃうぞ～？」

　じゃあキスをしてしまった相手はもう恋人？　それともまだ親友？

　親友？　恋人？　親友？　恋人？　親友？　恋人？　親友？　恋人？　親友？　恋人？

？？？？？？？？？

「ぐ――――っ！」

「ぼふぁあっ⁉」

砲丸のようなボディブローが腹部にめり込んで、俺の思考は止まった。息も止まった。

「な、なにをす……る?」

「だって古賀くん、マレーシアのバトゥ洞窟にあるスカンダ像みたいに遠くを見てたから」

「そ、それは……すま、ん……?」

「しかも急に動かなくなるしさー。おまえは生き埋めにされたタルボサウルスかっての」

「た、たとえが独特すぎて……ピンとこねーんだよ……っ」

「とにかく。隣にいる『恋人』を放《ほ》ったらかしにして、考え事は許さんぞこら?」

恋人。

こいつはそう言った。

成嶋夜瑠《よる》はそう言った。

それはとても暖かい響きとなって、
俺の全身に深く深く、染《し》み込んでくる。

成嶋さんは商品タグのついたマフラーを手に持っていた。

「私の話、どこまで聞いてた?」

「ごめん。最初から……」

「もうキングオブ雑魚《ざこ》。ざ古賀のなかのざ古賀。もうすぐクリスマスだし、マフラーをプレゼントしてあげようと思ってるんだけど、やっぱり手編みのほうがいいかなって聞いてたの」

「マフラー……？」

「うむ。私は手芸だってできるんだぞ。そのうえ料理もできるし、掃除もできる。家事全般が得意な夜瑠ぴょんが『恋人』だなんて、貴様はどれだけ果報者か――あっ」

偉そうに語るその恋人を、俺は思わず抱きしめていた。

衆目なんて関係ない。ただ強く強く、抱きしめたかった。

「な、なんだよ。こんなところで急に……なにすんだよぉ……」

成嶋さんも俺の背中に両手を回して、そっと抱きしめ返してくる。

……そうだ。考えるまでもない。成嶋さんは間違いなく俺の恋人なんだ。そして朝霧さんは成嶋さんの親友で――俺の親友でもある。

揺れるな。ブレるな。当たり前の事実を刻み込め。

「嬉《うれ》しいぞ私……？　幸せすぎて、また泣いちゃうぞ……？」

俺と朝霧火乃子の歪《いびつ》すぎる関係は、まだ誰にも言えないけれど。

いずれ必ず清算する。そして本当の親友に戻るんだ。

成嶋さんもみんなと親友のままでいることを強く望んでいるんだから。

――人間、理想だけを求めすぎると、必ず危うい方向に向かうんだ。

以前父さんに言われた忠告が脳裏をよぎった。

……わかってるよ。俺はもう理想『だけ』を求めはしない。

「なあ、成嶋さん。今夜はじっくり考えてみないか？」

ディスカウントストアを出た俺たちは、恋人繋《つな》ぎのままアパートまでの夜道を歩いていた。

「考えるって、なにを？」

「だから俺たちのことだよ。いつまでも黙ってるわけにはいかないし、みんなにはどうやって打ち明けようかって」

「あー……そうだね」

成嶋さんはこの話を出すと、いつも途端に口が重くなる。

遠慮がちにチラッと俺を見てきた。

「その、さ。古賀くんは二年に進級するときに、火乃子ちゃんをふっちゃうんだよね……？」

「そういう約束だからな。それに関しては朝霧さんにも納得してもらってる」

「じゃあ……こういうのは、どうかな。火乃子ちゃんをふったあとも、私たちのことは、まだ黙っておくの。それでその――」

「……ほとぼりが冷めるまでは、俺たちのことをずっと秘密にしたまま、みんなとは和やかな友達関係を続けようっていうんだな？」

「え？　えと、その……」

じつは俺もちょうど、その案を考えていた。

だってほかに、みんなと友達のままでいられる方法なんて思いつかない。

というより、きっとない。

成嶋さんとこっそり付き合ったまま、これまでどおりみんなには友達ヅラをし続けて、ずっと裏切り続けていく。そして何年後かはわからないけど、笑い話になる頃に「じつは俺たち、付き合ってました」と打ち明ける。

――最低だな。これのどこが笑い話になるっていうんだ。

とはいえ、そもそも隠れて付き合ってること自体が最低なんだ。

だったらとことん堕《お》ちる覚悟を持って然《しか》るべき。今さら友達には清廉潔白でありたいなんて思うこと自体が、おこがましいんだよ。

俺たちのことを全部打ち明けたときは、きっと無事じゃ済まないだろうけど。それでも十分な年月が経《た》っていたら、そこまでひどいことにはならない……はずだ。

それで恋人も友達も両方を維持できるなら、俺はもう外道になってもいい。

はは。そんなことを考えるなんて、俺は本当に変わってしまったな。

心を恋に侵蝕《しんしょく》されて以来、自分がどんどん醜い化け物に変身していくみたいだよ……。

「古賀くん……？」

成嶋さんが懇願するような目で、俺を見上げた。

「……ああ。みんなと友達のままでいるためには、俺もそれしかないと思う」

「…………うん」

時が解決してくれる。

俺たちが出した答えは、あまりにも消極的かもしれないけれど。

事を急《せ》いてすべてを壊してしまうことに比べれば、次善のものだと思う。

それに朝霧さんだって、以前こう言ってくれたじゃないか。


——約束どおり、二年になるまでは一緒にいさせてほしい。そこで断られちゃったらさすがに潔《いさぎよ》く諦めて、もう裏表のない普通の女友達に戻るからさ。


二年になる頃には、俺と朝霧さんも普通の友達に戻れるんだ。

あとはたっぷりと時間をかけてから、成嶋さんとの関係を打ち明ける。

これでみんな友達のまま。全部解決……だよな？

「わっ」

夜闇を切り裂くように、成嶋さんのスマホがけたたましく鳴った。

ポーチからもそもそと取り出したスマホの画面を見て、そいつはため息をつく。

「古賀くん、ちょっとごめんね」

俺に断りを入れてから、成嶋さんは電話に出た。

「……なに、お姉ちゃん？」

相手は成嶋さんのお姉さんらしい。

成嶋姉妹の折り合いがあまり良くないことは知っている。だから成嶋さんは少し嫌そうな顔をしていたんだろうけど。

その表情は、一瞬で強張《こわば》った。

「え……う、うん。うん……わかった。今からそっち行く」

通話を切った成嶋さんは、強張《こわば》った顔のまま俺を見る。

「パパが、病院に運ばれたって……」


すぐにわかったことだけど、成嶋父の容体はそれほど重いものじゃなかった。

ただこの一件は間接的に、俺たち五人の歪《ゆが》みに深く関与していくことになる。

第五話　天秤《てんびん》

『それが笑っちゃうんだけどさー。パパ、徹夜続きで事務所の階段から転げ落ちちゃったんだって。それで右足を骨折。しばらく入院。もう、がはーんだよね。がはーんっ！　あ、パパは個人事務所にこもって一人で作業してるフリーのデザイナーなの』

翌朝。地元の病院にいる成嶋《なるしま》さんから、そんな電話があった。

「それでその、お父さんは大丈夫なのか？」

『うん、右足以外は全然元気！　ただね、今は仕事を休んでる暇もないくらいやばい状況なんだって。だから身の回りのお世話もそうだけど、動けないパパの代わりに、私も細かい仕事を手伝ってあげないとだめなの。だからいっそ、もう冬休みまで学校休んじゃおうかなって。ほら、もう期末考査だって終わってるし、あとはずっと短縮授業だしさ』

「そうなのか。でもお姉さんも手伝ってくれるんだろ？」

『最近仕事を始めたみたいで、なかなかね。そんなわけで私、今日からしばらく実家に泊まるから。古賀《こが》くんは一人で大丈夫？』

「なにがだ。大丈夫に決まってるだろ」

　本当はちょっと寂しい。

『洗濯物は溜《た》めといていいよ。私が帰ったときに全部やるから。冷蔵庫にある大根はそろそろ危ないから口にしないこと。あ、古賀くんは料理できないし関係ないか。でも野菜はちゃんと食えよ。パンツはいつものタンスに入ってるし、夜が怖かったら電気つけたまま……』

　俺は子どもか。

　……まあそうなんだろうけど。


　久々に一人で登校した。

　学校についた時点で、成嶋さんの事情は全員に伝わっていた。本人がグループチャットにも書き込んだからだ。

　みんなも俺と同様に寂しがっていたけど、とくに顕著だったのはやっぱり朝霧《あさぎり》さんだった。

「あーあ……冬休みまで夜瑠《よる》がいないとか、つまんないなあ」

　こうして休み時間になるたびに、自分の机に突っ伏したまま同じ言葉を繰り返している。

　本当に退屈そうな顔だった。

「まあ成嶋さんのお父さんが無事だったならよかったじゃん」

「そりゃそうだけどさ……はあ」

今まで俺たちは、毎日ずっと五人で過ごしてきた。たかが数日とはいえ、誰か一人でも欠けてしまうと、結構な寂寥《せきりょう》感が漂ってしまう。

やっぱり俺たちは、五人組なんだよなあ……。

机に座っている俺と朝霧さんの傍《そば》で、新太郎《しんたろう》と青嵐《せいらん》がDVDの受け渡しをしている。

「これ返しとくよ。僕が聴いたことない音楽だったけど、すごい世界観だったね」

「だろ？　ライブパフォーマンスも圧巻なんだよな、マジで」

なんかのバンドのライブDVDらしい。

「これ成嶋も見たがってたやつなんだけど、まずはお前をハマらせるために先に貸してやったんだぜ」

「そうなんだ。だったら僕は別に、あとでもよかったのに」

「それなんのDVD？」

朝霧さんが机に突っ伏したまま聞いた。

「エマーソン、レイク&パーマーのライブDVD。朝霧にも貸してやろうか？」

「イラネ」

「んだよ、テンション低いな。そいやお前、どんな音楽好きなわけ？　もし俺がライブ盤持ってるやつだったら……」

「アヴィーチーとか、デヴィッド・ゲッタ」

「……ああ、俺そっち系は弱いわ」

音楽に疎《うと》い俺には、それがどっち系なのかもわからない。

「ねえ古賀くん。なんか面白い遊びない？」

「よし。俺が考案した『ジャンピング・消しゴム・ストライクゲーム』なんてどうだ。ルールは簡単。こうやって机の角で定規をしならせて、消しゴムを大ジャンプ。そんで……」

「やっぱイラネ。おもんなさそう」

「くっ……面白いのに」

朝霧さんは座ったまま、むーっと大きく伸びをした。

「あーあ、夜瑠がいないとつまんね。なーんもやる気出ね」

「あ、そうだ。そういや俺らまだ、アレ決めてねーじゃん」

たぶん空気を変えたがっていたんだろう。青嵐がぽんと手を叩《たた》いた。

「もうすぐクリスマスだけど、どうすんだ？」

「…………」

「…………」

朝霧さんと新太郎が視線を合わせて黙り込んだ。

なんだ？

「や、だってその、田中《たなか》くんはクリスマス、夜瑠をデートに誘うんしょ？」

「ええっ？　僕は別に、そんな……その……」

「あたしは古賀くんとデートしたいなーって、思ってるけど？」

なんの話だ？

明らかに落胆の色を浮かべた青嵐が、大きくため息をついた。

「ま、そうだわな………そりゃそうか……」

「青嵐くんもついてくる？　あたしは別にいいよ？」

「なんで俺がお前らのクリスマスデートに……俺は一人で適当に過ごすから楽しんでこいよ」

「待て待て。ちょっと待てって。さっきからなんの話だよ」

たまらず割り込んだ。

「クリスマスは五人でクリパだろ？　前からそういう話になってたじゃないか」

みんなとは春先の時点で話してる。今年のクリスマスは五人でパーティしようぜって。

でも恋人ができたから、好きな人ができたから、やっぱりみんなで過ごすよりも相手と二人きりで過ごしたい——そういうものなのか？

青嵐までおかしなことを言い出した。

「お前は朝霧とデートしとけって。新太郎だって自分が望んでんなら、ダメもとで成嶋のこと誘ってみても……」

「だからなんでそうなるんだよ。お前はクリパ嫌なのか？」

「嫌なわけじゃねーけど……でもクリスマスっていったら普通、好きな奴《やつ》と二人きりでデートするもんだろ」

「そうかもしれないけど、俺たちは五人でパーティって決めてたじゃないか」

それを全部なかったことにして、クリスマスデートをするのが普通？

先約を破ってまで、友達をぼっちにするような恋愛が普通？

なんだそれ。

もちろん恋愛は友達より優先されるって考え方があることは承知済みだし、否定するつもりだってないよ。

でも少なくとも俺はそんな恋愛はしたくないし、成嶋さんだって同じ気持ちのはずだ。

恋愛も友達もどっちも同じくらい大事で、優先順位なんてつけられない。

その究極系が今の俺と成嶋さんの形なんだから。

……はは。あそこまでいってる俺たちは、確かに『普通』じゃないよな。

「とにかく無理強いはできないけど、俺は青嵐と二人だけでもクリパやるからな」

朝霧さんがため息混じりに笑った。

「ま、古賀くんならそう言うと思ってたけどね。さっきのは冗談だから気にすな」

「ぼ、僕だって最初からそのつもりだよ！　そんなの……当たり前……じゃないか……」

新太郎もそう言ってくれたんで、俺は青嵐の肩に手を置いた。

「というわけだよ青嵐。お前はパーティのBGM担当な。適当なクリスマスソング探して、プレイリストを作っておくように。ちゃんと予定も空けとけよ」

ぽかんとしていた青嵐だったけど、

「……へへ。お前って奴《やつ》は、相変わらず強引だな」

やがて嬉《うれ》しそうに笑った。

「最高にブチ上がるクリスマスナンバーを揃《そろ》えてやるから、楽しみにしとけ？」

「古賀くんと前田《まえだ》さん、そろそろ上がっていいよ」

今日も十八時にスーパーでのお勤めが終わった。

休憩室を抜けたところにある更衣室に行って、さっさと着替えを済ませる。この店の制服はただのエプロンなんで、学校から直接ここに来ている俺は、学生服の白シャツの上からそれを身につけてるだけ。エプロンを脱いで学校のブレザーを着たら、もう着替え完了だ。

ちなみにめぐみたち女子の場合は、ズボンを穿《は》かなきゃいけない規定があるから、男よりも少し時間がかかる。こういうときスカートは面倒だろうなあ、なんてどうでもいいことを考えながら、更衣室を出た。

「お～、古賀っち。今日もお疲れ～」

更衣室と繋《つな》がる休憩室のソファーで、スマホをいじってる先輩女子がいた。

めぐみと同じ高校の制服姿。茶色い髪をゆるく巻いた小柄で童顔な女の人。

ここで一緒にバイトしている狭山美雪《さやまみゆき》先輩だ。

幼い顔立ちだけど学年は俺の二個上で、俺と同じ中学の卒業生らしい。

「昨日はミヤブー来てたんでしょ～？　ひさびさ会いたかったなあ」

「ミヤブー……？」

「ん。宮渕《みやぶち》青嵐くん。私がつけたあだ名なんだけど、かわいいよね～？　つい口に出したくならない？　ミヤブー、ミヤブ～っ」

「はあ……」

そういや昨日、青嵐はこの人の話が出た途端、さっさと消えたんだよな。

あのときの青嵐、なんか様子がおかしかったけど……本人には聞きづらいし、ちょっと先輩のほうに探りを入れてみるか。

「狭山先輩。昨日も軽く聞きましたけど、やっぱり青嵐となにかあったんじゃないですか？」

「ミヤブー」

「……ミヤブーとなにかあったんですか？」

「ううん？　最近は連絡取ってないけど、フツーに仲良かったと思うけど？」

それが本当なら、あいつの態度はなんだったんだろう。

狭山先輩のこの感じからして、嘘《うそ》をついてるようにも見えないし……。

「付き合ってるって噂《うわさ》、確かにあったんだけどなあ」

先輩と同じ高校の制服に着替え終えためぐみが、女子更衣室から出てきた。

「も、めぐた～ん。昨日も言ったっしょ～？　私とミヤブーは、そーゆー関係じゃないよぉ。ただのトモダチってゆーか、この話題なんでトレンド入りぃ～？　リツリツ」

……くそ、なんか腹立つな、このだるい喋《しゃべ》り方。

狭山先輩はひょいっとソファーから立ち上がった。

「まー、でもそんな噂《うわさ》立つくらい仲良かったのは本当かなあ。ミヤブーってかぁいいから、よく一緒に遊んでたしー？　そんじゃお先ぃ～」

それだけ言い残すと、スマホをふりふりしながら帰っていった。

「摑《つか》みどころのない人だな……」

なんかどっと疲れた俺は、そのままソファーに腰を下ろす。

「宮渕くんのこと、気になるんだ？」

めぐみも向かい側のソファーに座ったんで、立ち上がりにくい雰囲気になってしまった。

「そりゃ……だって様子が変だったし。でもあいつ、なんでもないって言うだけだし」

「そういうところ、本当に変わらないよね。じゅんくんは」

「なにが？」

「だって本人がなんでもないって言ってるなら、普通はもう気にしないもんだよ」

「そうかな……」

いや気にするだろ。

余計なお世話かもしれないけど、友達なんだから。

「じゅんくんは覚えてるかな。かずくんが大事に持ってた、おじいちゃんの形見の腕時計」

「ああ、あの腕時計な。小三くらいだったっけ、急に動かなくなったんだよな」

「あのときかずくん、一週間くらいずっと落ち込んでてさ。理由を聞いても、最初は腕時計のこと自体、全然話してくれなくて。私もしんちゃんも、そっとしておこうって言ったのに、じゅんくんだけはしつこく理由を聞いてたよね。なんで落ち込んでんだよって」

「そう、だったかな……」

だとしたら和道《かずみち》への配慮が足りなかった。今さらながら申し訳なく思う。

「結局根負けしたかずくんが理由を話して、お店でも修理は無理だって言われたとかで、泣き出しちゃって。そしたらじゅんくんが『みんなで直そうぜ』とか言い出してさ。私もしんちゃんも一緒に、ネットとか調べながら、なんとかその腕時計を修理しようとしたんだよ」

「それな。最終的には俺がその腕時計にトドメを刺す形になっちゃったけど」

「でも必死に直そうとしてたでしょ。かずくんはあのときのこと、すごく嬉《うれ》しかったって、ずっと言ってた。それからだよね。かずくんがアレ言い出したのは」

「……ああ、アレ、な」

――俺たち四人、ずっと一緒にいられたらいいのにな。てか、いようぜ。これ絶対な！

和道の口癖。

永遠の友情を誓い合った幼馴染《おさななじみ》四人組の約束。

めぐみが気まずそうに視線を落とした。

「……じゅんくんは今、宮渕くんたちと五人組なんだよね」

「……ああ。ずっと五人一緒だって、そんな話もよくしてるし、俺もそう願ってる」

「……そっか」

休憩室にはエアコンの低い唸《うな》り声だけが響いている。

俺もめぐみも、きっと同じことを考えているんだ。

もう崩れ去ってしまった、かつての幼馴染《おさななじみ》四人組のことを。

「……できると思うか？　その、男女の五人グループが、ずっと友達のままでいること」

めぐみがどう答えるかは、わかっていた。

「できると思うよ――――恋愛が絡《から》まなければ」

そしてやっぱり、予想どおりの答えが返ってきた。

「それが絡《から》んだら難しいよね……今だから言うけど、私、かずくんと付き合うことになってからは、じゅんくんたちと一緒にいたくなかった。友達四人で遊ぶより、恋人と二人だけで遊んでいたかった。だから私、自分からじゅんくんたちと距離を取ろうとした。友達よりも、恋人を優先したんだよ、私は」

知っている。

めぐみは和道と二人だけで遊びたがっていたのに、当時の俺はそれに気づかなくて、いつも二人にくっついて回っていた。


——でもさ、いつもついてくるじゃん。古賀くんって。

——俺だってめぐみと二人がいいよ。純也《じゅんや》には悪いけどさ。


めぐみと和道が二人だけで、こっそりそんな話をしていたことも、俺は知っている。

ははは……急に苗字《みょうじ》呼びだったもんな。ほんとトラウマだよ、あれは。

めぐみは俯《うつむ》いたまま、静かに続ける。

「恋っていくらでも人を黒くしてしまうんだよ。恋は盲目っていうけど、本当にそのとおりだった。深い闇みたいで、霧の中みたいで……私はただ一点、かずくんのことしか見えてなかった。それ以外はなにもいらないとさえ思ってたの……じゅんくんもしんちゃんも、私にとっては、すごく大事な友達だったのに。どうしてあんな…………本当にごめんね、じゅんくん」

「別にいいよ。もう気にしてない」

俺自身、恋の怖さはとっくに知っている。

心がぐちゃぐちゃに塗り潰されて、その人格すら変えてしまうことも、十分にわかってる。

めぐみは自嘲気味に笑った。

「だけど私ね、かずくんとは別れちゃったんだ。最後に二人で話し合って、もう連絡するのも話をするのもやめようって結論を出した。だからもう……あの四人で集まることは……」

「この前、和道に会って聞いたよ。俺も新太郎も、全部わかってる」

「……そう。私たちのせいで、ごめんね……本当に……」

めぐみは指先で目元をこすってから、やっと顔を上げた。

強がりが垣間見《かいまみ》える笑顔だった。

「というわけで、これがだめな例！　グループのなかで恋人なんて、やっぱり作っちゃだめなんだよ。全員を巻き込んで、みんなの関係までめちゃくちゃにしちゃうから……とはいっても人間、それでも恋をしちゃうから難しいんだよなぁ。あはは……」

「……そうだな……本当に、難しいよ……」

めぐみにも聞こえないくらいの か細い声で、弱々しくつぶやく。

小さい頃は男も女も、一切関係なかった。

みんな一緒に、なんの裏表もなく純粋に遊べていた。それが子どもの特権だったんだ。

でも俺たちはもう子どもじゃないから恋だってするし、大人でもないからその感情をうまく制御できない。

友情という楔《くさび》を打ち込まれたまま、恋という底なし沼に溺れていく。

一体どうやったら、苦しまなくて済むんだろうな……俺たちは。

「おーい、古賀っち～。まだいんの～？」

重苦しい沈黙に、間伸びした声が切り込んできた。

さっき帰ったはずの狭山先輩が、なぜか休憩室に戻ってきたんだ。

なんにせよこの空気のなかで、この人の登場はありがたい――と思ったのも束《つか》の間《ま》。

「朝霧さんって子が、店の前で古賀っちのこと待ってるよ～？　まさか彼女かぁ～？」

狭山先輩が言ったとおり、朝霧さんは冬の寒空の下、店の前に立っていた。

「おっす純也くん。バイト終わるの待っててやったんだから、一緒に帰ろーぜい」

ほかに誰もいないから、二人きりのときの呼び方をしてくる。

朝霧さんが羽織っているベージュのコートの下は私服だった。いま学校は昼までだから、さすがに一度は帰って着替えたらしい。

「こんな時間にどっか行ってたのか？」

「ううん。目的地はここだけ。買い物があるの思い出して、寒《さみ》ぃなか家から出てきた」

朝霧さんは手に持っていたスーパーのレジ袋をちょいちょいと指差した。

「わざわざ電車を使って、ここまできたのか……スーパーなら地元にもあるだろ」

「ほんとデリカシーねえなあ。そんなん純也くんに会いたかったからに決まってるし。というわけで、あたしを送れ」

俺がスーパーの駐輪場からチャリを出したら、すぐ荷台に跨《また》がってきた。

「……朝霧さんって、結構強引だよな」

「そだよ？　知ってるっしょ？」

「はは……そこ開き直るんだ」

本音を言えば、朝霧さんとはなるべく二人きりになりたくはない。だけど俺は昨日、朝霧さんともずっと親友のままでいるって、改めて決意したところなんだ。

だから毅然《きぜん》としてたらいい。

むしろまたあんな雰囲気にさせないためにも、いっそ軽口にしてしまったほうが本来の俺たちらしいか。

「送るのはいいけど、もう指舐《な》めたりすんなよ？」

「なは。また火傷《やけど》したときは遠慮なく言うと良《よ》いよ」

「やだよ。俺の指はアイスじゃないんだから」

「もしアイスだったら、純也くんの指の骨にも『当たり』とか書いてんのかな」

「……怖いこと言うなあ。朝霧さんの唾液は酸なのか。もう余計に舐《な》めさせられん」

「人を化け物扱いする前に、さっさと漕《こ》げ」

「はいはい……」

朝霧さんをチャリの後ろに乗せたまま、ゆっくりとペダルを漕《こ》ぎ始める。

うん。こんな感じで、少しずつ元の関係に戻っていけたらいいいな。


めちゃくちゃ冷たい夜風に震えながら、田舎道の国道をチャリ二人乗りで走る。

その間も俺たちは、他愛のない話を続けた。

成嶋さんは今もお父さんの病院かな、とか。

期末考査の結果やばかったなー、とか。

クリスマスパーティどうする、とか。

やがてこんな話になった。

「ところでさ。純也くんが中二の頃に好きだっためぐみさんって、あのバイトの前田めぐみさんのことだよね？」

「え？　ああ……」

そういや夏の花火大会のとき、そんな話をしたっけか。

「もしかして今の好きな人っていうのも、前田さんだったり？」

「ち、違《ちげ》ぇよ。別の相手だって」

「ふーん……」

嫌な間だ。

せっかくだから、ずっと疑問に思ってたことを聞いておく。

「なあ。俺、好きな人がいるって、ずっと言ってるよな？」

「うん。あ、だからって今あたしをふっちゃうのはだめだかんね？　告白の返事は二年に進級するときにって約束、忘れてないよね？」

「そ、そうじゃなくて、その……普通は好きな人がいるって言えば、みんな諦めるもんじゃないかと、思うんだけど……」

「んじゃあたし、普通じゃないんだわ」

さらりと言ってのけたあと、ぞっとするセリフをもう一発。

「NTRも上等だし」

「……ほんとたまに怖いこと言うよな。朝霧さんって」

「そう？　だってそんなん、取られるほうが悪いっしょ。だいたい好きな人がいるって言われた程度で諦めるなんて、それ本気の恋じゃないんだよ。本物を知ってしまったら、人間どんなことだってできるんだから」

「…………」

ほどなくして、俺と成嶋さんが住んでいるアパートが見えてくる。

朝霧さんが使う駅はまだ先だから、そのまま通り過ぎようとしたんだけど。

「すとーっぷ！」

ローファーの底を地面に押し当てて、強引にチャリを減速させた。

俺もすぐさまブレーキをかける。

「お、おい、危ないだろ⁉　なにやってんだよ、もう……」

「それこっちのセリフ。どこまで行く気なん純也くん？」

「え、だって送れって言うから、駅まで……」

「純也くんの家まで送れって意味だったんだけど」

は？

荷台から降りた朝霧さんは、両手に抱えていたスーパーの袋を掲げてみせる。

「ご飯作ってあげる。とは言っても、あたしが料理できないのバレてるから、スーパーで買った惣菜《そうざい》をチンするだけなんだけどね」

袋の中身はスーパーの惣菜《そうざい》弁当だったらしい。

俺もチャリから降りて、一旦スタンドを立てながら、

「いやいや……気持ちはありがたいけど、なんでいきなり」

「だって今日、夜瑠いないじゃん？」

「それがなんだよ」

「だから夜瑠の代わりに、ご飯の用意をしてあげようかと」


「――――ッ⁉」

平静を保てたかどうかは自信がない。

今の朝霧さんの発言は、それだけ不意打ちになった。

チャリのスタンドに目を向けていたから、顔を見られていないのが幸いだった。

「ど、どういう、ことだ……？」

振り返らずに言う。いま顔を見られるのは絶対によくない。

「あれ？　純也くん、いつも夜瑠にご飯作ってもらってるんじゃないの？」

「な、なに言ってんだ……俺は別に、作ってもらってなんか……」

まずい。

どうしても声が震える。

なんで朝霧さんは、こんなことを言ってくるんだ。

成嶋さんが漏らすはずがない。じゃあただ探りを入れてるだけか？

なんにしても今の発言は、俺と成嶋さんの関係が、疑われているってことに……。

「あ、そうなんだ」

朝霧さんは大して興味がない雑談を流すような、軽い口調だった。

「や、部屋も隣同士だし、夜瑠って料理得意じゃん？　だからいつも作ってもらってるもんだと。純也くんも料理できないんだし、一回『作って～』ってお願いしてみたら？」

……これはどっちなんだ。

疑われているのか？　いないのか？

おそるおそる振り返る。

朝霧火乃子《ひのこ》は完璧な笑顔を保ったままで、まったく感情が読み取れなかった。

「そだ。夜瑠といえば、みんなで誕生日会をしたとき！」

ぽんと手を叩《たた》きながら、いま思い出したように言う。

「あのときあたしら女子って、夜瑠の部屋で寝ることになったじゃん？　夜瑠が部屋のドアを開けるとき、チラッと見えたんだけどさ。キーホルダーに鍵が三本あったんだよね」

「……へ、へえ。それがなにか？」

「気にならん？　だって一本は夜瑠の部屋の鍵で、二本目はたぶん実家の鍵っしょ？　じゃあ残りの三本目はなんだろって。純也くん知ってる？」

もちろん知っている——俺の部屋の合鍵だ。

成嶋さんには、俺が留守のときでも入れるように、付き合い始めたときから渡していた。

というか、なんで朝霧さんは、そんなところまで見ていたんだ。

しかもなんで俺に対して、そんな話題を出してくる。

「さあ……知らないけど」

「そか。ま、ちょっと気になっただけだから。で？　純也くんはあたしを部屋に上げてくれないわけ？　ずっとアパートの前で立ってると寒いんすけど。ぶるぶるぶる……」

朝霧さんはわざとらしく、自分の体を両手でこすった。

もちろん俺の部屋にある成嶋さんの私物は、いざというときのために全部隠してある。シャンプーとか、歯ブラシとか、その他もろもろ。

だけど、本当に見落としはないか？

なにか成嶋さんに繋《つな》がるようなものは残ってないか？

朝霧火乃子は間違いなく、そういうものに気づくぞ。

いま彼女を部屋に入れるのは、まずいんじゃないのか。

「ちなみにあたしを部屋に入れてくれると、ご飯以外にも特典がついてきまーす」

「特典……？」

「じつは惣菜《そうざい》以外の買い物もしてたんだ。さて、なんでしょう？　ヒントはあのスーパー二階の薬局コーナーです！」

なんだ？　一体なんの話をしている？

本当にわからない。

朝霧さんはスーパーの袋から、茶色い紙袋で包装された『なにか』を取り出した。

客への配慮で、中身が見えないようにわざわざ紙袋でラッピングされるそれは——。

「答えはコンドームでした〜っ！」

「っ⁉」

悪寒《おかん》が走った。

こればかりは、さすがに表情も隠せない。

俺はじりじりと後ずさる。

「あは。そんなに怯《おび》えなくてもいいじゃん。冗談だよ、冗談。ほれサイズ感見てみ？　これ、ただの生理用品だってば〜」

確かにコンドームの箱を包んだ紙袋にしては、少し大きい。

だけどそんなことで胸を撫《な》で下《お》ろすなんて、もう無理だ。

朝霧火乃子なら、本当にやりかねないと、思ってしまったから。

「冗談にしても……笑えないぞ……」

「……このくらいの冗談、許してよ」

僅かに寂しそうな顔を浮かべた途端。

朝霧火乃子は俺の胸にしなだれかかってきた。

「お、おい」

押し退《の》けようとしても、彼女は俺に抱きついたまま離れない。

「不安なんだよ……もしかしたら、純也くんと夜瑠が、なんかあるんじゃないかって」

どくん、と心臓が脈打つ。

最悪だったのは、抱きついている朝霧火乃子にその激しい脈動が聞こえてしまわないか心配になったこと。

そんな俺の考えもよそに、心臓はこれまでの人生のなかで、もっとも強くポンプし続ける。

どくどくどくどくどくどくどく——……。

「二人は部屋も隣同士だしさ。もしそうだったら、あたし……親友と好きな人を、二人同時に失うことになっちゃう」

そうなんだ。だから言えない。

最低なのはわかってる。

だけど今は、まだ言えないんだ。

昨日成嶋さんとも話し合って決めたから。

ほとぼりが冷めるまでは、ずっと黙っておこうって。

朝霧さんとも普通の友達に戻って、もっと時間が経《た》ってから、あと何年か経《た》ってから、そこで全部正直に打ち明ける。

五人が友達のままでいられる可能性が一番高いのは、もうその方法だけなんだ。

だから今はまだ言えない。

歪《ゆが》んでいる。

あまりにも歪《ゆが》んだ友情で、目眩《めまい》まで覚える。

涙すら、滲《にじ》んでくる。

「純也くんと夜瑠は、なにも……ないんだよね？」

「…………ああ。もちろんだ」

成嶋さんに恋をしてからというもの、俺は、俺たちは、どんどん堕《お》ちていく。

もう本当に、取り返しのつかないところまで、きてしまっている。


――――カンッ。


どこかで空き缶を蹴ったような、乾いた音が聞こえた。

誰かいたのか？

もしかして、成嶋さんか？

いや成嶋さんはしばらく、実家と病院を往復するだけの毎日のはずだ。

だから今夜もここには戻ってこない。

「ねえ純也くん」

俺の胸の中にいる朝霧さんが、そっと顔を上げて至近距離から見つめてきた。

「夜瑠とは本当になにもないって言うなら、証拠見せて」

「証拠って……？」

「キスして。純也くんから、あたしに」

「それは……無理だよ。だって俺と朝霧さんは、付き合ってない」

「やっぱり夜瑠となんかあるんだ。だからできないんだ」

「ち、違うって。俺には好きな人がいるから、そういうことはできないだけだ」

半分嘘《うそ》で、半分本当。

「あたしは証拠を見せてほしいだけ。ただ不安を消してほしいだけ。だからこれはキスじゃない。ただの唇と唇を重ねるだけの行為だよ」

「だけど……」

「ひどいなあ、純也くんは。あたしは親友と好きな人を同時に失うんじゃないかって、怯《おび》えてるんだよ？　あなたの相棒がこんなに不安がってるのに、それでもだめなわけ？」

とてもとても長い時間、逡巡《しゅんじゅん》した俺は。

「……わかった」

朝霧さんの顎を摑《つか》んで、少し乱暴に上を向かせる。

――ごめん。

胸中でいろんな人に謝りながら、俺はその親友と唇を重ね合わせる。

「…………ふ」

寸前、朝霧火乃子の口《くち》の端《はし》が歪《ゆが》んでいるように見えた。

「……ん……ちゅ……」

世界はいつだって取り返しがつかなくて。

「んん……あさ、ぎりさん……もう離れ……んむ……っ」

俺たちはみんな、友情に縛られ、恋に犯され。

「……ふふ……まだ、だめ……もっと……はぁっ……あむ……」

脳が壊されていく。

すべてが、狂っていく。

成嶋夜瑠【パパ、痛み止め打たれて完全に寝ちゃった】
成嶋夜瑠【もう今日はやることないし、そっちに帰ろうかと思うんだけど】
成嶋夜瑠【ご飯食べた？　まだならなんか作るけど。一応買い物していくね】
成嶋夜瑠【おーい古賀くん？】

バイト中に送られていたそのメッセージに、俺はまったく気づいていなかった。

第六話　初雪

足の手術をしたばかりのパパに、また痛み止めの麻酔が投与されて、深い眠りに入って。

もう病院でも実家でもやることがなくなった私は、一旦アパートに戻ることにした。

明日からは本当に忙しくなるかもしれない。

だったら今晩くらいは、やっぱり古賀《こが》くんと過ごしたいな。

なんて思いながら、古賀くんに何度か連絡を入れたんだけど、返信はなかった。

まあ古賀くんって、そんなにスマホを見る人じゃないからね。いきなり部屋に飛び込むっていうのも、ドッキリみたいで面白いかもしれない。

駅前のスーパーで晩ごはん用の食材を買って、軽快な足取りでアパートに向かっているときも、私は本当にただそれだけを考えていた。

だからこんなの、一ミリも想像していなかった。

古賀くんと火乃子《ひのこ》ちゃんが、アパートの前で。

抱き合ってる、なんて。


そんな場面を見てしまった私は、慌ててその場から逃げ出した。

空き缶を蹴ったような気もしたけど、どうでもよかった。

なんだ今のは？　なんだ今のは？

なんで古賀くんと火乃子ちゃんが、抱き合ってたんだ？

世界で一番大好きな恋人が、世界で一番大好きな親友と、なんで抱き合っていたんだ？

自動的に走っていた足が、ふいに、ぴたりと止まる。

「なんでって……………別に不思議じゃなくない？」

――――うん。考えてみれば、不自然でもなんでもないじゃん。

だってほら、古賀くんと火乃子ちゃんは今、「仮交際中」みたいなものだし。

それに関して、私は反対するどころか、むしろ推奨すらしている。変に異議を唱えて火乃子ちゃんと私の仲がこじれるくらいなら、どうぞ全然デートでもなんでもしてほしいと思ってるくらい。

まあ抱き合っちゃうのは、少々やりすぎかもしれないけどさ。

あれで私と古賀くんの関係が怪しまれずに済むのなら、もう全然オッケー。

だって私は一生隠していくつもりだし。

その決意をした時点で、私にとやかく言う権利はないんだよね。

あはは。別に慌てるようなことでもなかったな。走って損しちゃった。

うーん、でもこの買った食材どうしよう。火乃子ちゃんは古賀くんの部屋に上がって、一緒にご飯を食べるつもりかもしれないし。あは、てゆーか火乃子ちゃん「泊めて」とか言っちゃうかな。それはさすがにやりすぎだぞー？　あの童貞大王（愛）が暴走しちゃったらどうするんだ。でもまあ、それはそれで『アリ』なのか。二人がそこまでの間柄になったら、私たちの関係は絶対に疑われないし。とりあえず、これからどうしよう――ぴぴぴぴ――今アパートには戻りづらいし――ぴぴぴぴ――スマホうるさいな。ぶっ壊そうかな。

ぴっ。

『あ、もしもし成嶋《なるしま》？　俺だけど』

……誰だお前は。

『親父《おやじ》さん、骨折したんだってな。大丈夫なんか？』

……古賀くんじゃないな。

『あのよ、今日例のＤＶＤ、新太郎《しんたろう》が返してきてさ。お前も貸してって言ってたろ？』

……どうでもいい。古賀くんを出せ。

『あとほかに、なに貸してほしいんだっけ？　ちょうど今ＣＤを整理してんだけど』

……私と古賀くん以外は、世界から消えてしまえ。

『つか成嶋、マジで冬休みまで戻ってこねーの？　みんな寂しがってんぞ』

……古賀くんさえいてくれたら、私はほかになにも――――みんな？

みんな――青嵐《せいらん》くん、田中《たなか》くん、火乃子ちゃん。

初めてできた私の大切な親友たち。

……そうだ。みんなだよ。


私はそこで初めて、心に濃密な憎悪《ぞうお》が渦巻いていたことに気づいた。

魂すら圧《お》し潰そうとしていた巨大な怨嗟《えんさ》が、すっと晴れていくのがわかる。

すべてを不快なノイズに変えていた聴覚が正常を取り戻し、無意識で耳に当てていたスマホの通話相手の声も、やっとクリアに聞き取れるようになった。

「えと……青嵐くん、だよね？」

『あ？　なんだよ、お前。今まで気づいてなかったんか？』

「う、うん……ごめん」

本当に気づいていなかった。

自分が電話していたことさえ、よくわかってなかったかもしれない。

……友達がみんないなくなってもいいなんて……そんなの、あるわけないよ……。

さっきまで脳を占めていた自分の思考を顧《かえり》みて、思わず身がすくんだ。

私のなかの『恋』は、あまりにも凶暴性が高い怪物で、時折恐ろしくなる。

だから『友達』と会話ができているこの状況には、とても安心する。

「それで、その……なんの話だったっけ」

『新太郎に貸してた例のDVDが返ってきたから、次貸すわって話と、ほかになに貸してほしいんだって話。ちょうど今CDの整理をしてるから電話で聞いとこうと思って』

そうだった。私は青嵐くんにいろいろ貸してもらう約束をしてたんだ。

借りたいバンドのアルバム名を列挙していく。

青嵐くんはオーケーとつぶやいて。

『んじゃ、どうすっかな。学校にはこねーんだろ？　冬休みのどっかで渡す感じでいいか？』

「うん、それでお願い……あ」

私の目の前に、ひとひらの白が舞い降りてきた。

本格的な冬の到来を報《しら》せる、十二月の初雪だった。

次第に量を増していく白い花びらは、私の頬にも張りついていく。

その冷たさに凍えた私は、ためらいながらも口にした。

「あ、あの、青嵐くん……やっぱりその、今から借りに行ったら、だめかな……？」

『は？』

もう夜の十九時過ぎ。

自分でも迷惑なことを言っていると思う。

だけど私は、まだアパートに戻る勇気がなくて。

加えて今は友達の近くにいたかったんだ。

だってすごく寒かったから――。


青嵐くんは私の無茶なお願いを快諾してくれたうえに、「俺がそっちまで行くわ」と言ってくれた。私の最寄り駅なら定期で行けるから気にするな、とか言って。

そして二十分後。

言葉に甘えた私は、青嵐くんと駅前のファミレスで落ち合った。

暖かい店内に入って席に着く。

青嵐くんは大きな紙袋をテーブルの上に載せた。

「ほいこれ。頼まれてたCDとライブDVD。こっちのはたぶん、サブスクにもダウンロード版にもないレアなやつだから、堪能《たんのう》しろ?」

「……ありがとう。本当に、感謝してる……」

「全然いいって。俺だって聴いてほしいんだから」

青嵐くんはきっと、私の「ありがとう」をCDのお礼としか捉えてないんだろうな。

……本当にありがとうね、青嵐くん。

「つかお前、風邪でもひいてんの?」

「ううん……なんで?」

「顔色めちゃくちゃ悪いぞ。なんか覇気もねーし、熱とかあんじゃね?」

「あは……そういうのじゃないよ。その、ちょっとお腹《なか》が空いてるだけ……」

お腹《なか》が空いてるのは本当だった。晩ごはんは古賀くんと食べるつもりだったから。

「んじゃちょうどいいわ。一緒になんか食おうぜ。ほれ」

私にメニュー表を渡して、自分はテーブル脇のタッチパネルを操作し始める。

「え……? だ、だって青嵐くんはもう、おうちでご飯、食べてきたって……」

「おう。でも俺めっちゃ食う奴《やつ》だから。んー、やっぱここはセットかなあ。お前は?」

「………ふふ」

「なんだよ成嶋。人の顔見て笑うとか失礼だぞ？」

「ふふ、ごめん……じゃあ私も、なにか食べようかな……」

少しだけ元気になった私は、青嵐くんと一緒にメニューを注文した。

スマホに古賀くんからの着信があったのは、その直後だ。


「てゆーか、なんで私が送ったメッセージ見てなかったわけ？　それほんと、ざ古賀。もうキングオブ雑魚《ざこ》。ざこざこざこざこ！」

『ご、ごめんってば……バイトのあともいろいろあったから……』

ざ古賀はやっと自分のスマホを見たらしく、慌てて私に電話してきたんだって。

私がこうして外で電話している間、青嵐くんにはお店の中で待っててもらっている。お店の外にはまだ雪が降っていたけれど、不思議なことに今はまったく寒くなかった。

さっき私がアパートの下で『アレ』を見たことは、ざ古賀にもう伝えてある。

あのあとざ古賀は火乃子ちゃんを部屋に上げることもなく、ちゃんと駅まで送ってあげたみたい。

「まーねえ。ざ古賀の事情はわかってるし、そりゃ火乃子ちゃんに抱きつかれるくらいは、あってもしょうがない」

『抱きつかれるくらいは……？』

「……なんだよ。まさかそれ以上があったのか」

私は二人が抱き合ってる様子を見て逃げ出したから、そこから先のことは知らない。

『…………いや。あとはチャリで駅まで送っただけだよ』

「うむ。本来『ネオ純也《じゅんや》号エクストラ』の後ろは私の指定席なんだけど、まあそれくらいよかろう。こっちもあと一、二時間くらいで帰るから」

『てか成嶋さん、今どこにいるんだ？』

「駅前のファミレス。青嵐くんも一緒だよ」

『青嵐と？　なんで？』

「しばらく学校休むことになるし、今のうちに借りるもの借りとこって。嫉妬する？」

『……別に』

嫉妬しろよ。誰かさんのせいでアパートに戻りづらかったから、青嵐くんに来てもらう羽目になったんだぞ。

「言っとくけど、来るなよ？　ざ古賀にはわからん話を青嵐くんとしてるから」

『……行かねーよ。遅くなるなら先に寝とくぞ。じゃあな』

「あっそ。じゃあざ古賀が寝てる間に素《す》っ裸《ぱだか》にしてベッドに縛って、朝までバチバチにしてやるから。もうやめてって泣かれても絶対やめないから。エナドリも無理やり飲ませるから」

『……起きとくわ』

ざ古賀はそこで通話を切った。

冗談だったのに、怖がらせちゃったかな。でもまあ、あんな場面を見せられたわけだし。

……本当に、しちゃおうかな。

人には言えない部位に仄暗《ほのぐら》い疼《うず》きを覚えながら、私はファミレスの中に戻った。

席に戻る前に女子トイレに立ち寄って、ざ古賀のことを考えながら暗い疼《うず》きを慰めた。

「お？　なんか顔色よくなってんじゃん。お姉さんとの電話で元気出たんか？」

「んふふ。そうだね……電話をもらえて、よかったな……」

私は自分でもわかるほどご機嫌な顔で、青嵐くんが待つテーブル席に戻った。

「つかお前、そのスーパーの袋、食材だよな？　自炊するつもりだったんじゃねーの？」

「えと……そのつもりだったんだけど、今日はもう、いいかなって……」

ざ古賀は火乃子ちゃんから惣菜《そうざい》弁当をもらったんだって。さっきの電話で「じゃあそれ食べとけ」って言ってやった。

こっちはお昼からなにも食べてなかったのに……もう。

ちょうど注文の料理が運ばれてきたんで、私と青嵐くんは「いただきます」をしてから一緒にファミレスご飯を食べ始めた。

青嵐くんが注文したのも、私と同じパスタとサラダのセットだった。しかも大盛り。

俺めっちゃ食う奴《やつ》だから。

とか言ってたけど、本当は私に気を遣ってくれたことはわかってる。男の子と二人でファミレスに来てるのに、女子だけをガツガツ食べさせるわけにはいかないって。

こういう配慮ができる青嵐くんは、やっぱり大人だ。

……別にざ古賀と比べてるわけじゃないけれど。

パスタを食べたあとは、セットのドリンクバーでコーヒーを飲みながらお喋《しゃべ》りをしていた。ざ古賀を待たせてる以上、なるべく早く帰ってあげたいんだけど、そんなの呼び出しちゃった青嵐くんに悪いしね。

「え、成嶋ってヴェルヴェット・アンダーグラウンドも押さえてんかよ？」

「うん……あの『ファム・ファタール』を初めて聞いたときは、衝撃だったな……」

「お前、そんなオールドロックまでいけるとか、幅広すぎだろ」

「あはは、そっちは青嵐くんのほうが詳しいよ……私は最近のメロコアばっかりで」

青嵐くんと音楽の話をするのは、本当に楽しい。

「そうだ成嶋。これ聴いてみろよ。あ、お前、人のイヤホン使うの無理なタイプ？」

「ううん、大丈夫……片方貸して。一緒に聴こ？」

どっちも音楽が好きだから、何時間でもお話ができる。


「わあ、なにこれ……イントロからすっごいギターだ……」

「だろ？　んで、こっからの高速プリング。成嶋は耳コピできる？」

「これ速いね……一弦《げん》の十六、十四、十二……わ、二弦《げん》もいくんだ」

「はは、すげーだろ？　今度お前のギターで弾いてくれよ」

こんな話ができる友達と出会えた私は――とても幸せ者だ。


気がつけばもう、二十二時前。

私たちは時間が経《た》つのも忘れて、ずいぶん長く話し込んでいた。

「あ、えと、それじゃ青嵐くん。ＣＤ持ってきてくれてありがとうね。そろそろ……」

「だな。このままだと終電までやっちまうわ。いい加減、帰るか」

青嵐くんはもうぬるくなっていたホットコーヒーを、最後に飲み干そうとして。

その手を止めた。

「……なあ成嶋。俺と今日こうして会ってたことは、しん……いや、みんなには内緒にしといてくれねーか？」

「え、どうして？」

ざ古賀にはもう言っちゃったけど。

「まあ、いろいろとな……くそ、ただダチと会ってるだけなのに、なんでこんな気ぃ遣わねぇといけねーんだ……」

「うん？」

よく聞き取れなかった。

コーヒーに目を落としていた青嵐くんが顔を上げる。

「あのさ……なんか最近の俺らって、どっか変じゃねーか？」

その表情は今日初めて見せる——というか、出会ってから初めて見るほどの、とても怯《おび》えた顔だった。

「えっと……俺らって、その、私たち五人のこと？」

「ああ。なんつーのかな。昔はもっと頭からっぽにして、バカ騒ぎしてた気がするんだ。でも最近はそうじゃないっていうか……どっか変なんだよな。うまく言えねーけど、なにかが変わっちまったっつーか……」

「……そう、かな？」

昔と変わったことがあるとすれば、私と古賀くんの関係だと思うけど……でもそれだって、誰にもバレないように振る舞ってるつもりだ。

あとは火乃子ちゃんが古賀くんに告白して、仮交際みたいな形になったくらい。だけどそっちも私からすれば、そこまで変な関係じゃない。火乃子ちゃんは「二年に進級するときに返事をください」って言ってるだけなんだし。

まあ、たまに二人で遊びに出かけたり、その……抱き合ったりもしてるみたいだけど。

でも抱き合ってたのはともかく、ほかは至って健全な関係だと思う。実際五人の空気感は、以前とそんなに変わってない……と、私は思うんだけど。

「なにか不安があるんだね？　その、よかったら、話してくれていいよ？」

立ち上がろうとしていた私は、もう一度ソファーに座り直した。

青嵐くんは弱々しく「ああ」と頷《うなず》いて。

「成嶋にはとくに言いにくいんだけど……なんて言えばいいのかな。最近俺らのなかに、妙なラブコメ臭が混じってる気がするんだよ。その、朝霧《あさぎり》を中心に……」

「火乃子ちゃん？」

「あ、いや！　言っとくけど、嫌ってるとか陰口とかじゃねーから！　ただ最近の朝霧って、妙に恋愛にガツガツしてるっていうか……だから俺、その、ちょっと疎外感を覚えるときがある……情けねえ話だけど……」

そっか。青嵐くんは前に私にだけ、こっそり教えてくれたもんね。

自分は無性愛者かもしれない。恋愛というものがわからない――って。

だからこそ青嵐くんは、火乃子ちゃんと古賀くんっていう自分にとって二人の親友が急接近し始めたことで、戸惑いと不安を感じてるんじゃないかな。

「……その、大丈夫だよ青嵐くん。火乃子ちゃんと古賀くんのことが気になるのかもしれないけど、でもそれで、私たち五人が変わるなんてことは……」

「いや、純也に関してはなんも気にしてねーんだ。あいつは昔からまったく変わらないバカのままだったよ。はは……」

うん？

火乃子ちゃんを中心にラブコメうんぬんって言うなら、古賀くんもセットじゃないの？

でも古賀くんは関係ない？　じゃあほかに誰がいるっていうの？

なんだかよくわからなくなってきた。

「……悪《わり》ぃ。余計な話をしちまったな」

青嵐くんは明らかな空元気で立ち上がった。

「なんか俺、成嶋にはいつもこんなダセぇ弱音吐いてる気がするわ。自分から言っといてなんだけど、疎外感がどうとかはもう忘れてくれ。仮に俺がぼっちになっちまったら、軽音部にでも入って、また常盤《ときわ》とバンドでもやるわ」

常盤くんっていうのは、文化祭で私と青嵐くんが一緒にバンドを組んだ軽音部の子だ。

「どうして青嵐くんが一人ぼっちになるの？　そんなのありえないよ」

「……いや、わかんねーだろ。なにが起こるかなんて、誰にも……な」

どうも弱気な青嵐くんに、私は冗談混じりで明るく言ってあげた。

「あは、もしかしてそのうち、古賀くんと火乃子ちゃんが本当に付き合い始めて、私と田中くんまでカップルになっちゃうとか、そんなこと思ってる？」

「…………っ」

あれ。笑えなかったかな。「思ってる？」って聞いただけなんだけど。

まさか青嵐くんは、本気でそんな心配をしてるのかな。

でもそんなことは絶対にありえないんだよ、青嵐くん。

だって実際に付き合ってるのは、私と古賀くんだから。

しかもそれは生涯の秘密にする。だからあの五人組は決して壊れない。

ずっと今のままでいられる。

私が必ず、そうしてみせる。

だから本当に大丈夫なんだよ。安心してよ、青嵐くん。

お願いだから、そんな孤独に怯《おび》えるような顔なんてしないでよ。

「……私はなにがあっても、青嵐くんを一人ぼっちになんてさせないよ。そんなの私が許さない。私たち五人はずっと一緒だから」

「…………」

「仮にも青嵐くんが一人で軽音部に行くなんてことがあったとしても、私が一緒に行ってあげる。ほら、これでもう一人ぼっちじゃないよ？　そのときはまた、常盤くんと三人でバンドをやろう？」

「――ははっ」

青嵐くんはやっと笑ってくれた。

「お前ってなんか、純也に似てるとこあるよな」

「そう？」

それは私も、あの友情モンスターに近づけたってことだろうか。

だとしたら……少しだけ誇らしい。

「……サンキューな、成嶋。もしそうなったときは、三人でプロ目指そうぜ」

「ふふ。常盤くんにその気がなかったら、ほかのメンバーを探さないとだけどね」

みんなを騙《だま》し続ける。嘘《うそ》をつき続ける。

私と古賀くんの友情は、とても歪《ゆが》んでしまったけれど。

でも誰がなんと言おうと、絶対に純粋だ。

ファミレスを出ると、まだ雪が降っていた。
傘を差す必要もないほどまばらで、初雪は地面に落ちた途端に溶けて消えていく。
この程度では、世界は決して白く染まらない。
私は少しだけ残念に思う。
だけど、それでも。

「じゃあな成嶋。今日は……嬉《うれ》しかったよ。またなんかあったら、相談させてもらうわ」
「うん。いつでも相談して。待ってるから」

誰かが孤独の寒さに震える世界が『白』ならば、私は永久に『黒』のままで構わない。

第七話　賢人

——成嶋《なるしま》さんと付き合ってたんだ。僕の気持ちは知ってたくせに。

違うんだ新太郎《しんたろう》。待ってくれ。

——お前なんで黙ってたんだよ。さっさと言っとけば、こんなことには……。

聞いてくれ青嵐《せいらん》。俺はそのうち全部言うつもりだったんだ。でも今それを言ったら。

——夜瑠《よる》が古賀《こが》くんを奪ったんだね。もう夜瑠なんか親友でもなんでもないよ。

そうじゃないんだ朝霧《あさぎり》さん！　悪いのは全部俺なんだ。俺が成嶋さんを無理やり繋《つな》ぎ止《と》めてしまったから……お、おい、みんなどこ行くんだ⁉　ちょっと待ってくれよ！

——古賀くん。

ああ……な、成嶋さん。みんな行ってしまった。もう俺たちだけになってしまった。

——火乃子《ひのこ》ちゃんとキスしてたんだね。

なっ……⁉　ち、違う、あれは……っ！

——さよなら古賀くん。私たちはもう二度と会うことはない。

待ってくれ、成嶋さんまでそんな！　行かないでくれ成嶋さん……っ！

「待ってくれぇぇッッ！」

「うん？　なにを待つの？」

キッチンに立っている成嶋さんが、きょとんとした顔でこっちを見ていた。

「おはよう古賀くん。変な夢でも見たのかな？」

「…………夢……」

俺はそこでやっと、自分がベッドの上で身を起こしていたことに気づく。

「いま朝ごはん作ってるとこ。もう少しでできるから待っててね」

成嶋さんは味噌汁《みそしる》の鍋に向き直って、お玉をぐるぐる回し始めた。

無性に抱きしめたくなって、俺はふらふらと、その後ろ姿に近づいたんだけど。

「んふ。なに？　朝からエッチなことはだめだぞ？」

とびっきりの無垢《むく》な笑顔で振り返るもんだから。

「～～～～っ！」

俺はたまらずトイレに駆け込んだ。

「弱い弱い弱い弱い弱い弱い弱い弱い──……ッ！」

便座に座って、頭を掻《か》き毟《むし》る。

今の夢はあまりにも生々しかった。

新太郎も、青嵐も、朝霧さんも――成嶋さんも。

大事な奴《やつ》らがみんなみんな、俺の前からいなくなってしまう、そんな悪夢。

……あれはただの悪夢だったのか。『予知夢』の類いじゃないのか。

「一人になるのは、もう嫌だ……また友達を失うなんて、もう絶対に、嫌なんだよ……っ！」

だけど俺がやってることは、全部、全部、逆のことばっかり。みんなを裏切ってばっかり。

すべては俺が弱いから。臆病だから。

自分で自分の首を絞めて、誰にも言えない秘密がどんどん雪だるま式に増えていく。

秘密ばかり保身ばかり弁解ばかり偽善ばかり腐食ばかり罪業《ざいごう》ばかり――……っ！

「……う……くぅぅ……っ」

涙まで溢《あふ》れてきた。

弱虫の裏切り者が流す、薄汚い涙だった。

「古賀くん？」

トイレのドア越しに、成嶋さんが呼びかけてきた。

「すごく怖い夢を見たんだね。背中さすってあげようか？」

その声色があまりにも優しかったから。

その気配があまりにも暖かかったから。

涙がまったく止まらないんだ。

「……ごめん、成嶋さん……ほんとうに……ごめん……ごめんなさい……っ……」

「どうして謝るの？　大丈夫。私はなにがあっても、ずっとずっと古賀くんの傍《そば》にいるよ」

「……く……っ……ぁぅぅ……っ！」

こんなにも優しい成嶋さんのことまで、俺は裏切っている。騙《だま》している。

――本当に、ごめん成嶋さん。俺は正真正銘の……クズだ……。

本音を言えば今すぐ抱きしめてもらいたかったけど、それは絶対に最低なこと。

だから俺は気持ちが落ち着くまで、トイレから一歩も出なかった。


成嶋さんが作ってくれた朝食を一緒に食べる。

今日の朝ごはんは、味噌汁《みそしる》と目玉焼きとほうれん草のおひたし。プラス牛乳。

牛乳はホットミルクだ。寒い朝は和食でも洋食でも、俺はこれがないと始まらない。一口飲むと、陰鬱だった気分がほんの少しだけ和らいだ。

「ほんとに大丈夫？　まだ顔色悪いけど？」

「いや……だいぶ落ち着いたよ……」

成嶋さんは心配そうな顔で俺を見たまま、その小さな口に白米を運び続ける。

やっぱり朝霧さんとキスしてしまった件は、言っておくべきだろうか。でもそれを言ってどうなる。成嶋さんと朝霧さんの友達関係に亀裂を入れるだけじゃないのか。

「もしかして、火乃子ちゃんのことで悩んでる？」

勘のいい成嶋さんは、気遣いの笑顔でそう言ってきた。

「……ああ、その……昨日のことは、本当に……なんて謝ればいいか……」

「あ、いいのいいの！　私もいろいろ考えたんだけどね、古賀くんが気にする必要はなし。むしろ全然オッケー。火乃子ちゃんは確かに強い人だけど、やっぱり女の子で脆《もろ》い部分もあるからさ。今は拒絶しちゃうほうが絶対によくない。だからあれで正解なの」

「正解なわけ……ないだろ……だって……」

「いいんだってば。古賀くんは火乃子ちゃんとデートしたり、抱き合ったりしてもいい。場合によってはキスだって全然アリ」

「……………は？」

「とにかく古賀くんは、火乃子ちゃんとの約束どおり、二年になるまでは今みたいな関係を続けてあげて。私のことは本当に気にしなくていいから」

「ちょ、ちょっと待てって。よくないだろ……自分がなに言ってるのか、わかってんのか」

「わかってるよ」

成嶋夜瑠は笑顔のまま、

「私は浮気を公認するって言ってるの」

「なん……だって……？」

全身に悪寒《おかん》が走った。

「まー、浮気《うわき》の定義って人によってまちまちだと思うけどさ。私は『気持ち』さえ入ってなければ許せる派。だってこの件はしょうがないし、古賀くんも火乃子ちゃんに『気持ち』があるわけじゃないんでしょ？」

「あ、当たり前だろ！　俺には成嶋さんがいるのに、そんな……！」

「じゃあ私的には、それは浮気《うわき》じゃない。そもそも彼女が『いいよ』って言ってるんだぞ？だから今は火乃子ちゃんとの仮交際期間を楽しんで！　泣かせたりしたら怒るからな〜？」

違うだろ。それは絶対に違うだろ。

「……おかしいってそんなの……それで、それで平気なのかよ成嶋さんは⁉」

「もちろんだよ。だって」

成嶋夜瑠は両手を広げながら、悪意などひとつもない笑顔で言う。

「私の愛はとっても大きいから！」

……こいつは本当に歪《ゆが》んでいる。

親友が傷付かずに済むのなら、親友と自分の彼氏が抱き合ったりキスをしたりしても構わないと言っている。それは朝霧さんにとっても、俺たちにとっても、絶対残酷なことなのに。成嶋さんはなにも知らないから言えるんだ。まだ甘く見てるんだ。朝霧火乃子のアプローチは、もうとっくに常軌を逸し始めてるってことを。

「………もうそんなことを、言っていられるレベルじゃないんだよ……っ……」

朝霧さんも、成嶋さんも、そして俺も、どこか壊れ始めている。

友情という鎖で縛られ、恋という劇薬を投与され、確実にアタマがやられつつある。

俺たちを取り巻いているのは、明確な狂気の渦だった。

「ん？ なんか言った？」

そんな渦から抜け出すためにも、もうこいつには、ありのままを伝えるべきだ。

「ああ……その……」

——答えはコンドームでした～っ！

「う……っ」

吐き気が込み上げてきて、慌てて口元を押さえた。

「あらら？　古賀くん大丈夫？　まだ気分悪い？　ご飯おいしくない？」

やっぱりこんなの、言えるわけがない。どこの誰が言えるっていうんだ。言えばさすがに、なにもかもが終わってしまうんだぞ。

……でも誰かに相談はしたい。話を聞いてもらいたい。少なくとも朝霧さんの件は、早急になんとかしなければならない。

だけど誰にも言えない。成嶋さんにも相談できない。

こんなこと、あの五人組には絶対に、誰にも——あ。

そうだよ——五人組だから言えないんだ。俺はもう父さんには成嶋さんと付き合ってることも伝えてるじゃないか。それは父さんが『部外者』だから言えたんだ。

つまりみんな以外になら……。

「じゃあ私は、今日からしばらく戻ってこないから。火乃子ちゃんのことは本当に気にしなくていいからね？　別に部屋で二人きりになっても、私は全然いいからね？」

朝食後、成嶋さんはお父さんが入院している病院に向かい、俺は一人で学校に向かう。

学校で顔を合わせた朝霧火乃子は、昨晩のことなんて幻だったかのように平常運転だった。

「ん～？　青嵐くん、なんか眠そうだね」

「おう……朝までドラムの動画見ててな。ちっと本腰入れてドラムやろうかと思って」

「それで宿題もやってないんだ？　じゃあ田中《たなか》くん、宿題写させて」

「ここに俺もいるんだが」

「や、古賀くんがやってるわけないっしょ？　へい田中くん、フリスクでどうだ？」

「別にフリスクはいいよ……僕も朝霧さんにはお世話になってるし」


成嶋さん不在のなか、四人で普段どおり駄弁《だべ》って、駄弁《だべ》って。

短縮授業で今日も昼に学校が終わったあとは、そのままバイトに向かう。

そして普段どおり働いて、働いて。

勤務時間が終わった。


バイト着を脱いで帰り支度をしたあと、俺は一人、休憩室のソファーで待っていた。

やがて女子更衣室から、高校の制服姿に着替え終えた俺の幼《おさな》馴染《じみ》が出てくる。

「あれ？　じゅんくん、まだ帰ってなかったんだ」

「待ってたんだよ――めぐみを」

「ん？」

めぐみは小さく首を傾《かし》げたあと、向かいのソファーに腰を下ろしてくれた。

「私になにか用事？」

「ああ。ちょっと相談したいことが……あるんだ」

授業中もバイト中も、俺は頭の中で何度もシミュレーションしていた。

「これは誰にも言わないでほしいんだけど……」

「わかった。なに？」

俺はいま初めて、家族以外の人に語り始める。

「じつは俺……あのグループの中で、こっそり付き合ってる人がいるんだ」

「えっ？」

俺が背負った罪の話を――。

「ほへぇ～っ！　古賀っちに彼女がねぇ～っ⁉」

いきなり話の腰を折られた。

相変わらずうざったい口調の狭山《さやま》先輩が、休憩室に入ってきたんだ。

「む？　なぁに、その嫌そうな目ぇ。言っとくけど、盗み聞きするつもりはなかったんだから
ね～？　私は勤務時間が終わってフツーに戻ってきただけだからね～？」

「わかってますよ……って、なんで座るんすか⁉」

その小柄なロリふわ系の先輩女子は、当たり前のようにソファーに腰を下ろしていた。

「や〜、だって古賀っちがグループ内で秘密恋愛となると、さすがに黙ってられんよ〜。さ、お姉さんにも話してみたまえ〜」

「だ、だめですよ。すいませんけど、席を外してもらえたら、嬉《うれ》しいんですけど……」

「……………ちぇー。わかりましたよ〜だ」

膨《ふく》れっ面《つら》で立ち上がると、

「そうやって人を除《の》け者《もの》にしといて、自分はめぐたんと楽しく恋バナで盛り上がっちゃうんですか〜。古賀っちきら〜い」

「いや、こんなの別に楽しい話じゃないし……あ、ちょっと先輩」

狭山先輩は一人で女子更衣室に入っていった。

「……嫌な気持ちにさせちゃったかな」

閉ざされた女子更衣室のドアを見ながらつぶやく。

「あはは。大丈夫だよ。狭山先輩って恋愛経験豊富だからさ。相談に乗れるなら乗りたいって思っただけで、別に気にしてないと思うよ」

「あのロリふわ先輩が、経験豊富……？」

「うん。初体験は中一だって」

「中一……俺なんてまだセミ取ってた頃なのに」

生きてる世界が違いすぎる。

「でも悪い人じゃないんだよ？　面倒見がいいし、困ってるお客さんには積極的に声かけにいくしさ。この前も小さい女の子が狭山先輩に『お姉ちゃん、この間はありがと～』って言ってるところを見た。あれもたぶん、恋愛相談に乗ってあげてたんじゃないかな」

まあ俺も別に、悪い人だとは思ってないけど。しかし中一か……。

やがて着替え終わった狭山先輩が女子更衣室から出てきて。

「じゃあ私、先に帰りま～す。ぷいっ。ぷいぷいっ」

気を遣って一人で出ていってくれたところで、俺はやっとめぐみに本題を切り出した。

「それでその……話の続きなんだけど――――」


ずっと黙って聞いていてくれていためぐみは、

「ええと……ちょっと整理していい？」

眉間に指を当てて考え込んでいた。

そりゃそうだ。きっと想像以上のややこしい話だっただろうから。

「じゅんくんは成嶋さんと内緒で付き合っている。でもそうと知らない朝霧さんから、猛アプローチを受けている。朝霧さんには『成嶋さんと付き合ってる』なんて言えないから、ひとまず好きな人がいるとだけ伝えている。だけど朝霧さんはその程度じゃ諦めてくれない」

「……そういうこと」

「なんでそんな状況になったの……なんて言う権利は私にないか」

自嘲気味に小さく笑った。

「あのときの私と違って、じゅんくんは友達グループを残そうとしてるんだね。その結果、こうなっちゃったわけだ」

「……成嶋さんと朝霧さんは、おたがい初めてできた同性の親友同士なんだよ。もし俺が余計なことを言えば、二人の大事な親友関係まで壊すことになってしまう。だから……」

だから言えないんだ。成嶋さんにも、朝霧さんにも。

結果、俺一人が重い秘密を抱えた状態になっている。

「これはあくまで、今の話を聞いた限りの私の印象だけどね」

めぐみは真剣な顔で俺を見ていた。

「その朝霧さんって人は、とても賢くて、怖い人。じゅんくんの性格をよく把握したうえで、アプローチをかけてるように思う」

「……？」

「一応聞くけど、じゅんくんは友達から『約束』って言われたら、それ破れる？」

「無理だろ。状況にもよるけど、友達との約束なんて基本的には絶対だ」

「ほら、じゅんくんならそう言うよね。じゅんくんにとって朝霧さんは友達なんだから、『二年になるまでは好きでいさせてくれる約束』って言われたら、もう破れない。だから朝霧さんはそれまで絶対にフラせないばかりか、いくらでもアプローチがかけられる状況になってる」

——約束どおり、二年になるまでは一緒にいさせてほしい。

——二年に進級するまでの約束、忘れてないよね？

——親友同士の約束だよ。

確かに朝霧さんは、事あるごとにその単語を出していた。

「だ、だからって俺は、そんなことで揺れたりはしないぞ。俺は本気で成嶋さんが」

「わかってるよ。でもそれさえも朝霧さんはお見通しなのかもしれない。このままアプローチされ続けたとして、じゅんくんは本当に朝霧さんと普通の友達に戻れる？　全部なかったことにできる？」

「それは……」

どうなんだろう。

朝霧さんは実際にそう言ってくれているけど、俺のほうはどうなんだ？

もうキスをされたり、ほかにもいろいろされたりしている女の子をふって「これからも普通の友達でいてください」なんて鉄面皮なこと言えるのか？

「今だって気まずいよね？　その気まずさはそのうち、確固たる罪悪感に変わっていくよ。じゅんくんの性格上、そうなってから朝霧さんに泣きつかれたら、もうふることもできなくなるんじゃないかな」

「…………」

「知らない人のことを決めつけるのはよくないし、これはあくまで私の邪推だから。でももしそれが朝霧さんの狙いだとしたら……すごく怖い人だよ。だってじゅんくんに罪悪感を植えつけて、逃げられなくしようとしてるわけだから。心当たりは、ないの？」

……………ある。

朝霧さんのアピール度合いはもう普通じゃない。過激さは日に日に増す一方で、俺の罪悪感だってどんどん膨らんでいる。

このままだと俺は、めぐみの言うとおり罪悪感に押し潰されて、ふることすらできなくなってしまうんじゃないのか？

「だから二年になるまで放置なんて、私はおすすめしないよ。例の約束は破ることになるけれど、やっぱり今すぐ諦めてもらったほうがいい。それは朝霧さんのためでもあるんだから」

「そんなの、俺だってわかってるよ……でも朝霧さんは、どうしても諦めてくれなくて……」

「好きな人がいるって言っても諦めてくれないなら、もう付き合ってる人がいるって言うしかないね」

「だからそれは……」

今はまだ言えない。そこで成嶋さんの名前を出したら、もう成嶋さんと朝霧さんは——。

めぐみは微《かす》かに笑った。

「じゅんくんは本当に純粋だね。だからきっと、こういう方法だって思いつかないんだ」

その笑顔は、先に大人になってしまった自分自身を憐《あわ》れむような。

なにも知らない子どもに悪事を教えることを躊躇《ためら》うような。

とても痛々しくて、悲しそうな微笑だった。


「私と付き合ってるって言えばいいんだよ」


「え……？」

「朝霧さんには『前田《まえだ》めぐみと付き合ってるから、もうアプローチはやめてほしい』って言えばいい。これなら成嶋さんの名前を出さなくて済むし、私も話を合わせてあげられる」

「そ、そんな、こと……」

「友達に嘘《うそ》をつくのは心苦しい？」

めぐみの言葉は俺の胸を抉《えぐ》った。

きっとあえて言ってるんだと思う。

そうだよ……嘘《うそ》なんて今さらじゃないか。なにを躊躇《ためら》う必要がある。

今すぐ朝霧さんに諦めてもらうには、その方法が最善だろう？

だってそれなら、成嶋さんは恨まれずに済む。そして何年後か、ほとぼりが冷めた頃に俺と成嶋さんのことを打ち明ける。それでみんな友達のままでいられるなら、俺は外道にもなるって決めたはずだろ。

でも——本当にそれでいいのか？

これ以上、嘘《うそ》に嘘《うそ》を重ねてもいいのか？

やっぱり今のうちに、全部正直に言うべきじゃないのか？

俺は成嶋さんと付き合ってるんだって。

もちろんそれを言うなら、まずは成嶋さんの許可を取る必要があるけれど……。

海よりも深い逡巡《しゅんじゅん》は、再びこの人の声によって中断された。

「ねえ古賀っち～？　今日も朝霧さんって子が、店の前で待ってるよ～？」

さっき帰ったはずの狭山先輩がまた戻ってきた。

……朝霧さんが、今日も来ている。また俺と二人きりの時間を作るために。

もう少し熟考する時間がほしかったけれど、どうやらタイムオーバーのようだった。

俺を見つめ直しためぐみが、真剣な口調で言う。

「じゅんくんは優しい人だけど、弱虫だ。子どもだ。まだ誰も傷つかないで済む方法を考えてる。でも恋愛において、そんな方法はないんだよ。つらいだろうけど、今が決断のとき」

「……わかってる……今日、なにかしらの、答えを出すつもりだ……」

「もし踏ん切りがつかないようなら、私が助け舟を出すからね」

「大丈夫……そんなことには、きっとならないから……」


「おーっす、純也《じゅんや》くん。今日もバイトお疲れ様！」

「……ああ」

一人で店を出た俺は、昨日と同じ場所で待っていた朝霧さんに会釈《えしゃく》をして、チャリを取ってくる。

そのままチャリを押して、朝霧さんと並んで歩く。

今チャリの後ろに乗せる気には、さすがになれなかった。

「毎日遅くまで大変だねぇ。純也くんのシフト、十八時までなんしょ？　でもやっぱすぐには帰れないんだ？」

「いや……ちゃんと十八時に終わってるんだけど……昨日も今日も、めぐみと話してたから」

朝霧さんは「ふーん」と興味なさそうにつぶやいて。

「やっぱ幼馴染《おさななじみ》の存在はでかいなあ。高校で出会ったあたしには、どう足掻《あが》いても超えられない壁がそこにある」

「いつ出会ったかなんて関係ないって。めぐみも朝霧さんも、どっちも……大事な友達だよ」

あえて『友達』の部分を強調して言ってみた。

「ふーむ……」

わざとらしく顎に手を当てて考え込む朝霧さん。

「ねえねえ。あたしの告白の返事は、二年になるまで待ってって言ったじゃん？」

「あ、ああ……そのことなんだけど」

やっぱり今すぐ返事をさせてもらえないか？

そう言おうとしたんだけど。

朝霧さんは右の手刀をびしっと立てて、いたずらっ子みたいな顔で、

「やっぱあれ、延長していいすか？」

「な――――っ！」

なんで？

言葉にもならなかった。

朝霧火乃子は俺が想像もしてなかった反則技をちらつかせてきた。

「……なーんてね。冗談冗談」

ケラケラと笑った。

「だって純也くん、未《いま》だにあたしのこと、なんも思ってない感じなんだもんなあ。だからもうちょっと時間をかけたいなーって思っちゃうのも、無理ないっしょ？」

……本当に冗談だったのか。

……実際は俺の顔色を見て、冗談で流す方向に切り替えただけじゃないのか。

「あたしらが進級するまで、あと三ヶ月ちょっと？　それまでには絶対、純也くんを振り向かせてみせるからな？」

ばちりとウィンクしたのち、自分の赤い唇に軽く指を添えて投げキッス。

それは一見、健康的な恋愛をしている明朗快活な女の子のようにも見えるけど、

「そんで今日はさ、ちゃんと食材を買ってきたんだ。料理の予習もしてきたから安心し！」

「料理……？　なんの……ことだ……？」

「や、今夜こそは純也くんの部屋に上がらせてもらおうかと。昨日は無理やり帰らされたんだし、もう嫌とは言わさんぞ～？」

その軽口のなかには、絶対に有無を言わせないという気迫が混じっている。

「へ、部屋はさすがに……だめだって……」

「なんで？　あたしら『親友』じゃんね？　別に普通のことじゃんね？」

とても都合のいい言葉を吐いたあと、チャリを押す俺の耳元に唇を寄せて、吐息のように囁《ささや》いてくる。

「……ちなみにあたしは『親友』だけど、純也くんの好きにできる『女』でもあるんだよ」

「な、なにを、言って……」

「わかんないかなあ～。エッチしてもいいって言ってるんだけど」

「～～～～っ⁉」

誰だこの女は？

俺の知っている朝霧火乃子は、ここまで恋に貪欲な女だったか？

恋というものは、ここまで人を黒く別人に塗り替えてしまうものなのか？

「ほかに好きな子がいてもいいんだよ。あたしは誰にも言わないから……ね、どう？」

俺の知らないその女は、妖《あや》しく嗤《わら》う。

もうだめだ。もう限界だ。

──言え。

──もう付き合ってる人がいると言え。

──俺は成嶋夜瑠と付き合っている、い、い、い、と言え。

朝霧火乃子に向き直って口を開いた。だけど。

「…………っ！」

最後の最後で、それを言うのは成嶋夜瑠の承諾を得てからだという、理性が働いた。

「ん？　どした純也くん？」

あいつと話し合ってから打ち明けるとなると、最短で明日か明後日《あさって》か。

そもそも成嶋さんが納得してくれるかどうかはわからないけど、それまでは、まだ――。

やや離れてついてきていたその人物は、この沈黙を助け舟のタイミングだと捉える。

「もー、じゅんくん。自分の『彼女』を置いて先に帰るなんてひどいよお」

その声は夜闇に粛々と鳴り響く。

俺と朝霧火乃子の歪《いびつ》な関係に終止符を打つ、鐘のように。

第八話　鎮火

朝霧火乃子《あさぎりひのこ》はまっすぐに恋をしていた。

屈折しているけれど。

捻《ね》じ曲がっているけれど。

それでもこの初めての恋は、まっすぐで純粋だった。


昔から女子と反りが合わなかった火乃子にとって、仲のいい友達は男子のみ。彼らとは本当に友達だと信じていたし、疑ったことは一度もなかった。

しかし中学になった頃から少しずつ様相が変わっていく。

——朝霧は女だから、これは俺に任せろよ。

——朝霧は女だから、そんな危ないことはするな。

女だから。

男子たちは次第にその言葉を使うようになり始めたのだ。

——あたしは大丈夫だって。みんなと一緒でいいから。

友達なんだから平等であるべき。そこに女がどうとかは関係ない。火乃子は常にそう思っていた。しかし薄情なことに、体の成長はそんな彼女の主張を許さない。本人の意思とは無関係に、男子との間で明確に体力の差が表れ始める。

サッカーではワンツーパスを出し合う男子たちに、追いつけなくなってきた。

バスケではワンハンドシュートを覚えた男子たちに、敵《かな》わなくなってきた。

罰ゲームのカバン持ちがきつい。廃墟《はいきょ》のフェンスを乗り越えることがきつい。自転車の後ろに男子を乗せることがきつい。

みんな男の体になっていくなか、自分だけはどんどん女の体になっていく。

いつしか友達とは平等な関係でいられなくなっていた。

それでも友情は不変だと信じていた火乃子だったが、世界は決して留まることを許さない。

ある日、男子に告白された。

親友だと信じて疑わなかった男の一人だった。

火乃子にとってはただの友達なのに、受け入れられるわけがない。

そんな相手と恋人になって、キスをしたり、いずれは体の関係をもったりなんて、想像もできなかったのだ。

だから断った。相手の男は深く傷ついた。

それ以来、話もしてくれなくなった。

火乃子は親友を一人失った。

しばらくして、また別の男に告白された。

やはりその男も、親友の一人だった。

断った。失った。

そしてまた別の男友達から――……。

何度か続いた時点で、火乃子と遊んでくれる友達は誰もいなくなっていた。

男の連帯感で友達全員から距離を取られて、火乃子は一人ぼっちになってしまったのだ。

男子をふり続けたことで女子からも嫉妬され、陰口を叩《たた》かれる始末だった。

枕は毎晩濡《ぬ》れていた。

どうして自分だけ女だったんだろう。女になんて生まれなければ、友達から告白されることも、断って失うことも、そのせいで仲間外れにされることも、きっとなかったはずなのに。

自分は恋なんて絶対にしない。男子とはずっと友達のままでいたい。

だからお願い。女でも特別扱いはしないで。ただの親友でいさせて。

そんな火乃子が高校で出会ったのは、まさに自分が理想とする男子だった。

性別なんて関係なく、みんな平等に親友として扱ってくれて、いつも面白い遊びを提案してくれるとっても楽しい男の子。

恋愛をするくらいなら友達と遊んでいたいと本気で考えている、子どものまま時が止まってしまったような、ピュアな少年。

火乃子は彼に恋をした。

自分は恋なんて絶対にしない。男子とはずっと友達のままでいたい。

確かにそう願っていたはずなのに、それでも火乃子は恋をした。

古賀《こが》純也《じゅんや》に、恋をしてしまった。

そこで初めて浮かび上がる、おぞましくも皮肉な本性――。

女に生まれたことを忌避していたはずの火乃子は、最初から誰よりも『女』だった。

恋をした相手は、どんな手段を使ってでも手に入れる。

そのためなら、いくらでも嘘《うそ》をつく。

必要とあれば、略奪だって厭《いと》わない。

あたしはそれだけ、古賀純也が欲しい。

恋の魔性に触れた火乃子は、とっくに歪《ゆが》んでいた。


――とりま、あたしも今までどおりの友達として接するからさ。二年になる頃にもっかい聞くんで、ふるならせめて、そのときでよろ。

それは古賀純也に初めて告白したときの言葉。

最初から嘘《うそ》だった。

友達として接するわけがない。

二年になる頃にもう一度聞く、と言ったのも建前だ。

ひとまず猶予をもらえたら、それでよかった。

時間的猶予があれば、必ず振り向かせる自信があった。なによりも友情を重んじる古賀純也なら、親友である自分を無碍《むげ》に扱うことは絶対にできない。あとは女のアピールをして強引に距離を詰めていけば、いずれ必ずなびく。

そう信じていた火乃子だったが、あるときひとつの疑念が生じた。

古賀純也と成嶋夜瑠《なるしまよる》の関係についてだった。

確証があったわけではないが、それでも疑いをもってしまった。

こうなってしまうと放置しておくわけにはいかない。なにか策を立てなければならない。

奇《く》しくもそれは、田中新太郎《たなかしんたろう》が成嶋夜瑠に恋をしていると明らかになったときだった。


――とりま、田中くんって夜瑠のこと好きなんよね？

――成嶋さんには内緒にしといてよ？　もぉ……。

――あたしは応援してあげるって言ってんの。どうせなら、みんなで。

のちに田中新太郎は火乃子にだけ「こっそり応援してほしい」と伝えてくるのだが、火乃子はそれを却下した。夜瑠以外の全員に伝えるべきだと進言した。

古賀純也がどういう反応をするのか、見たかったからだ。

以降、火乃子は純也に探りを入れ始める。


――てゆーかさ、純也くんまで乗り気じゃなかったのはなんで？

――え、だってそれは……新太郎が。

――いつもの純也くんなら『いいから俺たちにまかせろ！』とか言って、強引に事を進める場面だよね？　でもさっきは妙に話を変えたがってたよね？

――そ、そうかな。俺は普段からこんな感じだろ。


このあたりのやりとりで、十中八九、確信した。

古賀純也は成嶋夜瑠に、友達以上の感情をもっていると。

次第にそれは「むしろ両想《おも》いではないか？」という疑惑を生み、疑惑はさらに「もう付き合っているのではないか？」という段階まで膨らんだ。

すなわち火乃子は、二人の関係に薄々気付いていた。

それでも絶望などしなかった。

むしろその逆。

歪《いびつ》なことに、それはそれで好都合だと喜んですらいた。

友情モンスター古賀純也は、決して夜瑠との関係を口外しない。言えば全員の関係が壊れると考えて、間違いなく隠し続ける。そこに付け入る隙ができる。

だから火乃子は純也の前で、執拗《しつよう》に新太郎の話を振り続けた。

さらに純也が拒否できないように誘導して、女の武器を振るい続けた。

すべては純也の罪悪感を煽《あお》るために。

……そのうち純也くんは罪悪感に押し潰されて、必ずあたしを受け入れてくれる日がくる。

なぜなら彼は、決して『親友』を傷つけることができない友達思いの男の子だから。

古賀純也が手に入るのなら、自分は親友だと思われていても構わない。

『恋人』になれるのなら、『親友』のままで構わない——。

それは歪《ゆが》んだ歪《ゆが》んだ、自己矛盾。

屈折しているけれど。

捻《ね》じ曲がっているけれど。

朝霧火乃子はまっすぐに恋をしていた。

「や、今夜こそは純也くんの部屋に上がらせてもらおうかと。昨日は無理やり帰らされたんだし、もう嫌とは言わさんぞ～？」

昨日と違って、純也は自転車を押して歩いている。火乃子も並んで歩いている。

彼の表情はいつもより硬い。自分が丁寧に積み上げてきた策が功をなし、罪悪感が破裂寸前にまで膨らんでいるのは明白だった。

昨晩は夜瑠との関係を盾に、無理やり唇を奪った。多少は抵抗されたものの、最終的にはやはり受け入れてくれた。思い返すと、つい笑みがこぼれそうになる。

あと一押し。

もうあと一押しで、純也はきっと陥落する。

「わかんないかなあ～。エッチしてもいいって言ってるんだけど」

火乃子は覚悟を決めていた。

昨日はキスで終わらせたが、今日は違う。

今夜こそは無理やり部屋に上がり込んで、無理やり既成事実を作ってしまう。

隣人の夜瑠がしばらく留守にするという話を聞いた時点で、この計画は練っていた。

強引に体の関係をもってしまえば、純也くんはもうあたしをふることができなくなる。そこで夜瑠との関係を打ち明けられたとしても、泣きついてやれば問題ない。そうなれば彼は絶対に、夜瑠じゃなくてあたしを選ぶ。

成嶋夜瑠。

初めてできたその同性の親友を思うと、さすがに胸が痛んだ。

──夜瑠は昔さ。もし好きな人がかぶっても、自分は女子との関係より迷わず男の子を取るって、言ってたじゃん？　それって今もまだ同じ気持ち？　恋愛のためなら友達を切り捨てられる？

──無理だよ。

……あそこで「イエス」と答えてくれていたら、まだ気持ちはラクだったのにな。

ごめんね夜瑠。

でもあたしは手段なんて選ばない。

夜瑠とはもう親友でいられなくなるとしても、あたしはこの恋を──────。

「もー、じゅんくん。自分の『彼女』を置いて先に帰るなんてひどいよお」

後ろから女の声が聞こえた。
成嶋夜瑠かと思ったけど、違った。
そこにいたのは、純也の幼馴染《おさななじみ》で、同じバイト先にいる前田《まえだ》めぐみだった。
「「え？」」
火乃子と同じように、純也も声をあげていた。
しかしそんなもの、火乃子の耳には届いていない。
いま聞こえた言葉を咀嚼《そしゃく》することで、精一杯だったからだ。
――彼女？　誰が？
――前田めぐみさんが？
「お、おい、めぐみ……っ！」
自転車を止めた純也が、前田めぐみに駆け寄る。
勝手なことは言うなとばかりに、駆け寄っていく。
それすらも火乃子の網膜には映っていない。
どういうこと？
純也くんは夜瑠と付き合ってるんじゃないの？
どうしてここで前田さんが出てくるの？

「……じゅんくん、余計な口出しだったかもしれないけど」

「……いやいい。これで踏ん切りがついた」

二人が短い密談をしている。

やがて純也は、手早くめぐみを帰らせた。

再び火乃子と純也は、二人きりになる。

「聞いてくれ朝霧さん」

純也が決意めいた顔で、口を開く。

「その……俺……」

火乃子は動けない。

純也の言葉をただ待つことしかできない。

「もう付き合ってる人が……いるんだ」

わかっている。だからなに。

「だから、その……俺は……」

「そっか」

火乃子は笑顔を浮かべた。表情を操る自信はある。

「でもあたしは気にしないよ？　相手がいるとか関係ないし。必ず純也くんを」

「もう、だめなんだ。だから俺、朝霧さんとは――――」

「やめて純也くん。それはまだ聞かないって言った。親友《あたし》との約束を破る気なの？　告白の返事は二年になるときに」

――やっぱあれ、延長していいすか？

あれ。先に約束を破ろうとしたのは、あたしだったたっけ。あれ。まって。あれ。

「お、俺は、朝霧さんとは――」

「ほんとにやめて！　それ以上は言わないで！」

火乃子は必死で縋《すが》りつく。純也に抱きついて、その背中に手を回す。

しかし純也は抱き返してくれない。

ただそっと、身を押し返してくる。決して乱暴にならないように。気遣いが垣間見《かいまみ》える、いつもの弱々しい拒絶だった。

普段の火乃子なら、その程度の拒絶など意に介さないのだが、今日は違う。

弱々しいはずなのに、どうしても撥《は》ね除《の》けられない。

純也と自分の間には、もう堅牢《けんろう》な壁があると感じてしまったから。

それでも壁を叩《たた》き壊《こわ》そうと試みる。どんなに惨《みじ》めだろうと構うものか。

「あたし、なんでもするから！　エッチなことでもなんでもする！　どんなに恥ずかしい命令だって全部聞く！　だから本当にまだ言わないで！　二年になるまではどうか――」

火乃子の頬に、涙が落ちた。

自分の瞳から出た涙ではなかった。

純也にしがみついたまま、彼の顔を見上げる。

――どうしてあなたが泣いているの？

そんな疑問が湧いたため、キスで無理やり唇を塞ぐタイミングも遅れてしまう。

その隙にとうとう言葉にされてしまう。

「俺は朝霧さんとは……付き合えない。二年になっても、それから先も」

「あ……」

古賀純也は親友を傷つけられない男だった。

だから約束どおり、二年になるまでは自分をふることもできないはずだった。

これまで常に手のひらの上で転がし、思うがまま翻弄することができたその少年は、今ここで初めて火乃子を凌駕《りょうが》した。

それはひとつの成長なのだろう。

彼が流している涙は、きっと激しく痛む成長痛に耐えている証《あかし》なのだ。

「あ……あはは……言われちゃった。い、言われちゃったなあ。あははは……」

火乃子のなかで、なにかが音を立ててガラガラと崩れ落ちていく。

「う、うんうん。おっけー。わかった。でも純也くん、あたしとはまだ、その……と、友達、だよね？」

「当たり前だろ……」

純也は震える声を絞り出す。決して火乃子を見ようとはしない。流れる涙を拭おうともしない。その目はただ一点、遠くの空に向けられているだけだった。

「そんなの……当たり前だろ……当たり前だろうが……っ！」

「そ、そか。そかそか。うん、ならいい。問題なし。いやー、よかったあ。これで友達ですらいられないなんて言われたらどうなることかと。あはは一……」

表情を操るには、もう限界だった。

「じゃ、じゃあね純也くん！　その、ま、また学校で！」

火乃子はその場を駆け出す。

純也は追いかけてくることも、呼び止めることも、しなかった。


振られた。

ふられた。

フラレタ。

火乃子の脳内を埋めていたのは、その四文字のみ。

それでも駅に向かって走っていれば、次第に冷静さを取り戻していく。

前田めぐみは純也の彼女のフリをしていたが、あれは間違いなく演技だ。そこまで見抜けないほどバカではない。やはり純也は高確率で、成嶋夜瑠とこっそり付き合っている。第三者を使ってまで隠そうとしたことが、なによりの証拠だ。

……よし。あたしはそこまでわかっている。だったら次に打つ手はなんだ？

古賀純也を振り向かせるための次の策はなんだ？

諦められるものか。初めて識《し》った本気の恋を、簡単に捨てられるものか。

だけど——どうやって？

純也はこれまで「もう付き合ってる人がいる」というカードは切らなかった。というより、切れなかったのだ。「好きな人がいる」と「恋人がいる」では重みが違う。前者程度なら相手の名前を口にしないこともあるだろうが、後者で隠すとさすがに変に思われるからだ。

それでも純也はとうとう言ってきた。成嶋夜瑠の名前こそ出さなかったが、ついに切り札を出してきた。

あの女——前田めぐみの絶妙なトスによって。

前田めぐみはきっと、すでに本気の恋を識《し》り、黒さを兼ね備えている側の『女』だ。

そんな経験者のフォローがなければ、純也はきっとあんな宣言などできなかった。

あの場に前田めぐみが現れて、恋人のフリをされたことで、純也には特定の誰かの名前を出さなくても「もう付き合っている人がいる」と宣言できる土台を作られてしまったのだ。

こうなると、火乃子はもうアプローチがかけられない。「恋人がいると言っただろう」と突っぱねられてしまえば、そこで終了。それでも今までどおり強引に事を運んだりすれば、さすがに嫌われてしまう。「好きな人がいる」と「恋人がいる」では重みが違うのだから。

そもそもはっきり言われてしまったではないか。

——俺は朝霧さんとは……付き合えない。二年になっても、それから先も。


あれ。これって「詰み」じゃない？


火乃子の心に巨大な鉛の塊が落ちる。

それは今さら質量が生じた、ひどく重たい絶望感。

どうして？　どうして？

どうしてどうしてどうしてどうして？？？？？

どうしてこうなった？　どこで間違えた？

もっと素直に好きになってもらえるよう、努力すればよかった？　だけどそんなことでは、彼の一途《いちず》な心はきっと動かなかった。振り向かせるには、もうこの方法しかないと思った。

罪悪感を与えて逃げられなくするという、およそ正攻法とは言えない力技の恋。

純也のことをもっともよく知る自分なら、必ず通用すると思っていた。もちろん通用したとしても、純也には愛がない以上、それは決して振り向かせたとは言えないけれど。

それでも火乃子は、純也が欲しかった。

たとえ一方通行の恋だとしても、自分の手元に欲しかった。

歪《ゆが》んだ歪《ゆが》んだ、朝霧火乃子の初恋だった。

いつしか賑《にぎ》わっている駅前まできていたのに、雑踏の音はなにも聞こえない。

ただの無音が鼓膜を叩《たた》き続け、日常的な街のネオンが網膜を焼き続ける。

耳が痛い。目が痛い。胸はもっと痛い。

恋人がいると言われて拒絶されてしまった以上、もう純也の気持ちは不動。

自分と彼が結ばれる未来は、ほぼない。

——でも所詮は『ほぼ』でしょ？

大丈夫。あたしは冷静。あたしは即座に最善の一手が浮かぶ女。だからまだ諦めるな。まだ可能性はある。たとえば……そうだ、夜瑠だ。もう夜瑠に電話しよう。いっそ夜瑠に言ってしまおう。純也くんとキスしちゃったって。だから彼をちょうだいって。でもキスだけだと弱いかな。よし、電話の前に純也くんの部屋に押し入って、無理やり襲ってしまおう。恋人がいたって知るもんか。だって思春期の男ならきっと勃《た》つ。暴れられても脅迫材料ならいくらでもある。だから。だからだからだからだからだからだからだからだからだから――……。

――あたしとはまだ、その……と、友達、だよね？

――そんなの……当たり前だろ……当たり前だろうが……っ！


がしゃん！

手に持っていたスマホを雑踏に投げ出した。

「ばかじゃないのあたし……そんなことしたら、もう友達でなんて、いられるわけないじゃんか……っ！」

顔を覆って大声で泣いた。

「う、うえええええええ～～～～～～～っ！」

恥も外聞もなく、ただひたすら大声で泣き喚《わめ》いた。

「純也くんは、こんなにも卑怯《ひきょう》なあたしでも、まだ友達でいてくれるって、そう言ってくれてるのに……っ！　夜瑠だって……あたしの初めての、女友達で……っ！　きっと生涯の親友になれるって……あたしは本気でそう思って……っ！　それなのに……あたしはっ！」

あらゆる手段を使ってでも、望んだ恋を手に入れる。

決して間違っているとは言わないが。

だけど火乃子にとっては、やはり間違っていたのだ。
そもそも火乃子の最初の望みは、性別に囚《とら》われない『親友』だったのだから。
それでも『恋』の炎は容赦がない。
未《いま》だに火乃子の身を焼き続ける。
強く、激しく、狂おしく――――。
「……忘れないと……もう、ぜんぶ……わすれないと……」
このままでは、きっとまたいずれ暴走する。そして今度こそ歯止めが利かなくなる。
早くこの『恋』を鎮火させなければ、純也とも夜瑠とも本当の『親友』には戻れない。
スマホを拾って、涙を拭って。
あてもなく街を彷徨《さまよ》い始める。
まだ恋の狂気に当てられている火乃子の願いは、たったひとつ。

誰でもいい。あたしを穢《けが》して。
それで全部に諦めがつくはずだから。

朝霧火乃子は常日頃から、大人になんてなりたくないと思っていた。
だけどこのときだけは、幼すぎる自分を呪った。

大人顔負けの手練手管を使っても、その実態はまだまだ高校一年生の女の子。未《いま》だ燃え盛る漆黒の炎の鎮《しず》め方を、火乃子はほかに知らなかった。酒に逃げる術《すべ》だってもっていなかった。

だからこその、この結論。

この初恋は火乃子にとって、それだけ濃いものだった。

……これは純也くんと夜瑠の関係に薄々気付いていていたくせに、それでも手を引かなかったあたしの罪。略奪だって厭《いと》わない、そんなことを考えていたあたしへの罰。

だから誰でもいい。あたしに声をかけて。それでこの恋を忘れられる。捨てられる。

巨大すぎる恋の魔性から逃れたいがため、虚《うつ》ろな目で夜の繁華街を徘徊《はいかい》する。

化粧などとっくに崩れているし、まぶたは涙で腫れあがっている。

……あは。こんなあたしに声をかける男なんて、さすがにいるわけが――――。

「おーい、朝霧っ！」

――――いた。

火乃子は動く死体のように、ゆっくりと振り返る。

よく知ったその親友の顔を見る。

「青嵐《せいらん》くん……どうして、ここに……」

「学校でも言ったけど、ちょっとドラムに本腰入れようと思っててさ。この近くに叔父さんのスタジオがあるから……って、んなことよりもお前、どうしたんだよ」

「どうしたって……なにが……？」

「目……っていうか、顔全体が死んでんぞ？　なんかやばいクスリやってる奴《やつ》みてーな感じ」

やばいクスリ。

言い得て妙だと思った。

いま自分が服用しているクスリは、依存性と中毒性があまりにも高すぎる。

きっと普通の恋愛をしてきた普通の女子高生なら、ここまではならなかったに違いない。

火乃子はそれだけ真剣に恋をしていた。

屈折は認めるが、誰がなんと言おうとこれは、紛れもなく本物の恋だったのだ。

「青嵐くん……」

「お、おう。つかマジで大丈夫か？　家まで帰れ……いやタクシー捕まえたほうがいいな」

駅前のロータリーに向かおうとした青嵐の腕を、強く摑《つか》む。

「友達として、お願いが、あるの」

躊躇《ちゆうちよ》なく言った。

「あたしと……ラブホテルに……行ってほしい……」

それはとても寒い夜だった。

寒くて凍える冬の夜だった。

昨日と同じく、微《かす》かに雪が舞い落ちる。

だけどその雪は火乃子にしか見えていない、ただの幻――。

どうしても消せないこの恋を、どうか凍《い》てつかせてください。

そんな弱い心が見せた、儚《はかな》い虚構のひとひら。

第九話　忸怩《じくじ》

とうとう朝霧《あさぎり》さんをふってしまった一件には、俺自身も強く憔悴《しょうすい》してしまって、その日の夜はなにも手につかなかった。

次の日になって、やっと成嶋《なるしま》さんに報告しておこうと思い至る。

で、バイト終わりに電話してみたら。

『ごめん、ちょっとパパの仕事の手伝いが佳境で、手が離せないの。あとでもいい？』

「……ああ。何時頃ならいい？」

『えっと……今日は深夜になるかな。手短に済む話なら今聞くけど？』

手短になんて済むわけがない。

むしろ電話で話すべきことでもないかもしれない。

「じゃあ……明日バイトが終わってから、成嶋さんの地元まで行くよ。十八時以降なら何時でもいいから、ちょっとだけ時間をくれないか……すごく大事な話が、あるんだ……」

『うん？　そういうことなら、明日の夜は私、アパートに帰るね。古賀《こが》くんの部屋でゆっくり話そう……って、あは。改まって大事な話とか言われると、ちょっと怖いな』

もしかして別れ話でも切り出されるとか考えてるのか。

「たぶん成嶋さんが思ってるような話じゃ、ないよ……いま概要だけ、言うと」

『あ〜っ！　待って待って！　まだ言わないで！　明日の夜にはちゃんと聞くから！　それまでは絶対だめ！　文章で言うとかもナシだから！』

「…………わかった」

『古賀くん……テンション低いよ……怖いよ……ぐす』

「その、一応言っとくけど、別れ話とかじゃないから……」

『……ほんとに？　嘘《うそ》じゃない？　じゃあ軽い系の話？』

軽い系では決してない。すごく気が滅入《めい》る話だ。

だからこそ、やっぱり電話じゃなくて直接言うべきだと思った。

「とりあえず……明日の夜に、俺の部屋で、頼む……」

『……わかった。怖いことは言わないでね？　私、そんなのやだからね……？』

そこで通話は切れた。


そして次の日。

「成嶋さんに続いて、朝霧さんもまた休みか……」

教室の俺の机の周りには、新太郎《しんたろう》と青嵐《せいらん》の二人だけしかいなかった。

「朝霧さんは学校を休んだこともないのに……そんなにひどい風邪なのかな？」

「……そうだな」

新太郎の問いかけに、心ここにあらずって感じで答える。

おとといの夜に朝霧さんをふってから、彼女は昨日今日と二日連続で欠席。

五人のグループチャットには「風邪でしばらく休む」とだけ書き込まれていたけど、俺が原因なのは明白だった。

「僕ら三人だけで過ごす学校生活って、今となっちゃ寂しく感じるよね」

「……そうだな」

「なんか純也《じゅんや》はずっとテンション低いし。ねえ青嵐？」

新太郎に話を振られた青嵐だったけど、

「え？　ああ、悪い。聞いてなかった。どした？」

こいつも昨日から様子がおかしいんだ。

俺みたいにテンションが低いってわけじゃないんだけど、どうも上の空のときがある。

「もう……あ、そうだ！　放課後は僕ら三人で、朝霧さんのお見舞いでも行こうか!?　朝霧さん、絶対暇してるって！」

「すまん……俺は今日、バイトだから……」

それは事実なんだけど、なぜか青嵐まで、

「あー、その、俺もあれだ。ほら、純也も行けねーなら、またの機会にしとこうや」

こうしてやんわり断った。

普段の青嵐なら、俺がいようがいまいが、「んじゃ行くか」とか言いそうなのに。

「……なにかあったのか？」

俺がそう聞いても、

「え？　いや、別に……なんで？」

やっぱりとぼける。

「なんで、じゃないよ。純也もそうだけど、青嵐も昨日からなんか変だよ？」

青嵐の事情は知らないけど、以前はあんなに居心地がよかった五人の空気が、どんどん変わってきているのだけは間違いない。

すべての発端は、俺が成嶋夜瑠《よる》に恋をしてしまったこと。あれからすべてが狂い始めた。

それがなければ俺たち五人は、どうなっていたんだろう……。

「はあ……なんかつまんないな」

新太郎が退屈そうにため息をついて、自分の席に戻ろうとする。

そして突然、こんな大声をあげた。

「え、成嶋さん⁉」

その嬉《うれ》しそうな声に、俺も青嵐も同時に振り返る。

「あはは……えと、みんな、おはよう……」

教室の入り口に、気弱な笑みを浮かべた成嶋夜瑠が立っていた。

「くくっ。おいおい、おはようじゃねーだろ？　もう一時間目、終わったぞ？」

「久しぶりだね成嶋さん！　お父さんのほうはもういいの⁉」

「う、うん……お姉ちゃんがね、仕事を休んでくれて……それで……」

「とりま突っ立ってねーで、こっちこいよ！　新太郎、重役出勤の姫に椅子のご用意だ！」

「おっけーっ！　ささ、どうぞどうぞ、ナルシマ姫！」


……ははっ。

そんな光景を見て、俺もつい笑ってしまう。

どういう経緯かは知らないけど、成嶋さんが学校に来てくれた。

3＋1。

たったそれだけのことで、重かった空気が一変する。

まだ「5」にはなれていないけれど。

やっぱり俺たちは五人組なんだよ。

その数字に近づくだけで、こんなにも楽しくなれるんだよ。

あとは朝霧さんさえ戻ってきてくれたら……。

その方法は、今日の夜、成嶋さんと二人でゆっくり考えよう。

答えが出るまで、ずっとずっと考え続けるんだ――……。

◇

パパの傍《そば》にはなるべくいたいけど、私まで病院の大部屋に泊まることはできない。

だから面会時間が終わったあとは、パパの仕事を持って実家に帰る。

私が任される仕事は、昔ちょっと教えてもらったＤＴＰのオペレーションで、そんなに難しくはない。パパは別にいいって言ってるけど、私は無理やり手伝わせてもらっている。自由が利かないパパの代わりに、少しでも力になってあげたいから。

実家のパパの部屋にあるデスクトップで、深夜まで作業を続ける。指示通りに写真を加工したり、テキストのフォントを揃《そろ》えたり、その他もろもろ。

朝は簡単な朝食を作ってから、さっさと家を出て病院に向かう。

その間、お姉ちゃんとは、ほとんど顔を合わせていない。

向こうも遅くまで仕事だし、朝はお姉ちゃんが起きてくる前に私は病院に行っちゃうから。

今朝も私は早めに家を出て、病院のロビーで面会時間になるのを待っていた。

暇つぶしアイテムは、この前から少しずつ編んでいる黒いマフラーだ。クリスマスに古賀くんにプレゼントしようと思ってるやつ。もう完成間近で、渡したときの顔がすごく楽しみ。

しばらくマフラーの手編みに没頭していたら、

「夜瑠」

お姉ちゃんがやってきた。

私が座っている長椅子の隣に、腰を下ろしてくる。

「今日も朝ごはんの作り置きをしてくれてありがとう。そのマフラー、プレゼント用？」

「うん」

そこで会話は終わり。

本当はいろいろ聞くことがあるのに、私はなにも言わない。

今日もこれから仕事だよね、とか。

なんでそんなにラフな格好なの、とか。

そのコートかわいいね、とかでも、いいのかもしれない。

だけど私はそれ以上、口を開かない。

「……夜瑠は今日も学校に行かないの？」

「うん」

だってパパの傍《そば》にいてあげたいし。

それすらも口に出さなかったんだけど。

「ええと……古賀くん、だったっけ。前にうちに来た子。彼は元気？」

「え、古賀くん？」

お姉ちゃんは唐突に、そんな話題を出してきた。

「あは。うん、元気だよ。最近はなんか、深夜ジェンガとかいう遊びにハマり出したみたいでね。一人でも夜遅くまでジェンガやってるの。あんなの誰かとやらないとつまんないと思うんだけどなあ。変な人だよね。でもその一生懸命なところが、なんかかわいくて。んふ」

「深夜ジェンガ？　徹夜でやってるの？」

「あはは、それで徹夜なんて、私がさせないけどね。あ、そうそう、古賀くんって面白いんだよ。寒い日の朝はホットミルクがないと始まらないとか言って、最近は毎朝それ飲んでるんだけどさ。白米のときでも絶対に欠かさないの。ホットミルクって牛乳じゃん？　横に味噌汁《みそしる》があるのになんで牛乳なんだよって、もうおかしくない？　あははっ」

「…………ふふ」

お姉ちゃんは小さく笑った。

「なに？」

「ごめんごめん。あんた、その古賀くんって子のこと、よっぽど好きなのね」

「うん」

　こういうとき、女子はよく「そんなことないよ～」とか謙遜したり、「えー、まあねえ」とか面倒臭い言い回しをしたりするけど、私にはその感覚がわからない。

　照れでもあるのかな？　でも好きな人の話なのに、なんで照れる必要があるんだろ。

　私は誰にも言えない恋をしてるけど、決して恥ずかしい恋はしていない。

「あのね夜瑠。あんたも古賀くんに会いたいでしょうし、もう学校に行きなさい」

「え、いいよ別に」

　そりゃあ古賀くんには会いたいけど、今はパパの傍《そば》についててあげたい。

　……それに古賀くんとは、今日の夜に会うし。なんか大事な話があるって言ってたけど、なんだろう。別れ話じゃないとは言ってくれたけど、やっぱり怖いな……。

「だめ。行きなさい」

　お姉ちゃんは少し強い口調で言った。

「今日からパパの傍《そば》には、お姉ちゃんがついてるから」

「でも……お姉ちゃんには仕事が」

「この格好見てわからない？　しばらく休むって連絡入れたわ」

　コートを少しはだけて、内側の緩いスウェットを見せてきた。

「だいたい妹一人にパパの身の回りの世話から、仕事の手伝いに家事まで、全部やらせていいわけないでしょ」

「だってそれは、お姉ちゃんも忙しいからで」

「こういうときは、おたがい頼るものなの。その……家族だし……姉妹、なんだから」

家族。姉妹。

なんでだろう。そんなの当たり前のことなのに。

お姉ちゃんにそう言われると、ちょっとだけ泣きそうになるよ。

「だからあんたはもう気にしなくていい。今日からはちゃんと学校に行って、ここにはたまにお見舞いに来る程度にしときなさい。返事は？」

「………わかった。そうする」

顔を背けて、目元をぐしぐし拭った。

「じゃあ、パパによろしく。作業したデータは、いつものクラウドにあるって言っといて」

作りかけのマフラーをカバンに入れて、長椅子から立つ。

「ねえ夜瑠」

歩き出した私を、お姉ちゃんが遠慮がちに呼び止めてきた。

「その……あんたが私を嫌ってるのは知ってるし、私もそれだけのことをした自覚はある。きっとあんたが一人暮らしを始めた理由だって、私が原因なんでしょうね」

「…………」

「でも、あんたさえよければ……そろそろ帰ってきてくれないかな。これからは二人でパパを支えてあげられたらなって、私は思ってる」

「……そんなの、すぐには決められないよ。私、もう行くから」

「ん。行ってらっしゃい」

私はお姉ちゃんを残して、病院を出る。

こんなにもお姉ちゃんとたくさん話したのは、いつ以来だっけ。

一度アパートに戻って準備をしてから、数日ぶりに学校に向かった。

私が到着したのは、二時間目が始まる前だったけど、

「とりま突っ立ってねーで、こっちこいよ！　新太郎、重役出勤の姫に椅子のご用意だ！」

「おっけーっ！　ささ、どうぞどうぞ、ナルシマ姫！」

青嵐くんも田中《たなか》くんも、私の復帰をとても喜んでくれた。

もちろん古賀くんだって。

古賀純也【学校来るなら先言っとけよ】

成嶋夜瑠【嬉《うれ》しいサプライズになった？】

古賀純也【そりゃ嬉《うれ》しいけど】
成嶋夜瑠【もー、古賀くん好き好き。早くほっぺたつねりたい】
古賀純也【つねるな。今夜の約束、忘れてないよな？】
成嶋夜瑠【うん。別れ話だったら本気で怒るから。部屋にショベルカー突っ込ませるから】
古賀純也【だからそういう系じゃないって……とりあえず、あとでな】

いつものように、こっそりスマホでやりとりしたあと、それをポケットに戻そうとする。

その直前、スマホがもう一度だけ振動した。

「でさー、成嶋さんが休んでる間、大変だったんだよ。とくに朝霧さんがガチ凹《へこ》みで」

「あはは……そういや火乃子《ひのこ》ちゃん、風邪だってね……大丈夫かな……」

みんなと話しながら、スマホを確認する。

今度メッセージを送ってきた相手は、古賀くんじゃなかった。

宮渕《みやぶち》青嵐【悪い。今日の放課後、ちょっと時間くれねーか？】
宮渕青嵐【朝霧のことで相談があるんだ。お前にしか言えねーこと】

青嵐くんが、火乃子ちゃんのことで相談？　なんだろ？

そこからは青嵐くんを含めて、みんな何事もなかったかのように、本当にただ平凡で楽しいだけの時間が流れていった。

冬休みまでは残り全部が短縮授業なんで、昼には放課後になる。

「じゃあ俺、バイトあるから急ぐわ。また明日な」

短縮授業中はシフトを昼からにしてある古賀くんが、真っ先に教室を出ていった。

「んじゃ俺らも帰るか」

青嵐くんがカバンを担《かつ》ぐ。

放課後は私に相談があるって言ってたけど、どうするのかな。

「あ、えっと、成嶋さん」

田中くんがおずおずと声をかけてきた。

「その……久しぶりにいろいろ話したいしさ。ファミレスでも行かない？」

「え？」

「ああ、その、もちろん青嵐も一緒に。三人で。どう、かな？」

困った。どうしよう。

青嵐くんをちらっと見る。青嵐くんは後頭部をガシガシ掻《か》きながら、

「悪い新太郎。俺、ちょっと用事があるんだわ」

そう言ってやんわり断った。

私の名前を出さなかったってことは、きっと相談すること自体を悟られたくないんだ。

じゃあ私もそれに合わせるべきだよね。

「そ、そっか。そしたら成嶋さん、僕と二人で……」

「えと、ごめん田中くん。その、私もちょっと、用事が」

「純也の面白い話だってまだまだいっぱいあるよ⁉」

田中くんが食い気味でかぶせてきた。

「え、古賀くんの？」

それは聞きたい。すごく聞きたい。とんでもなく興味がある。

だけど――。

「……ご、ごめん。それはまた今度、聞かせてね。絶対だよ？　約束だよ？」

後ろ髪が引かれる思いを、私はなんとか断ち切った。

「……わかった」

田中くんは残念そうな顔をしたけど、私だってそんな顔だったと思う。

宮渕青嵐【合わせてもらって悪い】

宮渕青嵐【解散したあと、こっそりこのカフェに来てくれねーか？】

青嵐くんが私のスマホに、カフェのURLを添えたメッセージを送ってきた。

そのあとはひとまず三人で下校して、私はいつもの交差点で田中くん、青嵐くんと別れたあと、少し時間を置いてから指示されたカフェに向かった。

駅裏にあるその小さなカフェに入ると、青嵐くんが一人でテーブル席に座って待っていた。

「ごめん……待たせちゃった？」

「いや、俺もいま店に入ったとこだから」

青嵐くんの向かいの席に腰を下ろす。

照明を落としたシックな内装の店内で、青嵐くんの顔は生気がないように見えた。

「新太郎を騙《だま》すような真似《まね》までして……自分がどんどん最低な奴《やつ》になっていく気分だわ……」

「……しょうがないよ。だって田中くんにも聞かれたくない話なんでしょ？」

「それもあるけど……新太郎には成嶋と二人で会ってること自体、知られたくねーんだ」

「うん？　えと、なんで？」

「とりあえず、なに飲む？　ここは俺が奢《おご》るからよ……」

青嵐くんは答えてくれなかった。


注文したブレンドコーヒーが運ばれてきてから、青嵐くんはやっと本題を話し始めた。

それは私にとって、あまりにも衝撃的な内容だった。

おとといの夜、古賀くんが火乃子ちゃんをふったこと。

それも「もう付き合ってる人がいる」と言って拒絶したこと。

そして自暴自棄になった火乃子ちゃんは、青嵐くんと――――。

「そんな……そんなことって……っ！」

思わず口を押さえる。注文したブレンドには一切手がつけられないでいた。

「あんときの朝霧、ちょっとガチ目にやばくて、本気でその辺の男に声かけちまいそうな雰囲気で……だから俺、断ることもできなくて、そのまま朝霧と二人で……ラブホに……」

青嵐くんはどんどんしぼんでいく。

きっと大きすぎる罪悪感に苛《さいな》まれているんだ。

「朝霧ってああ見えて、繊細なとこがあるからよ……お前からも、さりげなくフォロー入れてやってほしい……その、ラブホの件は、できれば伏せて……」

「それはもちろんだけど……火乃子ちゃんとは、なにも、なかったんだよね……？」

「…………当たり前だろ」

青嵐くんの返答は、吐息のように小さかった。

私はとても失礼なことを聞いてしまったと反省した。

だって聞かなくてもわかっていた。

青嵐くんは女子に興味をもてない人だから。

自分は恋愛がわからない、無性愛者かもしれないって言ってたから。

だから私だけは知っている。

古賀くんのバイト先にいた狭山《さやま》先輩って人は、青嵐くんと付き合ってたって噂《うわさ》があるみたいだけど、たぶんそうじゃない。なにか別の理由で、青嵐くんはその先輩を避けてるんだ。もちろん本人が話したがらない以上、私も無理に聞いたりはしないけど。

それより古賀くんだよ。二年になるまでは告白の返事を保留にするっていう、あの約束はどうした。なんで今になって、急に火乃子ちゃんをふっちゃったんだよ。

おかげで火乃子ちゃんは……っ！

「その……私が言うのも変だけど、ありがとう。火乃子ちゃんがそんな状態になってるとき、青嵐くんが傍《そば》にいてくれてよかったたって思う」

「いや……俺は……本当に、最低なんだよ……」

体の大きい青嵐くんは、身を小さくして肩を震わせた。

「俺は男女関係のことなんてわかんねーから、純也と朝霧はフツーにいい感じなんだと思ってた。なんで純也が『もう付き合ってる奴《やつ》がいる』なんて言ったのかはわかんねえ。もしかしたら二人は、ちょっとケンカしただけなのかもしれねえ。それなのに俺は、俺は朝霧と、ラブホなんかに……っ！　こんなのもう、純也に顔向けできねーよ……っ！」

「大丈夫。心配しないで。青嵐くんが不安になることなんて何一つない」

私はテーブルに置かれた彼の手に、そっと自分の手を重ねた。

振り払われそうになったけど、ぎゅっと握り返してあげた。

「苦しかったよね。怖かったよね。でももう安心して。古賀くんに知られるのが怖いなら、私が一緒に抱えてあげる。これは私たちの『秘密』にしておこう？」

俯《うつむ》いていた青嵐くんが、屍人《しびと》みたいな顔で私を見た。

「……お前のその優しさが、正直怖いときあるわ……」

「どうして？」

「だってこんな…………いや、どうなんだろ……」

独り言のようにつぶやいてから、

「なあ……前に俺、成嶋にだけ、俺は無性愛者かもって話をしたこと、あったろ」

「うん」

「恋愛がわかんねーことは事実なんだけど……あれはあくまで『かも』なんだよ。もうお前にだけは、全部言っておきてえ……俺がそう思うきっかけになった話を、全部。そのうえで成嶋がどう思うのか、俺は知りたい……」

「私がどう思うか？」

「ああ……最低な話だから、嫌ってくれても構わねえ。むしろそのほうが、ラクだわ……」

「えっと、よくわからないけど、私でよければ話して？　嫌いになんて絶対ならないから」

頷《うなず》いた青嵐くんは、ゆっくりと語り始めた。

「中学に入ったときから、やけに俺に構ってくる三年の先輩がいた。女だった。俺は昔からぶっきらぼうで、クラスにいまいち馴染《なじ》めてなかったこともあってな。中一のときはその先輩とほとんどずっと一緒にいたんだ。

で、あるとき俺はその先輩の家に誘われて……あっさりと食われた。

……はは、驚いたよな？

当時から恋愛になんて興味なかったけど、カラダはちゃんと反応したんだよ。そうやって俺は、わけわかんねーうちに大人になっちまったんだ。

でもやっちまった以上、彼女として見なきゃって思うだろ？　だから俺は、先輩をメシに誘ったり、遊びに誘ったりもした。中学生にしては、いろいろがんばったんじゃないかな。先輩も喜んでくれていたと思うし、たぶん俺も楽しかったんだと思う。

そんなときだったな。先輩のよくねえ噂《うわさ》を聞いたんだよ。簡単に言うと、セフレが何人もいるって話。もちろん俺は信じなかった。彼氏として、そんなの疑う時点でだめだと思った。

でもやっぱ怖かったんだろうな。一緒に帰ってるとき、先輩に聞いちまったんだよ。こんな噂《うわさ》があるけど実際はどうなんだって。

そしたら先輩は……否定してくれなかった。そればかりか、笑ってたんだよ。

そこに大学生かなんかが、ワンボックスで迎えにきた。車の中には男と女が何人かいた。これからみんなでホテルに行って、楽しいことするって言ってた。

ははっ。乱交って単語が聞こえたよ。

先輩は俺も誘ってきた。彼は私のお気に入りだからって。ワンボックスにいた連中も、喜んで俺を仲間に入れようとした。そのときわかっちまった。先輩はもうとっくに、こいつら全員と関係をもってるんだって。俺もそんなセフレの一人に過ぎなかったんだって。

わけわかんなくなって、俺は逃げたよ。先輩は追いかけてこなかった。

途中で振り返ったら、先輩が不思議そうにこっちを見てたんだ。マジでどうしたんだろって顔だった。そんでそのままワンボックスに乗って、連中と一緒に行っちまった。

一人で家に帰った俺は、『そういう動画』を流しながら、生まれて初めて親父《おやじ》のタバコに火をつけた。むせてすぐ消したけど、そんとき思ったよ。大人ってやだなあって。

先輩は今ごろあいつらとやってんのかなー、なんてことも考えた。でも俺はとくに、なにも感じなかった。きっと最初から先輩を恋愛対象として見てなかったから。だから先輩のこと、好きでもなんでもねーくせに何度もやっちまってたことをひどく悔いた。結局は俺もあいつらと同じじゃねーかって。

その手の動画を止めてテレビをつけると、ドラマがやっていた。ひたすら明るいラブコメだった。人気ドラマだったらしいけど、俺にはなにが面白いのかまったくわからなかったよ。だって世界は汚《きたね》え。恋愛感情なんかなくても、男と女はセックスできるんだ。適当な奴《やつ》とつがって孕《はら》むこともできるんだ。だったらラブコメなんて、なんの意味があるんだよ。そんなもん、ただのベッドまでの過程じゃねーか。所詮は交尾を取り繕うための綺麗事《きれいごと》じゃねーか。だったら俺は、恋愛なんてマジでどうでもいいと思った。そういうの抜きにして、ガキみてーにバカみてーに、ずっと友達とアホみたいに遊んでいたいって思った。

それからしばらく経《た》ってからだったな。純也や新太郎と仲良くなったのは」

長い話を終えた青嵐くんは、とっくに冷めているブレンドに口をつけた。

「悪いな、こんな話を聞かせちまって。引いたか？」

「……ううん……ううん……っ」

私は青嵐くんを見つめたまま、何度も首を左右に振った。

「ようするに俺は、好きでもねえ女とでも、そういうことができちまう男で――――成嶋？」

話の途中から、視界はとっくに滲《にじ》んでいた。

それでも彼から目を離せなかった。

熱い水が、とうとう頬を伝っていく。

私はハンカチで目元を押さえる。

「そうかもしれないけど……でも今の話は少し違うよ。悲しいよ。すごく胸が痛いよ」

「なんでお前が……泣くんだ」

「だって青嵐くん言ったじゃん。その先輩をご飯に誘ったり、遊びに誘ったりしたときは俺も楽しかったと思うって。そりゃ最初はなにも思ってなかったのかもしれないけど……でもそれってさ、それって……そんなのっ！」

「待て。成嶋。お前なにが言いたいんだ」

私は黙って首を左右に振る。

こんなの決めつけるのはよくないと思ってる。青嵐くんとその先輩の複雑な関係は、きっと私なんかの想像で補えるものじゃないし、私みたいな部外者が口を挟むことすらおこがましいんだと思う。

だけど私は、今の話を聞いて、確かに感じてしまったんだ。

だから涙が止まらない。

「まさか俺が……先輩のこと、好きだったって、言いたいのか……？」

青嵐くんは自問するようにつぶやく。

私はますます涙が止まらなくなる。

「わかんないけど……私からはなにも言えないけれど……でも青嵐くんはきっと、悲しかったんじゃないかな……先輩を彼女として大事にしようとしていたのに、向こうはそう見てくれてなかったことが、わかって。そんな自分の想《おも》いが届かないってことが、わかって……っ！」

「……やっぱそう、なのか……？　じゃあ、俺は……もしかして……」

私は嗚咽《おえつ》をこらえながら、黙って涙を拭い続ける。

青嵐くんはそれがきっかけで、女子を異性として見られなくなったんだ。

恋愛がますますわからなくなったんだ。

教えてあげたい。

確かに恋はとても暗くて怖いものだけど、決してそれだけじゃないんだよって。

すごく満たされて、幸せな気持ちにもなれるんだよって。

私はもうそれを識《し》ってしまったからこそ、青嵐くんのその歪《いびつ》すぎる過去が、とてもつらい。

まるで少し前までの私が背負っていたなにかを、この人も同じように抱えて……ううん、もっと重くしたものを抱えているような気がして、とても悲しかった。

「なんでお前が泣くのかわかんねーけど、泣かないでくれよ、成嶋……」

「うん……ごめんね……なんで私が、泣いてるんだろうね……こんなの、ひどいよね……」

力になってあげたい。

この人のことを、もっともっと知りたい。

私は心から、そう思った。


「……とりあえず、お前に話を聞いてもらって、二個はっきりした」

青嵐くんは後頭部をガシガシと掻《か》いた。

これは彼の癖。言いづらいことを言うときにやる癖だ。

「ひとつは、やっぱ俺は無性愛者じゃなかったってこと。ただ恋愛にびびって、よくわかんなくなってるだけの男だったってこと。そんで……もうひとつは……」

「もうひとつは……？」

「俺がどうしようもねえクズ野郎ってことだ」


このときの私は、まだまだいろんなことを知らなすぎた。

たとえば青嵐くんが、そこまで自分を卑下していることの真意とか。

たとえば——私と青嵐くんのこの密会現場を、田中くんに見られていたこととか。

第十話　奈落

「……やっぱり私、余計なことしちゃったかな」

「いや、あれで俺は決心がついたんだ。めぐみが自分を責める必要は……ないよ……」

スーパー二階フロアの商品チェック中、俺はめぐみに例の件の顛末《てんまつ》を話していた。

あのあと朝霧《あさぎり》さんをきちんとふったという、とても胸の痛む話を……。

結局朝霧さんには、成嶋《なるしま》さんと付き合ってるってことまでは言えなかった。

……いや、めぐみのおかげで、まだ言わなくて済んだと言うべきか……めぐみはきっと、その状況を作り出すために、わざわざあの場で口を出してきたんだと思う。

でもこんなの、いつまでも秘密にしといていいわけがない。今すぐ朝霧さんに本当のことを全部話すのは、追い討ちも同然だからさすがにできないけど……成嶋さんとは今夜、そのあたりも含めて、もう一度しっかりと話し合うつもりだ――……。

「純也《じゅんや》」

めぐみ以外の奴《やつ》から声をかけられた。

振り返ると、まだ制服姿の新太郎《しんたろう》がいた。このスーパーは学校から見て、新太郎が使う駅とは反対方向にあるのに、わざわざ来たらしい。

「おう。どうしたんだ？」

「朝霧さんのお見舞いに行こうと思ってさ。せっかくだから、純也たちのバイト先でゼリーとか飲み物とか買っていこうかなって」

「え？　ちょっと待って」

めぐみが話に入ってきた。

「もしかして朝霧さん、学校休んでるの？」

「うん。昨日から風邪だって。どうして？」

新太郎が首を傾《かし》げるなか、めぐみが小声で囁《ささや》いてくる。

「……じゅんくん。それって」

「……ああ。俺に会いづらくて休んでるんだと思う」

「……朝霧さんをふったこと、しんちゃんにはまだ言ってないの？　こんなのいずれ、わかることだよ」

わかってる。風邪を理由にされたから、切り出すタイミングがなかっただけだ。

もう朝霧さんの件はここで新太郎に伝えて、様子を見てきてもらったほうがいいだろう。

俺は新太郎に向き直って、言った。

「お見舞いの品を買う必要は、ないんだ。朝霧さんはたぶん、風邪じゃないから……」

「どういうこと？」

一応バイト中なんで、手短に説明した。


「朝霧さんを、ふったんだ……」

さすがに新太郎もショックを受けている様子だった。

目を落として、ぼそりとつぶやく。

「そんなの……僕も聞いてないぞ……」

「だから今、話したじゃないか……」

「違うんだよ……僕は朝霧さんから、なにも聞かされてないんだ」

「んん？」

言ってる意味がわからない。こいつ、そんな頻繁に朝霧さんと連絡を取ってたのか？

「……ねえ純也」

新太郎が顔を上げた。

「どうして、付き合ってる人がいるなんて嘘《うそ》をついたの？　そこまでして朝霧さんをふる必要って、あったのかな」

「そ、それは……その……」

「もしかして嘘《うそ》じゃないとか？　純也は僕らの誰にも言えないような人と、付き合ってたりするの？」

「────っ！」

「ね、ねえしんちゃん。私たちそろそろ、仕事に戻らなきゃだから……」

めぐみが助け舟を出そうとしてくれたけど、新太郎は動かない。

唐突に、こんな話題を出してきた。

「純也はさ。僕と成嶋さんのこと、応援してくれるんだよね？」

「え……？　だ、だってそれは、お前が」

「そうだね。僕はこれまで、成嶋さんとは友達のままでいいって言い続けてきたから。でもやっぱり彼女にしたいから応援してって言ったら、もちろん応援してくれるんだよね？」

「……その……えっと……」

なんて返したらいいのかわからない。本当にわからない。

「さっきね。成嶋さんと青嵐《せいらん》が同じカフェに入っていくところを見たんだよ」

「……？」

「僕は三人でファミレスに行こうって誘ったのにさ。二人とも用事があるからって言って断って、じつは解散したあとにこっそり会ってたんだ。ひどい話だよね？　もしかして成嶋さんと青嵐は、内緒で付き合ってたりするのかな」

「い、いやそれはたぶん、人に聞かれたくない相談とかが、あったんじゃないのか……」

「あれ。なんで純也が動揺してるの？」

「お、俺は別に……動揺なんて……」

「――――ふ」

新太郎は、嗤《わら》った。

こんな薄ら寒さを覚えるような顔は、長い付き合いで一度も見たことがなかった。

こいつは一体、なにを考えてるんだ……？

「はいはい、しんちゃん、ストーップ！　もうそこまでにしとこ？」

めぐみが強引に割り込んできた。

「これ以上喋《しゃべ》ってたら、私もじゅんくんも上の人に怒られちゃうから！　ね!?」

「ああ、そうだね。ごめんごめん」

新太郎はめぐみに形ばかりの謝罪をしてから、

「成嶋さんの件、今度改めて相談するかもしれない。そのときは……頼むよ、純也」

俺にそう言って、どこか薄気味悪い笑顔のまま帰っていった。

エスカレーターに乗って消えていく新太郎の後ろ姿を見ながら、めぐみがため息。

「……しんちゃんって、成嶋さんのことが好きだったんだ」

「……ああ」

「どうなってるの、じゅんくん。こんなの、私たちのときより、ひどいじゃない……」

わかってる。

しかもその中心にいるのが俺なんだから、本当に救いようがない。

「もうはっきり言っちゃうけど、ここまで恋愛が絡《から》んでるなら、みんなとずっと友達のままでいるなんてさすがにもう――む……難しいんじゃや、ないかな」

めぐみは俺に気遣って、最後の言葉を直前で柔らかくした。

本当はこう言いたかったはずだ。

さすがにもう『無理』だって。


バイトが終わって、アパートの俺の部屋に戻ると成嶋さんが先にいた。

黒いロックパーカーにスウェットパンツ。いつもの部屋着姿だ。

「おかえり」

いつもなら俺が帰った途端にぴょんぴょん飛びついてくるんだけど、今夜は違った。

こちらを見ようともせず、座卓の前で静かに編み物をやっている。

さっそく朝霧さんの件を報告するために、俺も成嶋さんの向かいに腰を下ろした。

「なあ、悪いけど、今いいか？」

「うん」

やっぱり編み物を続けたまま、こっちを見ようともしない。

構わずに続ける。

「あのさ。俺が言ってた大事な話っていうのは――――」

そいつは突然、座卓に両手を「ばん！」と叩《たた》きつけた。

「なんで火乃子《ひのこ》ちゃんに、もう付き合ってる人がいるなんて言ったんだよ!?」

「え？　なんで知って……」

「火乃子ちゃんは確かに強い人だけど、無敵ってわけじゃないんだよ！　ちゃんと女の子で、脆《もろ》い部分もあるって言ったじゃん！」

鋭い目で睨《にら》まれる。本気で怒っている相貌だった。

どこで聞いたのかは知らないけど、もう伝わっているなら話が早い。

「……そうだな。俺は傷つけることも承知で、朝霧さんを」

「私、言ったよね!?　今は拒絶しちゃうほうが絶対によくないって！　おかげで火乃子ちゃんはそのあと、そのあと……っ！」

「そのあと、なんだ？　あれから朝霧さんは、なにかあったのか？」

「な、なんでもない…………とにかくなんでふっちゃったんだよっ!?　しかももう彼女がいるなんて言って！」

朝霧さんのアプローチがどんどん過激になり始めて、もうふるしかないと思ったから。

もちろん成嶋さんにそこまで言う必要はない。

「……そうでも言わないと、朝霧さんは諦めてくれないと思ったんだよ……成嶋さんの名前までは、まだ出してないから……それを言うのは二人で話し合ってからだと、思って……」

「……そうだ。いい機会だし、古賀《こが》くんにはその話もしておかなきゃだ」

成嶋さんはため息をついて続けた。

「私たちが隠れてこっそり付き合ってること、古賀くんはいつかみんなに言おうと思ってるんだよね？」

「ああ。もちろん今すぐじゃなくて、しばらく経《た》ってから……ほとぼりが冷めた頃に……」

「それなんだけどさ」

成嶋夜瑠《よる》は姿勢を正すと、まっすぐに俺を見つめてきた。

「冷めないよ。ほとぼりなんて」

「…………は？」

「だからほとぼりなんて、冷めないよ。言えば終わり。私たち五人はそこで終わり。私はそんなの許さない」

「待て。待ってくれ。なにを言ってるんだ成嶋さん……？」

混乱してきた。ちょっと頭の整理が追いつかない。

「だ、だって前に話したじゃないか。俺たちのことは、ほとぼりが冷めたら全部言おうって」

「確かにそんな話にはなったけどね。私からはなにも言ってないよ」

「そんなはずないだろ！　だって……！」

——じゃあ……こういうのは、どうかな。火乃子ちゃんをふったあとも、私たちのことは、まだ黙っておくの。それでその……ほとぼりが冷めるまでは、俺たちのことをずっと秘密にしたまま、みんなとは和やかな友達関係を続けようっていうんだな？

——え？

……あれ？

………こいつはなにも、言ってない、のか？

「あの場で否定できなかったことは謝る。ごめんね。でも私は思ってた。ほとぼりなんて冷めるわけがないって。だからみんなに言う機会はきっとこないって」

「じゃあ成嶋さんは一体……」

「最初から言ってるじゃん」

そいつは口元で人差し指を一本立てた。

「ずっと黙ってたらいいんだよ」

「ず、ずっと……？」

「そう。ずっと。五年後も十年後も二十年後も、ずっとずっと黙ってたらいいんだよ。そしたら私たち五人は、永遠に友達のまま。でしょ？」

一切の迷いがない、真剣そのものの目だった。

「そ、そんなの無理だって。それに朝霧さんはたぶん……俺たちのことを疑ってた。今はなんとかやりすごせているかもしれないけど、そのうちきっとバレる。だからそうなる前に」

「誤魔化しちゃえばいいじゃん」

「っ⁉」

俺の隣に移動した成嶋夜瑠は、艶《なまめ》かしい笑顔でしなだれかかってきた。

「どんなに疑われても、問い詰められても、全部誤魔化しちゃえばいいじゃん。別に付き合ってないよ、の一言で済むじゃん。証拠なんかないんだから」

改めて思った。

成嶋夜瑠は俺たちの誰よりも純粋で、誰よりも大きく歪《ゆが》んでいる。

すべては友達関係を残すため。誰一人傷つけないため。

そのためなら、みんなを一生裏切り続けてもいいと言っている。

こいつの友情は、明らかに間違った方向に捻《ね》じ曲がっている。

「……じ、自分がどれだけ残酷なことを言ってるか、わかってるのか……」

「残酷かな？　じゃあ古賀くんは私にこう言えって？『私は火乃子ちゃんの気持ちを知ってたけど、じつは裏でこっそり古賀くんを奪ってました。これからも親友として、いつまでも傍《そば》にいてね。私たちがイチャイチャしてる姿をずっと近くで見ていてね』って。そっちのほうが遥《はる》かに残酷だと思うけどな」

「〜〜〜〜〜〜ッ！」

そのうえ、こんな正論まで叩《たた》きつけてくる。

「ね？　私たちは今さら引き返せないんだよ」

俺の首筋に細い腕を回して、唇を寄せてくる。

「だからもう、二人でみんなをずっと騙《だま》し続けようよ」

柔らかなキスをされて、そのまま床に押し倒される。

俺の唇を貪りながら、成嶋夜瑠はさらに恐ろしいことを言ってくる。

「ぁむ……火乃子ちゃんのこともさ……ちゅっ……一回本当に付き合っちゃったら？」

「な、なにを言って……んんっ！」

「古賀くんは……火乃子ちゃんがどれだけ傷ついたか、知らないから……ちゅ」

あまりにも身勝手な成嶋さん。

あまりにも身勝手な俺。

「私は……ちゅっ……火乃子ちゃんが元気になってくれるなら……はぁっ……全然平気……」

きっと人類は全員が身勝手。

恋がみんなをおかしくさせるから。

恋がすべてを歪《ゆが》ませていくから。

「ふ、ふざけるな……っ！」

成嶋夜瑠を突き飛ばして睨《にら》みつける。

「はあ、はあ……い、いい加減にしろよ……！　なんで俺が、朝霧さんとそんな」

「私は浮気《うわき》を公認するって言った」


――ああ、そうか。

恋が人を歪《ゆが》ませるっていうのなら、成嶋夜瑠がこうなるのも当然なんだ。

こいつは最初から、恋の毒に犯されていたじゃないか。

そして俺と交わったことで、友達の大切さを知って。

こいつのなかで『恋』と『友情』が同列に並んでしまった。

狂気の恋と肩を並べる「狂気の友情」が加わって、歪《ゆが》みはさらに倍化してしまったんだ。

「火乃子ちゃんは古賀くんの想像以上に、すごく傷ついたんだよ。自分を見失うくらい本当に自暴自棄になっちゃって……もう立ち直れないかもしれない。だったら私は古賀くんを貸しても全然いい。ううん、むしろ貸したい。だから古賀くん、いっそ私と火乃子ちゃん、両方同時に付き合っちゃえ。昼は火乃子ちゃんのターンで、夜は秘密の私のターン。これどう？」

「……やめろ」

「それはさすがに気が引けるって言うなら、私は一旦離れてもいいよ？　だってその程度で私の恋は揺るがないから！　私の愛はとっても大きいから！」

「……もう……やめて……やめてくれ……」

「女は『最初』にこだわらない！　ただ『最後』に自分を選んでくれたらそれでいいの！」

俺たちはいつの間に、こんなにも狂った世界に足を踏み入れてしまったんだろう。

俺はどうして、こんなにもイカれた女に恋をしてしまったんだろう。

こいつが放つ甘くて濃い猛毒に、俺はいつも心を犯され、脳を溶かされ、罪と蜜の生暖かい沼に自ら溺れにいってしまう。

だって俺、こんなにも歪《ゆが》んで狂った成嶋夜瑠が、未だに愛しくてたまらない。

「それに、ほら！　火乃子ちゃんとは一回でも付き合ったって事実があれば、免罪符にもなるし！　それで火乃子ちゃんと別れてしばらく経《た》ってから、私と付き合ったことにすればいいんじゃない!?　これなら古賀くんの望みどおり、みんなに言っても大丈夫かも!?」

こんなにも怖いことを平気で言える成嶋夜瑠が、俺は心底怖い。

それも無垢《むく》な友情から生まれている言葉だからこそ、途轍《とてつ》もなく怖い。

それでも愛《いと》しく思っている俺自身も、怖くて仕方がない。

「……………うぅ……ぐす……っ……」

「あは。古賀くん、泣いちゃった？　私、怖かった？」

もう悟ってしまったからこそ、俺は涙を流していた。

成嶋夜瑠の巨大すぎる恋からは、決して逃げられないんだって。

俺の心には甘すぎる毒の牙がとっくに深く食い込んでいて、そもそも逃げようとすら思えないんだって。

「大きな声出してごめんね？　怖かったよね？　もう一回キスしようか」

俺の頬を伝う涙を優しく舐《な》め取って、その柔らかい唇で俺の唇をそっと挟んでくる。

「……好き……好き……好き、好き、好き、好き好き好き好き好き好き好き好き好き」

あたまがおかしくなる。

でも、きもちいい。

成嶋さんの優しいきすがきもちいい。
ドロドロに愛されて、あったかく溶かされていくことが、きもちよすぎて、こわい。
がたがたがたがたがたがたがたがたがたがた――……。
体は芯から震えているのに、
俺のなかの『男』がおぞましく、不気味に反応する。
恐怖や罪悪感といった感情をすべて濾過《ろか》して、純粋な黒い恋だけが下腹部に集中する。
「んふふ……」
成嶋夜瑠が細い指で、ズボンの上から触れてくる。
さっきまで編み物をしていた家庭的な指で。
いつも俺に料理を作ってくれる優しい指で。
俺のその部分を執拗《しつよう》に、いやらしく撫《な》で回《まわ》してくる。
「……私、本当に変な子だ。古賀くんの怯《おび》えた顔を見てるとね」
膝立ちになって、自分のスウェットパンツを下着ごとゆっくり引き下ろす。
白くて瑞々《みずみず》しいその内腿《うちもも》に、粘性のある透明な液体が膝あたりまで垂れていた。
「古賀くんがいけないんだよ。古賀くんがそういう顔するから、いけないいんだよ」
そいつは俺の足から強引にズボンを引き抜くと、そっと跨《また》がってくる。
貪欲に滴《した》り落《お》ちる愛液と、成嶋夜瑠の上気した表情が、俺の全神経を焼く。

「いれちゃうよ」

——堕《お》ちる。

深すぎる恋の奈落に二人で堕《お》ちて、二度と浮上できない深奥《しんおう》まで沈んでしまう。

俺のスマホがメッセージを受信したのは、そのときだった。

「ご、ごめん、ちょ、ちょっと……」

「んふ……全然いいよ。友達も最優先だもんね」

成嶋さんが一度離れてくれたんで、俺はスマホに手を伸ばす。

こんなメッセージが届いていた。

田中《たなか》新太郎【急にごめん。いま朝霧さんとそっちに向かってるんだけど、いいかな？】

田中新太郎【気まずくなるのは嫌だから、一回純也と普通に話しときたいんだって】

田中新太郎【できれば成嶋さんにも同席してもらいたいんだけど……】

第十一話　贖罪《しょくざい》

朝霧火乃子《あさぎりひのこ》は古賀純也《こがじゅんや》にふられた日から、ずっと部屋のベッドに転がっていた。

仮病で学校を休んだのは中学生の頃、公開初日の大作映画をこっそり観《み》に行ったとき以来だろうか。こうして二日連続で休んだのは、本当の病欠を含めても初めてのことだった。

ふと、枕元に置いていたスマホがメッセージを受信した。

ベッドに寝転がったまま、火乃子はもそもそと手を伸ばす。

相手は宮渕青嵐《みやぶちせいらん》だった。

宮渕青嵐【あのよ。勝手な真似《まね》してほんと悪いんだけど……】
宮渕青嵐【この前のこと、成嶋《なるしま》に言っちまった……相談もなしに、すまん】

火乃子はとくになにも思わず、「そう」とだけ返しておいた。

純也にふられた日、自暴自棄になっていた火乃子は、駅前で偶然出会った青嵐をラブホテルに誘った。誘ってしまった。

もちろん青嵐には強く拒絶された。それでも火乃子はあのとき、どうしても青嵐に傍《そば》にいてほしかった。だから純也にふられた事実を告げたあと、誰でもいいから適当な男に声をかけると言った。そう言えば青嵐はきっと断れないと思ったからだ。

そして実際、彼は断ることができなかった。

あんな場面でもいつもどおり狡猾《こうかつ》に立ち回れた自分には、侮蔑を込めて笑ってしまう。

だから誰かに話されたところで、自分に責める資格はないし、そもそもそんな気もない。

青嵐だってきっと苦しくて、誰かに吐き出したかったに違いないのだから。

スマホのやりとりは続く。

宮渕青嵐【成嶋も秘密にするって言ってくれたし、俺も全部は言ってねーから】
朝霧火乃子【本当にごめんね。青嵐くんにはすごく悪いことしたと思ってる】
宮渕青嵐【もうそういうのはやめろって。俺だって同罪だろ……】

青嵐なら大きな罪悪感を抱くことも承知のうえで、火乃子は彼をラブホテルに誘った。

すべては純也への恋を忘れるため。そのために無関係な青嵐を巻き込んでしまったのだ。

悪魔のような女だと、自分を激しく軽蔑する。

そしてそこまで駆り立てたこの狂気の恋に、火乃子は今さらながら恐怖していた。

宮渕青嵐【そんなわけで、成嶋からは近々フォローが入ると思うから】

宮渕青嵐【純也の件は成嶋に話を聞いてもらえ。お前もあいつになら言いやすいだろ】

宮渕青嵐【じゃあ……また学校で。待ってるから。俺らも、純也も】

そこでやりとりは終わった。

夜瑠《よる》に言いやすいわけがない。むしろ絶対に言えない相手だ。

あたしは女の武器を使って、あなたから純也くんを無理やり取り上げようとした結果、見事にフラれてしまいました、なんてとても——……。

火乃子は二人の関係に薄々気づいていたとはいえ、それはもうあの夜で確信に変わった。

古賀純也と成嶋夜瑠。

まったく違うようで、どこか似ている二人。

頭のなかで並べてみると、案外お似合いのカップルのように思う。

「ふふ……いつから付き合ってたのかな」

悪意などひとつもない、母親が子どもの成長を見守るような、ごく自然な笑みだった。

あの二人のことだ。全部正直に言えば、五人の関係を壊してしまうと考えて、ずっと言えなかったんだろう。

「まあ……言えないわな。うん、そりゃそうだ」

もちろん隠していたこと自体には腹が立つけど、でも気持ちはわからなくもない。

……あたしはみんなの前で、純也くんが好きだって公言しちゃったわけだし。そりゃ今さら言えるわけないわ。

それに純也くんは名前こそ出さなかったけど、あたしが告白したときからちゃんと、「ほかに好きな人がいる」と言っていた。最初から断ろうとしていた。

それを強引に振り向かせようとしていたのはあたし。二年に進級するまでは聞かないと言って、頑《かたく》なに耳を塞いできたのもあたし。

だから全部、あたしが悪い。

ティッシュで鼻をかんだ。もう涙はとっくに涸《か》れ果てている。心の整理もついている。

純也にも夜瑠にも、文句をつけるつもりは毛頭ない。むしろ自分と友達のままでいるために黙ってくれていたのなら、感謝したいとすら思えた。

とくに友情モンスターの古賀純也は、きっと罪悪感でいっぱいだろうし、これからはちゃんと親友として明るく接してあげよう。

もちろん、なにも知らないふりをしたままで。次に会ったら元気よく「おはよう!」って、こっちから言ってあげるんだ。

……まあ、もうしばらく寝込むけど。それくらいは許してくれ。

家のチャイムが鳴った。

火乃子は実家のマンション暮らしなので、わざわざ起きていかなくても、家人の誰かが出てくれる。ようやく恋の毒気が抜け始め、徐々に穏やかな気分を取り戻しつつあった火乃子は、もう少し眠ることにした。

次に目が覚めたときには、純也くんを本当の『親友』だと思えていますように――……。

「おい火乃子。お前に客だぞ」

兄が部屋に入ってきた。

「仮病で寝込んでるくらいなら起きてこいよ。下で待っててもらってるから」

「客って、だれ……？」

純也かもと思ったけど、彼はこの時間、バイトが終わってまだ店を出たばかりのはず。

夜瑠も違う。連絡もなしに来るタイプじゃないし、もう事情を知ったのならなおさらだ。

青嵐でもないはずだ。さっきまでスマホでやりとりをしていたのだから。

だったら――。

「田中《たなか》くんっていう男の子だよ。さてはお前の彼氏かぁ～？」

火乃子のマンションはオートロックなので、一階のエントランスまで降りていく。

エントランスを抜けた先の路上に、田中新太郎《しんたろう》はまだ学生服姿で立っていた。

時刻は十八時過ぎ。冬の夜風は冷たく、空を見上げると雲模様まで怪しい。火乃子は寝巻きの上からコートを羽織っただけの自分の体をさすりながら、新太郎に近づいた。

「あはは、ごめんねー、わざわざ。もう風邪はだいぶよくなったから」

努めて明るく話しかける。

「まさかこのあたしが、二日も学校休むなんてびびったっしょ？　でもそろそろ復帰するから安心して。もう授業も終わっちゃうし、さすがに冬休みまでにはチラッと顔出しとかんとね。そんで心置きなく、みんなでクリパだ。楽しみじゃのう～」

火乃子とは対照的に、新太郎の表情は暗いまま。

いや――――暗いというのは少し違う。感情が消えた能面のようだった。

「純也にフラれたんだってね」

「え」

まだ塞がっていない傷口に粗塩を擦り込まれた気分だったが、火乃子は笑顔を崩さない。

「あはは一……聞いちゃったんだ？　そうそう。もう木っ端微塵《こ　ぱ　み　じん》って感じ」

「なんで僕にも言ってくれなかったの」

「ごめん、ちょっち凹《へこ》みまくってて……そだね、田中くんには真っ先に言うべきだった」

「まあ別にいいんだ。僕が気になるのは、そこじゃなくてさ」

新太郎は能面の顔のまま言った。

「僕と成嶋さんの件まで勝手に終わらせてないよね？」


「――っ！」

さすがに笑顔が凍りついた。

「青嵐ってば、ひどいんだよ。僕の気持ちを知ってるくせに、今日は僕に嘘《うそ》をついてまで成嶋さんと二人でこっそり会ってたんだ。一体どういうつもりなんだろう」

「……………田中くん」

「ひどいと言えば、純也もだよ。さっきあいつのバイト先まで行ってきてさ。成嶋さんとのこと、やっぱり応援してくれるかって聞いたら、反応が微妙だったんだ」

「田中くん」

「はは、まあそれに関しては、僕が卑怯《ひきょう》だったのがよくない。これまでずっと、成嶋さんとは友達のままでいいとか言ってきたんだから。急にどんな手のひら返しだよって思うよね」

「田中くん！」

火乃子はたまらず新太郎の腕を掴《つか》んだ。

その目を真正面から見つめる。

「あのね……すごく言いにくいことだけど、聞いてほしいの。夜瑠はたぶん、純也くんと」

「知ってるよ」

新太郎は呆気《あっけ》なく答えた。

「途中からなんとなく気づいてた。あの二人にはなにかあるって。きっとただの友達じゃないんだろうなって」

「…………気づいてたんだ」

多少は驚いたものの、火乃子はすぐさま、それも当然かと思い至る。

新太郎はこれまで、ずっと夜瑠のことを見てきたのだ。火乃子が純也のことをずっと見てきたように。その微細な挙動からなにか勘づいていても、まったく不思議ではない。

だったら新太郎の恋も、ここで終わりのはずだった。

「これからも頼むよ朝霧さん。ほかの奴《やつ》らは全然アテにならないしさ」

「ちょ、ちょっと。だから言ってるじゃん。夜瑠と純也くんはきっと」

「だから……ッ！　そんなのわかってるんだよッ！」

ガッ――――。

新太郎に胸ぐらを摑《つか》まれた。

いつか火乃子が彼にそうしたように。あのときとまったく逆の構図だった。

「朝霧さんのことだ……どうせ最初から全部わかったうえで、僕を焚《た》きつけていたんだろ。僕に勝ち目がないことも承知の上で、朝霧さんは僕を利用していたんだよ……純也に揺さぶりをかけるために……ッ！」

「～～～～っ！」

そのとおりだった。

弁解のしようもないほど図星だった。

みんなで田中新太郎の恋を応援しようと言ったり。

純也に対して執拗《しつよう》にその話を振り続けたり。

すべては古賀純也に揺さぶりをかけて、いずれ籠絡《ろうらく》するために。

そのために火乃子は、新太郎の恋心を利用していたのだ。

「朝霧さんになにか思惑があることは、僕だって薄々わかってたんだよ。だから僕は協力してもらってたんじゃない。協力させてやってたんだ！　僕と成嶋さんがうまくいけば、朝霧さんだって得をする！　だったら最後まで僕に付き合えッ！　一人で勝手に降りるなんて、そんなの絶対許さない……ッッ！」

温厚な新太郎がきっと初めて見せる激情だった。

彼をここまで追い詰めてしまった自分を、火乃子は心の底から恥じた。

どうしてあの頃は、目先の恋しか見えていなかったのだろう。どうして友達を踏み台にしてまで、自分の恋を実らせることに躍起になっていたのだろう。

恋は本気になればなるほど自分を見失い、どこまでも人を黒く卑怯《ひきょう》に変えてしまう。

その事実に火乃子は、改めて総毛立つほどの恐怖を覚えていた。

「……ごめん田中くん……本当に、ごめんなさい……」

謝って済む問題じゃないことはわかっている。それでもほかに言葉が見つからない。

「…………僕は、どうしても……諦めきれないいんだよ……」

火乃子を摑《つか》んでいた新太郎の手が、重力に従ってずるりと落ちた。

「成嶋さんはね、僕と話してると、すごく楽しそうに笑うんだ。もう本当にね、すごくすごく楽しそうに笑ってくれるんだよ。あれだけ魅力的な、もう磁石みたいに惹《ひ》きつけられてしまうあの笑顔を見てしまったらさ……そう簡単には、諦められないよ……」

「田中くん……」

「まあ成嶋さんのその笑顔が見られるのは、純也の話をしてるとき限定なんだけど」

「…………っ！」

「でもいいんだ。成嶋さんは僕の話が面白くて笑ってくれているんだから。純也の話が好きなら、僕はいくらでもしてあげられる。あいつとの思い出話なんて、山ほどあるからさ」

「……わかったよ、田中くん。わかったから……」

「純也の話をし続けていれば、成嶋さんはきっとそのうち僕のことを好きになる。今日もさ、今度絶対に聞かせてねって、約束だよって、そう言ってくれたんだ。成嶋さんはまた僕と二人きりで出かけることを、楽しみにしているんだよ」

「わかったから……もういい……もう、いいよ……田中くん……」

火乃子の両目には涙が滲《にじ》んでいた。

憐《あわ》れんでいたのだ。

新太郎だって当然気づいている。成嶋夜瑠のその魅力的な笑顔は、あくまで新太郎を通して別の男に向けられているものだということを。それは自分が手を伸ばした途端、瞬《また》く間《ま》に消えてしまって摑《つか》めない、蜃気楼《しんきろう》のようなものだということを。

だから新太郎の想《おも》いは決して届かない。

彼が恋をしているのは、古賀純也に恋をしている成嶋夜瑠なのだから。

「……僕は一人でも、やってみせるから。必ず成嶋さんを振り向かせてみせるから。たとえそれで、僕と純也の仲が険悪になるとしても。成嶋さんが手に入るのなら、僕はもう友達なんていらない……そんなのもう、どうだっていい……」

新太郎は踵《きびす》を返《かえ》した。

親友よりも恋を選ぶと、はっきり言い残して。

先日までの火乃子と同じく、恋の魔性に冒されてしまった一人の男が、闇に消えていこうとしている。

……恋なんて本当に大っ嫌い。

……あたしたちはみんな、心から友達が大切で。

……絶対に固い友情があったはずなのに。

……たかが恋ごときで、どうしてこうなっちゃうんだろう。


「待って」

火乃子は涙を拭って、新太郎の腕を摑《つか》む。

恋の深淵《しんえん》に身をやつし、生気が抜けてしまった友達の目を、強い瞳で見つめ返す。

「あたしは田中くんを一人になんて、絶対にさせないよ」

今まで散々利用してきて、自分だけ先に降りるなんて、確かにありえない。

「協力するって約束だったもんね」

さっきは純也や夜瑠ともう一度、平凡な友達関係を続けていく未来を夢見たけれど。

「あたしが、なんとかしてあげる」

一度は恋に毒されてしまった以上、やはり自分はもう、あとには引けない運命だったのだ。

「あたしと田中くんは共犯者。そうでしょ？」

だったらせめて、田中新太郎とは本当の親友であるために。

歪《ゆが》みきった友情と、贖罪《しょくざい》を胸に。

この親友に、最後のトスを上げてみせる。

「いいの、朝霧さん……？」

「当たり前だよ」

もうここまできた以上、あの五人組が元に戻ることは絶対にない。

ならば。

今度こそ本当に、手段なんて選ばない。

「あたしが夜瑠と純也くんを、必ず切り離してみせるから」

友達思いな朝霧火乃子の頭には、すでに最後の策が組み上がっていた。

第十二話　決戦

田中新太郎《たなかしんたろう》【急にごめん。いま朝霧《あさぎり》さんとそっちに向かってるんだけど、いいかな？】
田中新太郎【気まずくなるのは嫌だから、一回純也《じゅんや》と普通に話しときたいんだって】
田中新太郎【できれば成嶋《なるしま》さんにも同席してもらいたいんだけど……】
古賀《こが》純也【確認した。成嶋さんオッケーだって。俺も大丈夫。あと何分くらいで着く？】
田中新太郎【あと二十分くらいかな。じゃあ純也の部屋で】

十九時。

朝霧火乃子《ひのこ》は田中新太郎と二人で、純也のアパートの下までやってきた。

ここに来るまでの間に、もう打ち合わせは終えていた。

「いい？　この作戦はあくまで今後の布石。厳しいこと言うけど、いま田中くんが告白とかしたところで、きっとうまくはいかない。わかるよね」

「わかってるけど……でも本当にいいの？　そこまでしたら、朝霧さんと成嶋さんは」

そう。この作戦を決行すれば、火乃子と成嶋夜瑠《よる》の友達関係は間違いなく終わる。

だけどそれは、わざわざ口に出さない。

ただでさえ弱っている新太郎に、これ以上余計な心配はさせたくなかった。

「田中くんは自分のことだけ考えてたらいいの。さ、行こう」

最後の決戦に向けて、二人でアパートの外階段を上って。

古賀純也の部屋のチャイムを押した。

すぐに家主が顔を出してくる。

「おう、待ってたぞ。成嶋さんもちょうど今来たところだ」


十九時二分。

火乃子と新太郎は、純也の部屋に上がる。

中にはすでに成嶋夜瑠がいた。

純也はバイト帰りでまだ学校の制服姿。夜瑠は黒パーカーにグレーのスウェットパンツといった部屋着姿だった。

ここは五人組の溜《た》まり場《ば》なので、青嵐《せいらん》がいない四人で集まるとやっぱり少し違和感がある。

そんなことを考えてしまった火乃子は、自虐的に笑った。

もうあの五人で集まることとなんて、きっとないのにね——……。

青嵐不在の四人で少し話す。

これからも純也とは普通に接したい、という名目で来ているので、そのあたりの話を少々。

あとは適当に冬休みの予定なんかを話し合った。


「スキー旅行とかは金がかかるし、やっぱ雪合戦が妥当か？」

「それいいね！　五人でバトルロイヤル！　最下位は優勝者になんか奢《おご》りだ！」

「うー……僕は体を動かす系が弱いからなあ。絶対に最下位確定だよ……」

「あ、あの……そもそも積もらなかったら、どうするんだろ……？」


場を温めることが目的なので、話題はなんでもよかった。

たとえそれが、きっと実行されることのない冬休みの予定だったとしても……。

なにがあったのかは知らないが、純也と夜瑠の間には、少しだけぎこちなさを感じる場面もあった。それでも自分たちとの会話を心から楽しんでくれている様子は確かにあって、火乃子はとても嬉《うれ》しかった。

この二人がじつはこっそり付き合っていることなど、本当にどうでもいいと感じる。

むしろ今までもこれからも、五人の関係を絶対に壊さないよう配慮している点において、やはり純也と夜瑠はいいカップルだとすら思えた。

そんな二人を、火乃子はこれから引き裂く。

これまで散々利用してきた新太郎への贖罪《しょくざい》のために。

そして……今もわずかに燻《くすぶ》る自らの黒い恋心のために。

彼らと友達として過ごせるこの最後の時間が、とても愛《いと》おしく、とても名残惜《なごりお》しい。


「あははっ！　ほんと夜瑠って面白いね！　あはははっ！」

「もう、火乃子ちゃん……笑いすぎだよ。ふふっ」

叶《かな》うなら。叶《かな》うなら。

お願い、時よ止まって——。


十九時三十分。

ついに火乃子は行動を起こす。

「あ、やべ。コーラなくなっちった。あたし、ちょっとコンビニ行ってくるわ」

手順一・適当な理由で席を立つ。

「えと、だったら私も行くよ」

当然のように夜瑠が同行を申し出てくる。計算済み。

手順二・ここで純也をチラッと見る。

「あ……いや、いいよ。俺が一緒に行くわ」

ここに来た名目上、火乃子が目配せをすれば、純也は必ずこう言ってくる。計算済み。

「そ、そっか。じゃあ古賀くん、お願い……」

「うーん……それかいっそ俺たち全員で」

手順三・新太郎に話を振る。

「田中くんはなんか欲しいもんある？」

「えっと、じゃあ僕はポカリで」

この言さえとれば、全員で行こうという流れを封じることができる。

「……んじゃ、俺と朝霧さんで、ぱぱっと行ってくるか」

結果、純也一人を連れ出すことに成功する。すべて計算済み。

次に自分がここを訪れるときは、もう純也とも夜瑠とも、友達ではなくなっている——。


十九時四十五分。

コンビニからの帰り道。純也と二人きり。

「明日は学校休みじゃん？　これから青嵐も呼んで、徹夜で冬休みの計画でも考えるか？」

「や、急にそれはかわいそうじゃね？　それにあたし、今日は帰らなきゃだし」

純也は買い出し中、ずっと当《あ》たり障《さわ》りのない話をしてくれていた。いろいろあったけれど、今後は普通の友達として過ごせるように気を遣ってくれているのだろう。

しかし火乃子は今さら引き返せない。

自分の過去の振る舞いが、引き返すことを許してはくれない。

だからこそ、もう本気で彼を奪いにいく――――。

「じゃあ、明日にでもみんなで集まって」

「純也くん」

有無を言わさぬ語気で、会話を断ち切った。

「あのさ、あたしって純也くんにフラれちゃったじゃん?」

「……………ああ」

二人きりになった時点で、きっとこの話になると予想していたのだろう。急な話題転換でも純也はとくに驚いたりはしなかった。

「純也くんが悪いわけじゃないんだけど……あのときのあたし、すごく傷ついてね」

「……だよな。本当にごめん」

「だから謝らなくていいんだってば。ただね……そのあと、そ、そのあと……あたし……」

火乃子はここで一度、言葉を区切った。

お得意の策でもなんでもない。単純に言いにくかったのだ。

それでも唇を嚙《か》み締《し》めて、意を決する。

「そのあとあたし……青嵐くんと、ラブホテルに行っちゃったの……」

「…………え？」

純也の顔が一瞬で青ざめた。

火乃子はもう止まれない。ここでブレーキは完全に振り切った。

堰《せき》を切ったように、次々と言葉が流暢《りゅうちょう》に紡《つむ》がれていく。

「青嵐くんにはすごく失礼なことをしたと思ってる。でもあのときはあたし、本当にメンタルがやられちゃって……純也くんに捨てられたことが、それだけショックだったんだ」

「ま、待ってくれ……本当なのか……？　ほ、本当に朝霧さんは、青嵐と……？」

「うん……あたしも初めてだったんだけどね……はは」

これであの友達五人組の崩壊は決定的となった。もう決して元通りには戻らない。しかもその理由の片棒を、青嵐に担《かつ》がせているのだ。

もはや悪魔そのものだと思って、火乃子の視界は自然と歪《ゆが》む。

ここまでするかと自分を蔑み、心も体も、魂すらも、圧《お》し潰されそうな感覚に囚《とら》われる。

涙をこぼさなかったのは、せめてもの矜持《きょうじ》だった。

「お、俺のせいで……そんな……そんな……」

決して彼のせいではない。これは火乃子が自ら選んだ道なのだ。

当然そんなことは口に出さず、ここで完全に非道になりきる。

「あたし、自分が思ってる以上に純也くんのことが好きだったんだね。純也くんにフラれたとき、もう死んじゃおうかなって思ったくらい。だから青嵐くんをラブホに誘ったのは、あたしにとって一種の自殺。心のリストカットだったの」

「ぁ……」

純也は全身が震えている。顔もかわいそうなくらい真っ青だった。

きっと背負いきれない罪悪感に圧壊されそうになっているのだろう。

──本当にごめんね、純也くん、青嵐くん。それに……夜瑠。

「お、俺が……俺が、朝霧さんを、ふったから……？」

「うん」

刀で斬りつけるように、はっきりと断じる。

「ぁ……ぅ……ぁぁ……」

「純也くん」

じりじりと後ずさる彼に、火乃子はゆっくりと近づいて。

そっと抱きついた。

純也は初めて、とても強い力で抱きしめ返してくれた。

「うあっ！　うあっ！　うあああああああああああああああああああああっ！」

「純也くん。この状況で言うのは本当にずるいと思うけど……やっぱりあたしと付き合ってくれないかな……？　もう汚れちゃったあたしだけど、叶《かな》うなら、もう一度やり直したい……」

「朝霧さんっ！　朝霧さんっ！　俺のせいで……お、俺の、せいで……っ！」

彼の悔恨の涙が、火乃子の鎖骨に落ちる。さらに念を押す。

「あたしとのこと、もう一度、考え直してくれないかな？」

「う、ぐ……ぐうぅぅぅぅぅぅぅぅぅぅ～～～ッ！」

純也の力が強くなる。火乃子も彼の背に回した腕に力を込めた。

同情でもいい。憐《あわ》れみでもいい。

恋じゃなくても構わない。

この人と付き合えるのなら、もうなんだっていい。

たとえこんな最低な手段を使っても、やはり純也との抱擁は、火乃子にとってどうしようもなく胸が高鳴るものだったから。

◇

十九時四十分。

純也と火乃子が部屋を出て行ってから、十分が経過。

田中新太郎は久々に、成嶋夜瑠と二人だけの時間を楽しんでいた。

「えー、古賀くんってそんなにセミ取りうまいんだ？」

「セミだけじゃないよ。虫取り全般。俺は生きたモンスターボールだー、とか言ってた」

「あははっ！　もぉ～、それ言ってる姿が目に浮かぶじゃん！」

話題はもちろん古賀純也の話。

成嶋夜瑠が一番楽しそうに笑うトークテーマ。

その笑顔を見た新太郎は、やっぱり素敵な子だなと改めて思う。

――いま田中くんが告白とかしたところで、きっとうまくはいかない。わかるよね。


さきほど火乃子に言われた言葉が脳裏をよぎった。

わかっている。今はただ、成嶋夜瑠と二人だけの時間が作れたらそれでいい。

以前、夜瑠をクリスマスデートに誘おうと考えていたときは、純也の邪魔が入った。

今日、夜瑠をファミレスに誘おうとしたときは、青嵐の邪魔が入った。

すべては二人に真意を話せなかった自分の弱さと、ずるさのせい。それもわかっている。

それでも新太郎は、やっぱり二人が邪魔に思えてならなかった。

あまりにも醜いこの恋心には、侮蔑すら覚える。

新太郎がたまに読む純愛ラブコメ漫画のような綺麗《きれい》な恋なんて、現実にあるわけがない。

恋をしている人間の心は、きっと全員ドス黒くて腐食に満ちているのだ。ただ真実から目を背け、ドキドキでキラキラの美辞麗句でコーティングしているだけにすぎない。

恋というものは本気になればなるほど、どんな手段を使ってでも欲《ほっ》したくなるもの。薄汚くて身勝手なもの。一皮剝《む》けばギトギトのネバネバで、綺麗《きれい》なわけがないのだ。

「あ、そうだ……この部屋って、みんなで買ったインスタントコーヒーがあったよね。二人が帰ってくる前に、お湯沸かしておこうかな……外、すごく寒いもんね」

この状況を作ってくれた朝霧火乃子には、本当に感謝している。

「うーん……でも古賀くんはコーヒー飲めないし、牛乳たっぷりココアかなあ……」

そんな恩人を、新太郎はこれから踏み台にする。

火乃子から授かった策を、躊躇《ちゅうちょ》なく使う。

それは彼女たちの友人関係を破壊するものだと知りながら。

「成嶋さん。コーヒーの準備はいらないよ。朝霧さんは帰ってこないから」

「え？」

立ち上がろうとしていた夜瑠の動きが、ぴたりと止まる。きょとんと新太郎を見ている。

新太郎は火乃子の指示どおりに、言葉を紡《つむ》いだ。

「朝霧さんは今日、もう一度純也に告白するために来たんだよ。たぶん今頃、どこかで告白してるんじゃないかな。うまくいってもいかなくても、そのまま帰るって」

「そうなんだ……じゃあ古賀くんの分だけ、作ろうかな……」

夜瑠はそのままキッチンに移動して、電気ケトルに水を注ぐ。

その挙動や声色からは、まだ感情が読み取れない。

新太郎は続ける。

「もしかして、心配？」

「え、なにが？」

…………………。

「純也と朝霧さんのこと、気にならないの？」

「それは気になるけど……うまくいくといいね。あ、田中くんもコーヒーいる？」

……どうなっている。

火乃子からは言われていた。この話をすれば、成嶋夜瑠は間違いなく動揺すると。

しかし新太郎の目から見て、動揺している様子はまったくない。

純也と夜瑠はこっそり付き合っているのではないのか。自分の彼氏がもう一度告白を受けていると聞けば、普通は気になるところではないのか。

これは痩せ我慢なのか？

だとしても、次はそうはいかないはずだ。

「僕はさ……朝霧さんからいろいろ事情を聞いちゃったんだ」

「事情？」

「うん。なんでもさ」

新太郎は躊躇《ためら》うことなく口にした。


「朝霧さんと純也は、もうキスまでしてる仲なんだって」


「ええっ。ほんとに？」

これは新太郎自身もさっき聞いたばかりの話だ。

さらに容赦なく畳み掛ける。

「ほかにも、二人で恋人っぽいことをいろいろしてたんだって。ほら、みんなで花火をやったときも、純也と朝霧さんだけ消えたじゃない？　あれも僕らに内緒で、こっそりイケナイことをしてたらしいよ。そんな関係だったくせに、なんで純也は一回ふっちゃったんだろう」

「うーん……それが本当なら、ひどい話だよね……今度古賀くんには、みんなで説教だ」

キッチンでコーヒーカップの用意をしていた夜瑠が振り向いた。

いつもと変わらない、内気な少女の微笑《ほほえ》みがそこにあった。

「…………」

「あ、あの……どうしたの田中くん？」

それはこっちが聞きたい。

自分の彼氏が別の女の子とキスしていたと聞いて、どうして動揺しない？　ほかにも恋人のようなことをいろいろしていたと聞いて、どうして平然としていられる？

この作戦を立案した火乃子ですら、きっとこんな反応は想定外だったはずだ。

成嶋夜瑠は、朝霧火乃子の策を凌駕《りょうが》するほどの怪物なのか？

それとも……。

「えっと、成嶋さん。変なこと聞いても、いいかな……？」

「うん。なに？」

「その……成嶋さんは純也のこと、好きなんじゃないかって思ってたんだけど……僕の勘違いだったり、する？」

「ええっ、私が古賀くんを？」

「うん……だからその、僕でよければ、これからは相談に乗れるんじゃないかって……」

これが火乃子から与えられた、最後の策の全貌だった。

夜瑠にはすべての事実をありのまま伝えて不安を煽《あお》り、新太郎がその相談役のポジションにつく。これで今後は、夜瑠と二人きりの時間が多くとれるようになる。火乃子が純也の略奪に成功すればベストで、そのときは夜瑠の心に空いた穴を、新太郎が時間をかけてゆっくりと埋めていく。

そういう流れのはずだったが――。

「あははっ。そりゃ私だって古賀くんのことは好きだけどさ……そういうのじゃないよ。私と古賀くんは、ただの友達。これまでも、これからも」

……。

……そうか。

彼氏の浮気《うわき》じみた話を聞かされて、ここまで平静を保っていられるわけがない。つまりすべては、自分と火乃子の思い込みだったのだ。

どうやら夜瑠と純也は、付き合っていない。両想《おも》いですらない。

「……はは……なんだ……よかった……」

新太郎は心の底から安堵《あんど》した。目頭も熱かった。

なんだよ……だったらみんなまだ、友達のままでいられるじゃないか。朝霧さんと成嶋さんも。僕と純也だってそうだ。みんなまだ、友達のままでいても……いいんだ……っ。

「はは、心配して損したよ……ああもう、本当によかっ――」

「もう……さっきからどうしたの田中くん……あ」

新太郎の視線の先を辿《たど》った夜瑠が、思わず小さな声をあげていた。

成嶋夜瑠がよく使っている見慣れたトートバッグ。

そこからわずかに顔を覗《のぞ》かせている、編みかけのマフラー。

ベッドの陰に転がっていたそれを見て。

安堵《あんど》したばかりの新太郎の心は、一瞬で黒い疑念に押し流された。

……なんで編みかけのマフラーがここにある。僕と朝霧さんが来るまでの暇つぶしに持ってきたのか？　確かに僕は純也に、あと二十分くらいで着くと伝えていたわけだから、そこだけを見れば別に変じゃない。でもあいつは僕たちがこの部屋に来たとき、言ってたぞ。「成嶋さんもちょうど今来たところだ」って。

僕たちの到着時間を見越して純也の部屋に来たのなら、わざわざ編みかけのマフラーを持ってくるのは変じゃないか？

……本当は成嶋さん、ずっと前からここにいたんじゃないのか。

……なんなら純也のバイト中からもここにいて、せっせと編み物をしてたんじゃないのか。

すべては彼氏のために、彼氏のために、彼氏のため、彼氏のた――……。

「あ、そのマフラーはね、最近いつも持ち歩いてて――って、ちょ、田中くん!?」

言い終わる前に、新太郎はトートバッグに手を伸ばしていた。

すかさず夜瑠に取り上げられる。

「な、なにするの。勝手に人のカバンを見ようとするなんて、ひどいよ……？」

どうして隠す。

ほかに見られたら困るものでも入っているのか。

たとえば――――彼氏と二人きりで写っているプリントシールとか。

「もう一度聞くけど……成嶋さんと純也は、なにもないんだよね？」

「…………ないよ」

夜瑠は自分のトートバッグを胸に抱いたまま、いつもの気弱な顔で俯《うつむ》いている。

まだ明確な証拠はないはずなのに、新太郎の疑念はもう揺るぎない確信に変わっていた。

一度は完全に安堵《あんど》してしまった以上、その落差はとても大きい。

「どうして……純也なんだ……」

トートバッグを両腕で抱いている夜瑠の姿が、ぐにゃりと歪《ゆが》む。

「だ、だから私は別に、古賀くんとは……」

「僕は誰にも言えない恋をしていて……それはきっと純也も同じだったはずなのに……」

嫉妬、憎悪《ぞうお》、絶望、怨嗟《えんさ》、傷心――――失恋。

やっぱり成嶋さんは――僕のものに――ならないんだ――。

その結論が出た途端、咽《む》せ返るような据えた腐臭が、新太郎の鼻をついた。

――僕の脳が腐っていく。

理性はあっという間に、恋の狂気に吹き飛ばされた。

「どうして純也だけが報われるんだよッッ！」

「ちょ……た、田中く……わっ！」

ただその手編みのマフラーを、きっと彼氏へのクリスマスプレゼントを、視界に入れたくなかっただけかもしれない。彼女が大切そうに胸に抱いているトートバッグを取り上げたかっただけかもしれない。

真意は新太郎自身もわからないが。

そのトートバッグを払《はら》い除《の》けながら、
新太郎は憎悪《ぞうお》をもって、愛《いと》しくてたまらなかったはずの女の子を、
床に押し倒していた。

「なんで純也なんだよ!?　なんで僕じゃだめなんだよッ！」

「ま、待って田中くん！　どうしたの？　落ち着いて！　ね!?」

冬の強い夜風が窓を叩《たた》き、部屋自体が寒さに震えていた。

本当は全員が、固い友情を求めてやまなかったはずなのに。

それでもみんな、抗《あらが》いきれない思春期の獣性に頭を壊されていく。

悲しいほど鋭く尖《とが》ったその牙と爪で。

大切なものを、いとも容易《たやす》く引き裂いてしまう。

だったら友情とは、一体なんのためにあるのだろう。

固い絆《きずな》という言葉はあまりにも空々しく、恋心を縛る縄にすらなりはしない。

友達ってなんだ？

その答えを知る前に、新太郎は自らの醜悪な想《おも》いで、大切なものをすべて壊しにかかる。

「僕は成嶋さんが、こんなにも好きなのに……ッッ！」

絶対に叶《かな》わない恋と、取り返しのつかない罪に、涙が千切《ちぎ》れるほどの愛を叫びながら。

◇

十九時四十分。

駅近くの雑居ビルから出てきた宮渕《みやぶち》青嵐は、空を見上げてため息をついていた。

「……ったく。天気悪《わり》ぃな」

夜空は灰色の雲で覆われており、今にも一雨きそうな気配がある。

今日は学校終わりに成嶋夜瑠と近くのカフェに行ったあと、その足でこの雑居ビルにテナントを構える叔父の音楽スタジオを訪れていた。

先日、夜瑠とバンドの話になったことで、ドラムへの熱が再燃したためだ。

まだ正式にバンドをやると決まったわけではないが、今の五人の空気にどこか居心地の悪さを感じている青嵐にとって、激しいドラムの練習は面倒事を忘れられる清涼剤でもあった。

……そうだ。帰る前に、ちょっと寄ってくか。

駅に隣接するショッピングモールに向かう。いつも自分の不安を聞いてくれて、勇気づけてくれる成嶋夜瑠に、日頃の礼としてなにか贈りたいと考えたのだ。

もうすぐクリスマス。それを口実に、プレゼントを用意するくらいは構わないだろう。

今日はこんな最低な自分の過去話を真剣に聞いて、涙まで流してくれたのだから。

「……あいつ、俺を一人ぼっちにはさせないとかも言ってくれたっけ……はは」

プレゼントはちょっといいギターピックか、張り替え用の弦《げん》あたりが妥当だろうか。気持ち的にはエフェクターくらい買ってあげたいところだが、彼氏でもない人間がそこまで高価なものをプレゼントするのはさすがに重いし、予算もない。

つか、そもそも楽器関連じゃなくてもいいんじゃねーの？　あいつウサギが好きらしいし、なんかそっち系でも……。

ショッピングモールを散策しながら、適当に店を見て回っていると。

「あら～？　おーい、ミヤブ～っ！」

忘れもしない気の滅入《めい》る声が、後ろから飛んできた。

青嵐は一応礼儀として振り返り、挨拶を交わす。

「……どもっす、狭山《さやま》先輩」

狭山美雪《みゆき》は三人の女子グループと一緒だった。そのなかで一人だけ高校の制服姿。かつ小柄な彼女はよく目立つ。

「ミヤブー、久々だね～？　私はバイト終わりに友達とスタバ&ショッピングぐ～ってとこなんよ！　ぐーっ、ぐーっ！」

聞いてもいないことを一方的に喋《しゃべ》ってくる狭山美雪。鬱陶しいが決して本人に悪気はないことも、青嵐はよく知っている。

「……先輩が女子だけで遊んでるってのも珍しいすね」

つい皮肉が漏れてしまった。

「私ってどんなイメージな～ん？　って、まあ……そりゃそうだよね……とと、でも節操のない遊びはもう中三で卒業したんです～。男友達はいるけど、もうなんもないよ～ん」

狭山美雪は一瞬だけ表情を曇らせたように見えたが、きっと気のせいだろう。

「そだそだ。ね、ミヤブー。私らこのままクラブに行っちゃおうかって話してたんだけど、暇なら一緒にどお？　この前私のバイト先に来たくせに、ガン無視して帰ったっしょぉ？　そのお詫《わ》びに、ちょっくら顔貸せよぉ～？」

「いや……俺まだ未成年なんで、夜のクラブはちょっと」

狭山美雪もまだ高三で未成年なのだが、そのあたりの倫理観は欠如しているらしい。

「んじゃー、クリスマスイブどうしてる？　昼スタートのでっかいイベントがあんだけど、それならミヤブーも来れるっしょ～？　私、主催と仲良いし、タダにしてあげられるよん♪」

「すんません、そこはもう予定あるんで。友達と五人でパーティなんすよ」

「ん～？　五人って、古賀っちたちのこと？」

意外な名前が出て少し驚いたが、古賀純也と狭山美雪は同じバイトだったと思い出す。

……そうだよ。俺たちは五人でクリパをやるんだ。だからもう放《ほ》っといてくれ。

「じゃあ先輩、俺はこの辺で――」

踵《きびす》を返《かえ》そうとした青嵐だったが、狭山美雪の次の言葉で足が縫い止められる。

「や、古賀っちは彼女いるし、どうせイブはクリスマスデートっしょ？　だからミヤブーは」

「…………は？」

「ん？　あ、これ言っちゃだめなやつだっけ⁉」

狭山美雪は慌てて自分の口を押さえた。

「……どういうことすか？」

「だめだめ。言わない。てか知らない。まじで知らない」

「純也に彼女がいるって……誰のことすかそれ」

青嵐は有無を言わさない圧で、気まずそうな顔の狭山美雪に近づく。

体の大きい青嵐と小柄な狭山美雪は、まるで大人と子どもだ。

「う～……だからほんとに知らないんだってばぁ。これ私から聞いたとか言わないでよ？」

やがて狭山美雪は押し負けた。

「古賀っちってさぁ、みんなに内緒でこっそり付き合ってる人がいるんだって。でも私は本当に相手とか聞いてないし、仮に知ってたとしても、そこまでは絶対教えないかんね～？」

みんなに内緒で、こっそり付き合ってる人がいる？

い、い、
こっそり？

純也と火乃子は正式な恋人になる前に終わったと思っていたが、じつはこっそり付き合っていたのだろうか。でも内緒にする必要がどこにある。あの二人が付き合うまで秒読み段階だったことは、全員が知っていたのだから。

じゃあ……みんなに内緒で、こっそりって……誰のことだよ。

◇

十九時五十分。

朝霧火乃子は古賀純也と、路上で長い長い抱擁を交わしていた。

罪の意識に耐えきれず嗚咽《おえつ》を漏らしていた純也だが、少しずつ落ち着きを取り戻してきたらしい。火乃子は彼の背を優しく撫《な》でながら口にした。

「……さっき言ったことだけど……どう、かな？」

やっぱりあたしと付き合ってくれないかな。

火乃子はその答えを再度促した。

純也にふられたショックで、火乃子は青嵐とラブホテルに行ってしまった。この事実は純也にとって大きな後悔になったはず。この状況でもう一度ふるなんて、彼にできるはずがない。

少なくとも火乃子がよく知る古賀純也なら、絶対に不可能だ。

……どうする純也くん？

……友達思いのあなたなら、きっと撥《は》ね除《の》けられないよね。

……たとえ夜瑠と付き合っていても、ここまで言えばあたしを選んでくれるよね。

「あたしの傍《そば》で、ずっと慰めてよ……あたしの傷を、純也くんで上書きしてよ」

火乃子はさらにもう一押し。これが決定打になるはずだった。

「…………ご、ごめん、朝霧さん」

しかし古賀純也の回答は。

「それでも俺は……朝霧さんとは、どうしても、付き合えない……っ！」

ひどく徹底していた。

――うん。

火乃子はそっと純也から身を離した。

「わかった」

自分でも不思議なほど、穏やかな気持ちだった。

それは頭のどこかで、期待していた回答だったから。

もう純也はとっくに、火乃子がよく知る古賀純也ではない。

容易《たやす》く手玉に取れてしまう、ただ純粋なだけの子どもではない。

彼は恋を経験して、いつしか大人になっていたのだ。

たとえ友達を傷つけることになろうとも、愛する人だけは絶対に手放さない。そんな覚悟をもった大人の男になっていたのだ。

……それだけ夜瑠のことが好きなんだね。あは、さすがに妬《や》けるなあ。

「ごめん朝霧さん……ほんとうに、ほんとうに、ごめん……っ！」

純也は涙を拭いながら、懸命に謝り続ける。

火乃子は決して「別にいいよ」とは言わなかった。ここで安易に謝罪を受け入れることは、彼のとても崇高な成長に水を差す行為になると思ったのだ。

――もちろん自分の最後のプライドでもあるけれど。

純也のポケットから、スマホのメッセージ受信音が数回鳴った。

「朝霧さんと青嵐のことは、俺、どう償えばいいかわからないけど、でも、でも……っ!」

「スマホ鳴ってるよ。見ないの?」

火乃子に促されて、純也は目元をこすりながら、ようやくスマホを取り出した。

……ごめんね、田中くん。やっぱりこっちはだめだった。純也くんと夜瑠は切り離せなかったよ。あたしのことはいくらでも罵ってくれていいから、もうそっちも諦めて、二人で残念会とかできないかな。

「……なんだこれ」

スマホのメッセージを確認していた純也が、ぽつりと漏らした。

不思議そうな顔で、火乃子を見つめる。

「青嵐からなんだけど……話したいことがあるから、今こっちに向かってるって……」

◇

十九時五十五分。

田中新太郎は純也の部屋で、夜瑠を床に組み伏せたままずっと涙を流していた。

「ぐすっ……うううううう～～……っ!」

視界が滲《にじ》んでいたため、彼女のその変化には、すぐに気づけなかった。

「田中くん」

仰向けの姿勢で組み伏せられている成嶋夜瑠が、静かに口にする。

この状況でも抵抗は一切なく、ただ冷たく言葉を発しただけ。

「どうして純也なんだよ……っ！　どうしてっ！」

「田中くん」

再度名前を呼ばれて、新太郎はようやく目の焦点が合ってくる。下にいる成嶋夜瑠の表情を至近距離から見つめることになる。

新太郎の涙で濡《ぬ》れた彼女は、それを拭おうともせず、じっと見つめ返していた。

まばたきひとつ、していない。

いつも気弱な笑みを浮かべ、気品すら感じさせる内気な彼女は、どこにもいなかった。

視線だけで人を射殺しかねないほどの激情を双眸《そうぼう》に宿し、それでもあくまで静謐《せいひつ》に、新太郎と対峙《たいじ》していた。

——これはあの成嶋さんなのか？

ついそう思ってしまうほど、その物静かな女子は普段の雰囲気からかけ離れていた。

一言で表すなら、超重量級の巨大な戦斧《せんぷ》——。

「今なら何もなかったことにしてあげる。だから一回だけ言うね——どいて」

「あ……ご、ごめっ！」

その圧倒的な迫力を前に、我を取り戻した新太郎はすぐさま夜瑠から飛び退《の》く。

身を起こした彼女は、

「よかった」

にこやかに笑って、短く安堵《あんど》の息を吐いたあと。

「でも、これだけは許してね」

「おぶっ⁉」

新太郎の横《よこ》っ面《つら》に、硬い拳を目一杯に叩《たた》き込んできた。

座卓ごと巻き込んで吹っ飛ばされ、ベッドの縁に後頭部をぶつける。

「ごめんね？　友達を殴るなんて、私だって胸が痛いんだよ？」

夜瑠は本当に申し訳なさそうな顔で、新太郎の前にかがみ込んでいた。

「でも私に今みたいな真似《まね》していいのは、『特別な男の子』だけだから……思いっきり殴っちゃったけど大丈夫？」

新太郎はわけがわからない。

たったいま自分を押し倒してきた男に対して、一般的な女子はここまで日常的な顔ができるものだろうか。普通なら果てしなく軽蔑し、怯《おび》えて口も開けなくなるのではないだろうか。

「あは。でもこれ田中くんじゃなかったら、死ぬまで殴ってたかも。一発で済ませてあげたのは、田中くんがそれだけ大事な友達だから。あ、コーヒー飲むよね？　田中くんの分も作ってあげるから、ちょっと待ってて」

まるで何事もなかったかのように、ひらひらと手を振ってキッチンに向かう成嶋夜瑠。

さっき新太郎は思った。

成嶋夜瑠は朝霧火乃子の策を凌駕《りょうが》するほどの怪物なのか、と。

怪物という点においては、あながち間違いではなかったらしい。

だからこそ、どうしようもなく惹《ひ》かれてしまう。

この未知の魔物が浮かべるあまりにも魅力的な笑顔に、途轍《とてつ》もない憧憬を抱いてしまう。

そんな彼女の心を摑《つか》んで、一途《いちず》に愛されているその『特別な男の子』とやらが、心の底から羨ましい――そう思ってしまう新太郎も、やはりどこか歪《ゆが》んでいるのだろう。

「……やっぱり純也と、付き合ってるの？」

もうわかりきったことだけど、新太郎は尋ねてみた。

それでも夜瑠は、

「ううん？」

平然と言ってのける。

「あ、でもまた勝手に人のカバン見ようとしたらだめだぞ？　今度それやったら、内臓引きずり出してやるからね？　んふふ……」

とっくに気づいていた。彼女がひた隠しにする理由は、五人の関係をいつまでも残すためだということを。それはとても歪《いびつ》な発想だけど、きっと純粋な友情がそこにあるのだ。

恋のためなら五人の関係なんて壊してもいい。そう考えていた新太郎や火乃子とは、もはや違う次元に生息している。成嶋夜瑠はなにがあっても、五人の関係を決して壊さない。彼女にとって友達とは、それだけ大切で至高のものだったのだ。

どちらが正しくて、どちらが間違っているか。

どちらが身勝手で、どちらがそうでないか。

そこを論じるつもりはないけれど。

少なくとも新太郎は、己の負けを認めざるを得ない。

彼女はこんな自分でも、まだ「大事な友達」だと言ってくれるのだから。

とはいえ。当然ながら。

もちろんそんな言葉に甘えるわけにはいかない。

「……本当に、ごめんっ！」

新太郎は逃げるように部屋を飛び出す。

いま犯してしまった過《あやま》ちは、あまりにも重すぎる。彼女にしてしまったことは、どう考えても赦《ゆる》されることではない。

「え、ちょ、ちょっと待って！　どこ行くの田中くん⁉」

成嶋夜瑠が追ってくる。

「僕はもう終わりなんだ！　もう友達でなんて、いられるわけがないんだよッッ！」

夜瑠には悪いが、弱い新太郎にはもはや、顔を合わせる勇気すら持ち合わせていなかった。

「ど、どうして!?　私は友達でいてほしいよ！　少しだけお話しよ？　ね!?」

必死に呼びかけてくる夜瑠の無垢《むく》な友情が、今はとても心苦しい。

「あ、あんなことした僕をまだ友達とか……どうかしてるよ成嶋さんッ！」

「だって殴らせてもらったんだから、それで終わりじゃん！　私、本当にもう気にしてないから！　みんなにも黙ってるから！　あれは二人だけの『秘密』にしよう!?　ねえってば！」

アパートの錆《さ》びた外階段を駆け降りて。

門を抜けて敷地《しきち》から飛び出す。

暗くて広い田舎道に踊り出たところで。

「……お前いま、純也の部屋から出てこなかったか？」

なぜか青嵐と出くわした。

「田中くん待ってよ！　……あ」

後ろからやってきた夜瑠も、青嵐の姿に気づいた。

青嵐は訝《いぶか》しそうな顔で、新太郎と夜瑠を交互に見る。

「……お前ら、なにしてたんだ？」

「そ、それは、その……」

新太郎が返事に窮していると、

「青嵐」

純也と火乃子も戻ってきた。

その二人の姿を見た青嵐は、ため息をつく。

「なんでみんなが……まあいいや。せっかくだし、全員の前で聞かせてくれや」

そして真剣な顔で、純也に向き直った。

「お前、成嶋と付き合ってんの？」

二十時五分。

青嵐の放ったその一言が、すべてを砕く嚆矢《こうし》となる。

第十三話　雨夜

俺のアパートの下に、みんなが集まっていた。

夜の八時を過ぎた寒空の下で、五人全員が集まっていた。

だけど誰も言葉を発しない。

今の青嵐《せいらん》の一言は冬の夜風よりも冷たく、金属のような鋭さで場の空気を引き裂いたから。

「純也《じゅんや》……お前、成嶋《なるしま》と付き合ってたのか？」

青嵐が低い声で、もう一度言った。

どこで知ったのかは知らないけど、ここまで真剣な表情の青嵐を前にして、もう適当な嘘《うそ》で誤魔化すことはできない。

本当はもう一度、成嶋さんと話し合って納得してもらう時間が欲しかったけれど……さすがにここが限界だろう。

「古賀《こが》くん」

成嶋さんがひどく攻撃的な視線で睨《にら》んできた。

「ありもしないことは、言わないで」

やっぱりこいつは、どこまでも隠し通したいらしい。

その強い意思は、みんなの前でも俺と二人きりのとき専用の口調を使っていることからも見て取れる。

「……言えよ純也」

青嵐がゆっくり近づいてきて、

「さっさと言えよ！　認めろよ！　こっちは裏も取れてんだぞコラァッ⁉」

俺の胸ぐらを乱暴に摑《つか》み上げてくる。

こんなにも怒っている青嵐は、これまで見たことがなかった。

「やめなよ青嵐」

脇に佇《たたず》んでいた新太郎《しんたろう》が、ぽつりと言った。

「ああ⁉　なにをやめろって⁉　こいつはなあ、俺らに隠れてこっそり成嶋と付き合ってやがったんだぞ⁉　テメェが一番怒るとこじゃねーのかよ新太郎⁉」

「怒らないよ。だって僕は知ってたから。確信したのはさっきだけど」

「「なっ⁉」」

俺と青嵐が同時に声をあげた。

なんで新太郎まで……それを……？

「田中《たなか》くん。何度も言ってるけど、そんなのありえないよ。私と古賀くんはただの」

「……ごめん。あたしも知ってたんだ」

「火乃子《ひのこ》ちゃん……？」

「あたしはいつも純也くんを見てたからさ。さすがになんとなく……ね」

朝霧《あさぎり》さんのその儚《はかな》い微笑《ほほえ》みは、次第に殊勝な面持ちに変わっていく。

「だから……これで終わり。あたしにはもう、夜瑠《よる》と友達でいる資格なんて……ないんだ」

「え……？　な、なんで……？」

「あたしは全部知ったうえで、純也くんを取り上げようとしてたから……い、今だって、すごく最低な方法で、あたしは大事な親友の彼氏を、よ、横取りしようと」

「待って火乃子ちゃん！　ちょっと待ってよ！　それは違う！」

成嶋さんは泣きそうな顔で、その親友に縋《すが》りつく。

「それを言うなら、先に横取りしたのは私じゃん！　だって私、火乃子ちゃんの気持ちを知ってたのに、古賀くんと……っ！」

そこまで言って、はっと口を押さえた。失言だったと気づいたんだ。

「……んだよ。知らなかったのは俺だけか」

「ち、ちがっ……！　違うの青嵐くん！　今のは……！」

どこまでも必死に隠そうとする成嶋さんの姿は、見ていてとても痛々しい。

もちろん大事な彼女を一人で矢面に立たせるつもりは毛頭ない。

俺は地面に両膝をつけて、頭を下げた。

「みんな……本当にごめん……これまで言えなかったことは、本当に……っ！」

どんなに惨《みじ》めだろうと構わない。それでも友達を続けてくださいと、心から頼み込むつもりだった。

だけど俺の儚《はかな》い願いは、新太郎のこの話で容易《たやす》く潰《つい》えることになる。

「もうそんなのどうでもいいんだよ。みんなに謝らなきゃいけないのは、僕のほうだから」

「……？」

「ううん、こんなの謝って許されることじゃないけれど……それでも聞いてほしい。僕はさっき、純也の部屋で――」

「田中くんやめて！　そんなの言わなくていい！」

なぜか成嶋さんが大声をあげた。

その腕を朝霧さんが摑《つか》んで止める。怯《おび》えた目で新太郎を見ている。

「純也くんの部屋で、夜瑠に、なにかしたの……？」

「言わなくていい！　本当にやめて田中くん！」

「言って。あんた……なにをしたの？　言ってよ！　夜瑠になにをしたんだッ⁉」

朝霧さんの怒号に押される形で、新太郎は恐々と口にする。

「ぼ、僕は勢い余って、な、成嶋さんを、押し倒して――――ッ！」

「ッ⁉」

全員分の息を吞《の》む声が聞こえた。

「ち、違うのみんな聞いて！　あれはそういうのじゃない！　だって私、本当になにもされてない！　田中くんはただ躓《つまず》いて、私を押し倒す形になっちゃっただけなんだよ！」

成嶋さんは新太郎を庇《かば》うように前に立っている。

だけどそんなの視界に入っていても、網膜が認識していない。

俺の親友が、俺の彼女を押し倒した……だって？

ゴッ――――！

俺が新太郎に近づく前に、そいつの体は真横にすっ飛んでいた。

「テメェそこまで落ちたんかコラァッ⁉」

「やめてよ青嵐くん！　田中くんは本当になにもしなかった！　ちゃんと謝ってもくれた！　私は一切気にしてない！　あんなのただの事故だから！」

激昂《げきこう》している青嵐を、成嶋さんが後ろから取り押さえている。

どうやら青嵐が新太郎を殴ったらしい。

尻餅をついた新太郎は立ち上がりもせず、子どもみたいに嗚咽《おえつ》を漏らしていた。

「ぼ、僕は本当に、どうかしてたんだ……僕のほうこそ、もうみんなと友達でいる資格なんかない……っ！　もうどうしようもない、クズ中のクズなんだよ……っ！」

「ああ、テメェは本物のクズだ。俺らの前では、成嶋とは友達のままでいいとか、つまんねぇ嘘《うそ》抜かしやがって。テメェみたいな卑怯《ひきょう》モンと友達続けてたことは、人生最大の汚点だよ」

なんだこれは。

なんで、こんなことに、なっている……？

俺たちには秘密こそあったけれど、さっきまでは確かに友達で……。

──馬鹿か俺は。なんで、じゃないだろう。

「うう……ごめんね成嶋さん。純也も……みんなも……ほ、本当に、ごめんなさい……うう」

──これは全部俺のせいじゃないのか。

「謝って済む問題じゃねーのは、テメェもわかってんだろ。土下座じゃ足りねーよな？」

──俺が、俺たちが、隠れて付き合ってたことを、ずっと黙ってたからじゃないのか。

「もうそこまでにして青嵐くん」

朝霧さんが静かな一言を放った。

「田中くんを焚《た》きつけたのはあたし。だから全部の責任はあたしにある。田中くんだけを責めるのはやめて」

「……ああ、そういやそうだったな。全部お前のせいだよ、朝霧」

青嵐が朝霧さんに向き直る。

「俺は最初から気に入らなかったんだ。俺らのなかに、くだらねーラブコメなんか持ち込みやがったお前がな。新太郎はお前の熱に当てられて、バカなラブコメ脳になっちまったんだよ」

「……くだらないラブコメ？」

「ああ。しょせん恋愛なんて、全部くだらねーんだよ。新太郎が成嶋にくだらねー恋なんてしなければ、今回のことだって起きなかった。お前が純也にくだらねー恋なんてしなければ、あの夜みたいなことも起きなかった。お前らは最初から、なにもかも間違えてたんだよ」

「青嵐くん！　それは言いすぎだよ！」

「あ、あんたになにがわかるの……？　あたしも田中くんも、きっと純也くんと夜瑠だって、誰一人くだらない恋なんかしてない……ッ！　本当にくだらない恋なら、簡単に諦めがついた！　みんな真剣に恋をしていたからこそ、本気で悩んで苦しんで、とても辛《つら》い思いだってして……だけどそれでも、捨て切れなくて……ッ！」

「その結果がこれだろ？　仲間の関係ぶっ壊してまで、やることだったのか？」

「〜〜〜〜〜っ！」

「恋なんて初めからしなきゃよかったんだ。仲間内でそれをすること自体が、悪なんだよ」

「ちょ、ちょっと待てって。なんでそっちでケンカしてんだ。違うだろ……？」

俺はたまらず口を挟んだ。

「全然違うだろ……？　こんなの、新太郎のせいでも、朝霧さんのせいでもない。全部俺のせいじゃないか。俺がずっと黙ってたことが、全部のきっかけじゃないか……」

「……はっ。なに言ってんの純也くん？　それ本気で言ってるなら、なにもわかってないよ」

目元を拭っていた朝霧さんが失笑する。

「隠れて付き合ってたから、なんだっていうの？　さっきも言ったよね。あたしは全部知ったうえで、純也くんを取り上げようとしてたって。だからこれは黙ってたとか、公言してたとかの問題じゃないの。どっちみちあたしは、同じことをしたんだから」

青嵐が俺を睨《にら》みつけた。

「つーことは、そもそも純也と成嶋がデキちまってたこと自体が、問題だったわけだ」

「……ッ！」

「そんなの極論だよ。好きになるのはしょうがない。それもわからない男はもう黙って」

朝霧さんは冷たく言い放って、新太郎に目を向けた。

「とにかく田中くんがしたことは、誰がなんと言おうとあたしの責任。だからあたしも同罪……って、あたしのほうがもっとひどいか。だってあたしは未遂じゃ済まなかった。強引に青嵐くんをラブホに誘って、本当に」

「え？」

「あ、朝霧！」

きょとんとする成嶋さん。慌てたように声を出す青嵐。

「ど、どういうこと……？　だって青嵐くん、火乃子ちゃんとは……なにも……なかったんだよね？　だってそう言ってたじゃん⁉　ねえ⁉」

「…………………っ！」

成嶋さんに目を向けられた青嵐は、下唇を噛《か》んで俯《うつむ》いてしまう。

朝霧さんが小さくため息をついた。

「そっか……夜瑠にはそう言ってたんだ。それは本当に……ごめん」

「ど、どういうことなの？　ねえ、青嵐くん⁉」

「……はは」

青嵐は後頭部をガシガシと掻《か》いた。

「なにが『無性愛者かも』だよな。笑っちまうよマジで。朝霧とラブホに行って、泣いてせっつかれたとき、俺は……ちゃんと抱けたんだ……そんでそのまま、朝霧と……」

「っ⁉」

「ほ、本当なの朝霧さん⁉　本当に青嵐と……⁉」

成嶋さん同様、新太郎も驚いていた。二人とも知らなかったようだ。

――俺たちの間には、一体どれだけの秘密があったんだろう。

秘密なんて抱えていたら、いつこうなってしまってもおかしくないのに。

それでも俺たちは、全員がなにかしらの秘密を作ってしまった。すべては友達関係を守るために。もちろんそれが逆に、友達関係を破壊する危険な爆弾にもなると知っていながら。

なんて……救いようのない、話だろう……。

「最低だよな……だってあんときの俺、純也と朝霧はもう付き合ってるみてーなもんだと思ってた。その朝霧がフラれた直後に、まさか俺が、ガチで関係もっちまうなんて……」

「……あたしが無理やりお願いしたからだよ……青嵐くんが抱いてくれないなら、もう死んでやるとまで言って……本当に、ご、ごめんなさい……ごめん、なさい……」

眉根を寄せた朝霧さんは、声を震わせながら弱々しく言った。

「待って朝霧さん。謝る必要なんてないよ。僕が言えた立場じゃないけど、こいつも大概だ」

新太郎が静かに口を開いた。

「ねえ青嵐。成嶋さんに嘘《うそ》をついたのはどうして？」

「そ、そりゃお前、朝霧がそこまで追い詰められてたなんて話、成嶋には……」

「違うね。青嵐は単純に、成嶋さんに嫌われたくなかっただけなんだよ。僕にはわかる。お前はただの保身で、成嶋さんに嘘《うそ》をついたんだ」

「……な、なに言ってんだ？」

「さっきから聞いてれば、青嵐は恋をすること自体が悪いとか言ってるけど、笑わせるんじゃないよ。純也と成嶋さんがじつはこっそり付き合ってたと知って、普通はわざわざ家まで問い詰めにくるかな？　『そうだったんか。じゃあ早く言えよ』で済む話じゃないのかな？　なのにそこまでこだわってる理由は、ひとつしかないよ」

「――っ！」

新太郎に詰められて、青嵐は狼狽《うろた》えている。

まさか。まさかこいつ。

「お前が偉そうに、朝霧さんや純也を責める資格なんてないんだよ」

新太郎は冷めた目で、青嵐をまっすぐ見据えた。

「青嵐だって仲間内で恋をしてたんだから」


ぽつり、ぽつり。

分厚い雲が、いよいよ雨粒を落としてきた。

それはあっという間に、本降りになる。

「――はは。やっぱこの気持ちって、そうなんか……もしかしたら、そうなんじゃねーかって、なんとなく思い始めてたとこなんだ……はは、ははは」

雨が降りしきるなか、青嵐の乾いた笑い声だけが悲しくこだまする。

その顔は雨で濡《ぬ》れているだけなのか、涙を流しているのかは判別がつかない。

「つまり、こういうことだよな……？　俺には好きな女がいるくせに、朝霧の頼みを断りきれなくて、関係をもっちまったって……しかもそれを秘密にするとか……くく……そうだよ、俺はたぶん、保身で嘘《うそ》ついたんだ……だったら一番のクズは、やっぱ俺じゃねーか……」

「待って青嵐くん！　なにか誤解してるって！　それはきっと違うよ！　だって私と青嵐くんは……友達、でしょ……!?」

「でも成嶋……お前が教えてくれたんだよ。俺は無性愛者じゃなかったって。ただ恋愛にびびって、よくわかんなくなってるだけの男だって……いつからかはわかんねーけど、俺、お前と一緒にいるときは、確かに楽しかった……純也たちとは違う感じも、してた……」

「…………………っ」

「新太郎の恋を素直に応援できなかったことも、もしかしたらそれが理由だったのかもしれねえ……はは、笑い話にもならねーよ。俺らは全員、仲間内の誰かに恋してたなんて。だったらこんなの、こんなの最初から、グループなんてとっくに終わってたんじゃねーかッッ！」

「お、おい青嵐！　待て！　待ってくれ！」

俺が声を張り上げたときには、もう遅い。

土砂降りのなか、青嵐はなにも言わずに走り去ってしまった。

きっと青嵐はもう——俺たちには会ってもくれない。

直感的にそう思ってしまう。

そして。

「……僕も帰るね」

新太郎も踵《きびす》を返《かえ》した。

「成嶋さん、さっきのことは本当にごめん。純也も……大事な彼女にあんな真似《まね》をして本当にすまなかった。許してくれとは言わない。僕を殴りたくなったら、いつでも呼び出してくれていいから」

「ま、待てよ新太郎。まさかお前まで」

「あ、当たり前だろ……？　僕は成嶋さんが純也と付き合ってるのを知ってたのに、それでも押し倒したんだぞ……？　こ、こんなのどうやって、今までどおり友達をやっていけるっていうんだよ……も、もう二度と近づいたりはしないから、あ、安心して……」

「田中くん！　私は気にしてないって言ってるじゃん！　そんなことで離れていかないで！」

「…………っ！」

成嶋さんの悲痛な叫びを無視して、新太郎は駆け出してしまう。

そしてさらに。

「……あたしも……い、今まで楽しかった……本気で、楽しかったよ……ぐす」

「火乃子ちゃん!?」

「もう夜瑠にも、純也くんにも、合わせる顔がないから……もちろん、青嵐くんにも……」

「いやだッ！　火乃子ちゃんまでいなくなるなんていやだッ！　そんなの絶対いやだッ！」

成嶋さんが必死で縋《すが》りつく。

それでも朝霧さんは冷酷に、でもどこか優しく、そっと押し退《の》ける。

「だめだよ……みんなを一番掻《か》き回《まわ》したのは、どう考えてもあたしなんだから……本当に、ごめんっ！」

「火乃子ちゃん！　待ってよ、火乃子ちゃんッッ！」

朝霧さんまでもが走り去っていく。


5—3。

俺と成嶋さんだけを残して、みんないなくなってしまった。

これまで辛《かろ》うじて保たれていた五人組は、ここで完全に崩壊してしまった。

冬の冷たい雨に打たれながらも、俺たちはどちらもまったく動けない。

「う……う……うえええええええええええええええ〜〜っ！　ふえええええええええええええええええええええええッッ！」

成嶋さんの子どものような咽《むせ》び泣《な》きだけが、凍える雨夜に轟《とどろ》いていた。

第十四話　星屑《ほしくず》

立ち直りは私のほうが早かった。

あのあと私は朝まで泣いて、ちょっとだけ寝て、起きてからもやっぱり泣いて。

また夜になる頃には、なんとか立ち直っていた。

みんなと訣別《けつべつ》してしまった日の夜から数えて、二日目の朝。日曜日。

久しぶりに自分の部屋で眠った私は、みんなに買ってもらった大きなウサギのぬいぐるみを脇に置いて、ベッドから立ち上がる。

窓を開けると、いい天気。おはよう小鳥さんっ！


「古賀《こが》くん、おっはよ〜っ！」

合鍵を使って彼氏の部屋に飛び込む。

古賀くんは座卓の前に座ったままで、やっぱり一睡もしてない様子だった。

二日連続で寝てないみたいだから、目の下にはすごいクマがある。

顔もげっそりやつれていた。

まあ当然だよね。この人は誰よりもあの五人組を宝物みたいに思ってたんだから。

古賀くんはあの夜からずっと、魂が抜けた廃人みたいな状態になっていて、ほとんど言葉を発してない。

それでも私が泣いていたときは、たとえ無言でもずっと傍《そば》で私の頭を優しく撫《な》で続けてくれたんだ。いい彼氏をもったなあって、ほんと改めて思うよ。

「朝ごはん作りにきたぞっ！　今日はパンとベーコンエッグだ。古賀くんのホットミルクに合わせて洋食にしてやるんだぜ？　嬉《うれ》しいだろこら」

「…………」

「先にホットミルク作ってあげるから、ちょっと待っててね」

「…………」

「ふんふ〜ん♪　あ、ねえねえ、年末年始は実家に帰るの？　私、大晦日《おおみそか》のテレビが好きなんだけど、もし帰らないなら一緒に見ようよ」

「…………」

「はい。ホットミルクできたよ。飲める？」

「…………だ」

熱いカップを差し出したとき、久しぶりに古賀くんの声を聞いた。

「お？　なんか喋《しゃべ》った！　なになに!?」

「……なんでそんなに……元気でいられるんだ」


わからないのか？


私の顔を見た古賀くんが、「あ」と小さく声を漏らした。

「……すまん。今のは最低だった……本当に、ごめん」

「……ううん。いいの」

こうやってすぐ相手の機微に気づいて謝ってくれるところは、古賀くんの美徳だ。

もう私たち二人だけなのに、こんなことでケンカなんかしたくない。表情に出てしまったことを深く反省して、私は笑顔を振りまく。

「ね、今日は天気もいいしさ。気分転換にちょっとお出かけしない？」


古賀くんはとくに嫌がったりもしない代わりに、行き先も聞いてこなかった。

私も行き先のアテなんかない。正直調べる気力だってない。

昼過ぎにアパートを出た私たちは、とりあえず電車に乗ろうって話になった。

それでも降りる駅なんて決めてないから、そのまま終点まで行ってしまった。

最果ての駅で降りる。

そこは海沿いの寂れた無人駅で、降車客は私たちのほかに誰もいなかった。

高台にある無人駅のホームには壁もなく、時折強い潮風が吹きつけてくる。

冬の凍《い》てつく空気を取り込んだその潮風は、容赦なく冷たかった。

「海岸があるみたいだけど、どうする？　歩いてみる？」

「…………いや、ここでいい」

古賀くんはホームのベンチに力なく腰を落とした。家を出る前に少しだけ休んでもらったけど、やっぱり二日連続で寝てない彼には歩く元気もないみたい。

私も古賀くんの隣に腰を下ろす。

並んで座る私たちの目の前には、大きな海が広がっていた。

いつの間にか空は分厚い雲で覆われていたから、決して綺麗《きれい》な光景とは言えない。

灰色で、薄暗くて、どんよりとしている。

……友達をみんな失って、それでもまだ無様に恋人を続けてる私たちみたい。

「あ、古賀くん。見て」

灰色に汚れた肥満体の雲が、白い雪を落としてきた。

いつかの初雪と違って勢いは強く、視界は一瞬で無数の白に埋め尽くされる。

この量だったら積もるかもしれない。

私は、嬉《うれ》しかった。

たとえ一時でも、たとえ仮初だろうと、この雪がすべてを白く染めてくれそうで。

「そうだ。はい、これ」

さっき完成させたばかりの手編みのマフラーを、カバンから取り出す。

皮肉なことに色は黒だったけれど。

「ちょっと早いけど、私からのクリスマスプレゼント。ベタだけど長めに作ってみました」

隣に座っている古賀くんの首に巻いてあげる。

長いマフラーだから、その余剰を使って私も自分の首に巻いてみた。

「んふふ。これ憧れだったんだ。二人でひとつのマフラーを使うってやつ」

「…………ありがとう……」

古賀くんはまだ心ここにあらずって顔だったけれど、ちゃんとお礼を言ってくれた。

「まだ寒い？」

「……ああ」

「でもこうすると、ちょっとあったかいよ」

私はそっと彼の肩に身を預ける。

古賀くんも私に腕を回して、弱々しく抱き寄せてくれた。

コート越しでも古賀くんの温かい体温を感じる。現金なことに、私はそれだけでドキドキしてしまうんだ。

「このまま冬が過ぎて、あったかい春になったら、いいのになあ……」

私のそんな独り言に、古賀くんが小さく反応する。

「……そうだな。春はみん――――二人で花見なんて……いいかもな……」

古賀くんはいま「みんなで」と言おうとした。

でもそれはもう、永遠に叶《かな》わない夢。

「うん……そうなったら、いいなあ……」

申し訳程度の庇《ひさし》の下、私たちは無言で、雪が降りしきる広い海と街並みを眺め続ける。

分厚い雲のせいで太陽は見えないけど、あたりは少しずつ暗くなってきた。

きっと晴れていれば美しい夕焼けが見られるはずなのに、私たちにはそれも叶《かな》わない。

やがて闇が街を覆ってしまう。

深い黒のなかでも降り続ける白い雪と民家の明かりだけは、まるで星屑《ほしくず》のように綺麗《きれい》で、とても幻想的だった。薄汚れた私たちに許された、精一杯の美しさだ。

ふと。

「……俺は、言おうと、思ってたんだ……」

彼の膝の上に、ぽつりと水滴が落ちた。

「古賀くん……？」

「いつかみんなに、ちゃんと謝って、全部を言おうと、思ってたんだ……」

彼は降りしきる雪を見つめたまま、虚《うつ》ろな瞳から――涙を流していた。

「でも状況は……もっとひどいことになっていて……遅すぎた……俺は、いつも遅い。だから
いつも、間に合わない……っ！」

そんな彼の顔を見た私は。

うっすらと自分の口元が歪《ゆが》むのを感じていた。

嘲笑っていいたんだ。

なんて愚かで、かわいい人だろうって。

この人は未《いま》だに自分のせいだと思い込んでいる。こんなの誰か一人のせいじゃないのに。み
んながみんな秘密を抱えていて、ただそれが一気に爆発しただけなのに。

改めて思ってしまった。

私はずいぶん古賀くんに毒されていたんだなあって。

「俺にはもう……成嶋《なるしま》さんしか……いない……」

そうだよ古賀くん。

あなたにはもう私しかいない。私にもあなたしかいない。

これは私が理想としていた、最高のハッピーエンドだ。

恋愛のためなら、友達なんていくらでも切り捨てる。

私は昔から、そんな考えをもっていたはずなのに。

まさかその私が、本気で友達を大事にしようとしていたなんてね。

友達なんて、恋愛の邪魔にしかならないのにさ。

まったく……この友情モンスターには本当に毒されていたよ。

「俺はまた……友達をなくして……もう一人ぼっちになるのは、いやなのに……」

あはは。古賀くん、悲しそう。

「一人ぼっちじゃないよ。古賀くんには私がいるよ」

「うん……成嶋さんだけは、ずっと傍《そば》に……いて……ください……」

ああ、なんてかわいい人だろう。

本当に愛《いと》しくてたまらないよ。

古賀くんはもう私がいないとだめなんだ。

その事実がたまらなく愉快。

ふふ……友達がみんないなくなって、もうざまあみろって感じ。

五人の友情を残す？　死ぬまで五人組でいる？

そんなの最初から無理に決まってるんだよ。

恋愛が絡《から》んだ時点で、もう終わりだったんだよ。

そんなに残したいなら、ずっと黙ってるしかないって私は何度も言ってきたのに。

それなのにまだ「全部を言おうと思ってた～」とか言っちゃうんだ？

あはは。無理無理。それ余計に無理。

古賀くんは本当にお子様なんだよ。

くそガキで浅はかで、アホで面倒で。つまらないことに義理立てて、なにかあったら友達友達。もう本当にウザくて、救いようのないバカで、いつまでも子どもみたいで、とっても純粋で。誰よりも友達思いで。みんなと騒ぐことがなによりも大好きで……私も仲間に入れてもらえて……初めて友達ができて……っ！　本当にすごく楽しくて……っ！

だから……っ！

だからこんな古賀くんは……違うんだよぉっ！


「う……うえええええええええええ～～っ！」

私は子どもみたいに泣き喚《わめ》いていた。

「うえええんっ！　泣かないでよ古賀くん、泣いたらやだよぉ～っ！　うえええええん！」

「……なんで成嶋さんまで……泣くんだ……？」

「だって、だって……ぶえええええええ〜〜〜ッ！」

わかってしまったから。

私が愛した古賀くんは、友達をなによりも大切にする古賀くんなんだって。

だったら最初から、私は古賀くんの一番の『敵』だったんじゃないか。

みんなには一生黙っておこうとか言ったり。火乃子《ひのこ》ちゃんとは一回本当に付き合っちゃえばとか言ったり。

私のそういった言動の数々が、友達を宝物のように思っている古賀くんを追い詰めていたことに、私はまったく気づいていなかった。

私は人の心がわからない化け物だったから。

昔から恋のことしか考えてこなかった頭のおかしい女だったから。

最初から私さえいなければ、彼が大切にしていたグループはきっと、こんなことにはならなかったはずなんだ。

「あぐううう〜っ！　あううううううう〜〜〜っ！」

「成嶋さん……どうしたんだよ……なんで泣いてるんだ……？」

だけどね、古賀くん。

これだけは信じてください。

やり方は間違えちゃったけれど。

私のこの恋だけは、間違いなく本物だったんだよ。

私は本当に、あなたのことが大好きだったんだよ。

それを証明するためにも、私は古賀くんの両手をしっかりと摑《つか》む。

友達をみんな失って、廃人同然になっている彼の目をしっかりと見る。

「私が……わだじが必ず……ッ！」

涙と鼻水で顔をぐしゃぐしゃにしながらも、

私は真実の愛を込めて言った。

「あなたの大切なともだちを、必ず取り戻じてあげるがら……ッッ！」

その日の夜。

私は古賀くんの部屋に行かず、自分の部屋からみんなにメッセージを送った。

『もう一度会って話がしたいです』

そんな内容をみんなに個別で送った。

だけど既読がついただけで、誰からの返信もなかった。

まだブロックはされてなかった事実にひとまず安心して、その日は寝た。

ちなみに雪は結局積もらなくて、世界は白くならなかった。


次の日。

登校日だから一応古賀くんを誘ったけど、案の定断られてしまった。

一人で学校に行って、みんなが来るのを待つ。

一時間目になっても、放課後になっても、誰もこなかった。

ほかに友達がいない私は、誰とも話さないまま一人で下校する。

そのまま唯一家の場所を知っている、火乃子ちゃんのマンションに向かう。

マンションのエントランスでインターホンを鳴らして、応対してくれた火乃子ちゃんのお兄さんに、私の親友を呼んでもらう。

だけど。

『……ごめん。あいつこの前から部屋に引きこもっててさ。俺も引きずり出そうとしたんだけど、今は誰とも話したくないの一点張りなんだ。懲りずにまた来てやってくれよ』

その日も私は、古賀くんの部屋に行かず、自分の部屋に帰って一人で寝た。

次の日も私は一人で学校に行ったけど、やっぱりみんな、当たり前のようにこなかった。

放課後は古賀くんのバイト先の総合スーパーに行ってみた。

古賀くんの姿は見えなかったけど、今日の目的は彼じゃなくて、こっち。

「あ、えっと……成嶋さん、だっけ？」

前田《まえだ》めぐみさん。

彼女の学校も冬休み直前の短縮授業中だから、昼過ぎにはもうお店にいた。

古賀くんたちと幼馴染《おさななじみ》の前田さんから、田中《たなか》くんに連絡をとってもらうようにお願いする。

連絡先を交換した前田さんからは、夜になってメッセージが届いた。

前田めぐみ【ごめん。私が電話しても、しんちゃん出ないや】

前田めぐみ【もう少し連絡を続けてみるけど……家の場所を教えてあげようか？】

あの三人のなかで、一番私に会いづらいと思っているのは、きっと田中くん。

だから家まで押しかけることは控えておく。

前田さんにはお礼だけを伝えて、その日も私は一人で寝た。

次の日。

文化祭で私と青嵐《せいらん》くんが一緒にバンドを組んだ、常盤《ときわ》くんのクラスを訪ねた。

「やっほう成嶋サン。元気？　最近もギター、ぎゃんぎゃん弾いてる？」

青嵐くんに連絡がつかないことを話して、一度常盤くんからも連絡してほしいと伝えた。

「おけい了解！　ちょい待ってろし！」

常盤くんは私の目の前で青嵐くんに電話してくれたけど、やっぱり結果は同じだった。

「んー……？　あいつ出ねーな。ま、俺からもしつこくメッセ送っとくわ」

そのあと私からも青嵐くんにメッセージを送ってみたんだけど。

今度は既読すらつかず、とうとう私はブロックされてしまったことに気づいた。


そんな日々を繰り返している間に、小さな事件もあった。

「つか成嶋さん、最近ずっと一人じゃね？」

クラスメイトの堀江《ほりえ》さんたちが、珍しく話しかけてきたんだ。

「古賀も田中も宮渕《みやぶち》も……あと火乃子もか。古賀軍団、全滅じゃん。なんかあったん？」

彼女たちは前に古賀くんのことを悪く言ったから、正直あまり話したくなかった。

「あはは……えと、みんな短縮授業を面倒がっちゃって、こないのかも……」

適当な愛想《あいそ》笑《わら》いで、流そうとしたんだけど。

「もしくは五角関係でいろいろ揉《も》めたとか？」

「…………。

「だからあ。田中と宮渕はともかく、古賀はねーって。五角形には入らんって」

「や、火乃子あたりに告白して、玉砕からの傷心ってパターン、あるっしょ？」

「あー、それならある！　そっからのグループ崩壊も全然ある！」

「つか男と女が五人でいると、そりゃそうなるわなあ。古賀も最初からラブコメ狙いだったんじゃねーの？　田中と宮渕とつるんでたら、ハイスペックな女子とか集まりそうだし」

「きゃははっ！　それ上辺の友情すぎてまじ草！　で、で、成嶋さん。やっぱ誰が誰を好きとか、あったん？　結局はみんなラブコメ目当てでつるんでたわけで——ひっ」

私は堀江の胸ぐらを乱暴に摑《つか》み上げていた。

馬鹿にするな。なにも知らないくせに、私たちのことを馬鹿にするな。

私たちはみんな真剣に恋をして、みんな真剣に友達だったんだ。

だから全員が苦しんだんだ。その苦悩を、お前らの暇つぶしに使われてたまるか。

しかも古賀くんの想《おも》いまで馬鹿にするなんて、それは絶対に許せない。

「お前らに古賀くんの、なにが、わかる……？　次は本当に——殺すかもしれない」

堀江を突き飛ばしてさっさと教室を出ることにした。

悔し涙を見られたくなかったから。

「……な、なんなんあの子……まじで怖すぎるんですけど」

「……あんたって学習しないなあ。成嶋さんは古賀が好きなんだよ」

「……え、やっぱそうなん？　あんなうるせーだけのバカ、どこがいいんだろ」

「……まあ趣味悪いんでしょ。それ踏まえてあの五人の関係、ちょっと整理してみね？」

悔しかった。

本当に……悔しかった……。


結局、誰とも連絡がつかないまま、終業式になってしまった。

この日もみんなに会えなかった私は、もう最後の手段を使うことにする。

終業式のあと、古賀くんのバイト先に向かって、

「あ、成嶋さん。ごめん、しんちゃんの件はまだ……」

気遣いを見せてくれる前田さんに会釈《えしゃく》をして通り過ぎて、
目についた小柄な女子店員の名札を確認してから、思い切って声をかけた。

「あの、私、成嶋って言います。宮渕青嵐くんのことで、お願いがあるんですけど」

「ん～？　ミヤブーの友達？　なんでも言ってみ～？」

狭山《さやま》先輩。

私が知っているなかで、常盤くん以外に青嵐くんとの繋《つな》がりをもっている人。

この人に協力してもらうのは本当に気が引けるけど、私にはもうあとがなかった。


結果的にこの判断は、思わぬ幸運をもたらした。

狭山先輩からとてもいい情報をもらえたんだ。

終業式の今日はクリスマスイブ。狭山先輩の知り合いのクラブで大きなクリスマスイベントがあって、そこに青嵐くんも誘ってるんだって。

だったら店に行けば、ひとまず青嵐くんには会えるかもしれない。

「成嶋さんも来るつもりなら、ミヤブーに言っとこうかあ？」

丁重に断った。むしろ連絡はしないでほしいと伝えた。

青嵐くんがそれを聞けば、行く気が失《う》せてしまうかもしれないから。

お礼を言って帰ろうとしたら、狭山先輩が呼び止めてきた。

「今日は古賀っちもバイトに来てるよ～。いま裏にいるんだけど、そのうち出てくるから会ってけば～？」

「え、古賀くんが……いるんですか？」

バイトもずっと休んでると思ってたけど、そっか……古賀くん、ちゃんと来てるんだ。最近は全然会ってなかったから知らなかった。

少し様子を見ておきたい気持ちもあったけど、気が緩んじゃうかもと思ってやめておいた。

もうちょっと待っててね、古賀くん。

まずは青嵐くんを説得してくるから。

狭山先輩に教えてもらったクラブは、みんなで花火をやった河川敷《かせんじき》の近くにあった。

今日のクリスマスイベントは昼間からやっているデイイベントで、私は一旦家に戻って制服から着替えたあと、三時過ぎには雑居ビルの地下にあるそのクラブに入っていた。

箱の雰囲気は残念ながら、決してクリーンとは言えないものだった。

まだ酒類の提供はない時間なのに、なぜか酔っ払って誰彼構わず抱きつきにいく女。

ボックス席のソファーの上で、ブーツのまま飛び跳ねて聖夜の祝福を叫んでいる男。

客の大半は背伸びしたい盛りの高校生と、痛いサークルのノリをもった大学生で、いたるところでナンパが発生していた。たぶん音楽なんて、爆音だったらなんでもいいんだろう。まあ楽しみ方は人それぞれ。私はあんまり好みじゃない空気だけど。

お腹《なか》に響く四つ打ちのバスドラと、シンセサイザーの鋭い金属音が降り注ぐなか、私は青嵐くんの姿を求めて探しまわる。

闇に目を光らせながら一通り見て回ったけど、彼を見つけることはできなかった。

……まだ来てないのかな……そもそも本当に来るのかな……。

タバコと香水と汗の匂いが入り混じる異臭のなか、私はゲストDJが流すクリスマス用のミックスに耳を傾けながら、もう少し待ってみることにした。


三時間以上は待ち続けた。

デイベントが終わって、未成年退店を命じる形ばかりのアナウンスがフロアに響き渡り、まさにこれから本番って感じの夜の部がスタートしたところで。

「…………いた！」

いつの間に入っていたのか、コートのままカウンターに座っている青嵐くんを見つけた。

光と音のシャワーを浴びて踊り狂う群衆をかき分けながら、私は青嵐くんに近づく。

「やっほ〜、成嶋さん！　やっぱ来てたんだ〜っ！」

後ろから抱きついてきた女が、フロアを埋める爆音に負けないように耳打ちしてきた。

狭山先輩だった。両脇には軽薄そうな印象の男たちがいる。

「え、なになに？　キミ、狭山の知り合い？」

チャラそうな茶髪の男1が、私に抱きついてきて耳打ち。

こうしなければ、大音量のトランスに声をかき消されて聞こえないんだ。それはわかってるんだけど、どんな理由であれ、古賀くん以外の男に抱きつかれるなんてありえない。

「一人で来てるの？　んじゃ俺らと一緒にパキってちゅっちゅでも――――ぶべろっ⁉」

「わあっ、成嶋さんすご〜いっ！」

男1のお腹《なか》に拳をねじ込んだあと、そのまま素通り。カウンターの青嵐くんに話しかける。

「青嵐くん！」

爆音で鳴り響くトランスに負けないように、耳元で叫んだ。

振り返った青嵐くんは、とても驚いた顔をしていた。

こんなところで話なんてできないから、強引に腕を引いて立ち上がらせる。

誰かに後ろから肩を摑《つか》まれた。

狭山先輩と一緒にいたもう一人の男、キャップ姿の男2だった。なにか捲《まく》し立《た》てられているけど、残念ながら一切聞こえない。表情からして怒ってるみたいだった。

まったく聞き取れない声で長々と絡《から》まれていても、埒《らち》が明かない。時間の無駄。

気が立っていた私は、男2の横《よこ》っ面《つら》も張り倒して、青嵐くんを連れてさっさと店を出た。


「お、お前なあ、なんて無茶しやがるんだ。さっきの人らは割と有名な……」

「どうでもいい。黙ってついてきて」

殴った男たちに追いかけてこられても面倒なんで、私は青嵐くんの腕を掴《つか》んだまま、河川敷《かせんじき》のほうまでやってきた。

堤防の道の適当なところで、青嵐くんを解放する。

「……ってえな。お前マジで成嶋か？　やたら力強《つえ》ぇし、雰囲気もまったく」

「いいから聞いて。私は青嵐くんに話があって会いに来たんだよ」

手首を痛そうにさすっていた青嵐くんを見つめたまま、さっさと本題に入った。

「ねえ青嵐くん。もう一度みんなで会って話そう？　古賀くんと田中くんと、火乃子ちゃんと青嵐くんと、私で。五人でもう一度、会って話がしたい」

「……そんなことだろうとは思ってたけどな」

青嵐くんは後頭部をガシガシと掻《か》いた。

「でも無理だよ。お前、あの夜のこと忘れたんか？　俺なんて朝霧《あさぎり》や純也《じゅんや》にツバ吐いて、新太郎《しんたろう》のことは殴っちまって……今さらどのツラ下げて会えるっていうんだよ」

「でも、このままじゃ本当に……っ！」

「お前のことだ。どうせ全員に連絡したんだろ。結果はどうよ？　一人でも会うなんて言ったか？　お前に連絡を返したか？　誰も返してねーだろ。そんなの当たり前なんだよ。だって」

「そうだね。みんなとくに、私には会いづらいって思ってるから」

「……っ」

青嵐くんは言葉に詰まったあと、また後頭部をガシガシと掻《か》いた。

「…………悪い」

「ううん、事実だよ。火乃子ちゃんも田中くんも青嵐くんも、いま一番会いづらい相手は私だよね。みんなの件には全部、私が深く関わってるんだから」

青嵐くんは申し訳なさそうな顔で、視線を足下に落とす。

「その……もちろん成嶋が悪いわけじゃねーんだ。ただ俺らはフラれちまった側だから……」

そういうことなんだ。

結局のところ、みんな恋が絡《から》んでいるから会いづらいんだ。

友達関係をかき乱す要因のほとんどは、やっぱり恋愛感情なんだと思う。

私たち五人もそれで終わるんだろうか。

友情はいつも恋に負けるんだろうか。

違うと信じたい。

友情と恋は、きっと共存できると信じたい。

それが本物であればあるほど……。

もちろん私の立場で「また仲良くしてください」なんてことは決して言えないけれど。

だけど、だけどせめて。

「古賀くんのことまで……嫌いになった？」

「……あ？」

「私のことはいいの。青嵐くんは古賀くんのことまで、もう嫌いになっちゃったの……？」

「……………だろ」

青嵐くんはなにか小さくつぶやいて、

「嫌いになれるわけ、ねーだろ……っ！」

その大きな体を震わせながら、両目に涙を溜《た》めていた。

「あいつはな、中二のとき、ぼっちだった俺を救ってくれた最高の友達なんだよ……っ！　純也だけじゃねえ……新太郎だって朝霧だって、もちろん成嶋だって……今さら嫌いになれるわけがねーんだよッ！　お前らは俺にとって、かけがえのない親友だったから……っ！」

「だったら……」

「でもな……だめなんだよ……嫌いにはなれねーけど、ここまで恋愛が絡《から》んじまったら、もうどう考えたって俺らは終わりなんだよ……っ！」

……どうしてこうなってしまうんだろう。

……みんな本当は、友達が好きで仕方がないはずなのに。

……それでも恋に邪魔されて、結局は友達を続けられなくなってしまう。

……やっぱり私は、どうしようもなく恋が憎い。

「この気持ちに気づいちまった以上……俺はもう、お前をただの友達として見ていく自信がねえ……だいたい純也だって、もう俺らなんかとは友達じゃいられねえって、思ってるよ……」

「どうして、古賀くんが……？」

「わかんねーのかよ……俺も新太郎も、純也の彼女に恋しちまった男だぞ……？　普通はそんな奴《やつ》らを傍《そば》に置いときたくはねーだろ……俺だって、あいつに合わせる顔なんかねえし……」

「…………」

「だから終わりなんだよ俺たちは……恋愛感情が入っちまった時点で、もう手遅れで……もうあの頃の五人組には、絶対に戻れねーんだよッ！」

涙を拭った青嵐くんは駆け出してしまった。

「あ、青嵐くん、ちょっと待っ――」

だめだ。

呼び止めたところで、もうこれ以上は、かける言葉が見つからない。

私では彼を止めることができない。

私なりに一生懸命やってきたけど……やっぱり無理なの？

恋愛が入り込んでしまったら、友達関係はいつも脆《もろ》く崩れ去るものなの？

青嵐くんが言ったとおり、古賀くんだってもうみんなとは友達じゃいられないって、思ってるの？

「……ぐす…………そんなことない……絶対、ないもん……っ」

普通はそうかもしれないけど、古賀くんだけは絶対に違うんだ。

だって私が恋に狂っている女なら、あの人は――――っ！

「どこ行くんだよ青嵐」

「…………あ？」

青嵐くんが振り返る。

私も同じだった。振り返って彼を見ていた。

しかも信じられないことに。

彼は一人じゃなかった。

「えっと……あはは、久しぶりだね夜瑠《よる》。その、青嵐くんも……」

「……僕たちにずっと連絡をくれてたよね。無視しててごめんね……成嶋さん」

火乃子ちゃんと田中くんもいた。

二人とも気まずそうな顔をしているなか、彼だけは――古賀くんだけは妙に通常運転で。

「はは、お前が今日、なんとかってクラブに来るって話を狭山先輩に聞いてさ。これからみんなで迎えに行くところだったんだよ」

どうして古賀くんが、ここにいるのかはわからないけど。

どうして火乃子ちゃんと田中くんまで、ここにいるのかは知らないけれど。

「5」になった。

ここにいるのは間違いなく「5」だった。

「なんで……お前らまで……ここに……？」

私も聞きたかったことを、青嵐くんが代弁する。

火乃子ちゃんと田中くんが、困り顔で古賀くんを見た。

「えっと、それは、純也くんが……ね」

「その、なんていうか……約束忘れんなーとか言って、僕と朝霧さんを無理やり……」

約束？

古賀くんは笑顔で頷《うなず》いて、

「五人でクリパするんだろ？」

「――――は？」

そのあまりにも能天気な一言は、この緊張した場にあまりにもそぐわなくて。

私と青嵐くんを巻き込んで、世界の時間ごと止めてしまう。

古賀くんは笑顔のまま続けた。

「いや、『は？』じゃねーだろ。おい青嵐、頼んでたクリスマス用のプレイリスト、まさか作ってないとか言わないだろうな？」

「……だってお前、なに言って……え？　プレイリスト……？」

「あー、やっぱ作ってなかったか。安心しろ。俺が代わりに用意しといてやったから」

青嵐くんは啞然《あぜん》としながらも、
口《くち》の端《はし》が少しずつ釣り上がっていく。

「は……はは、お前バカなんか……？　あんなことがあったのに、クリパだって……？」

「でも約束は約束、だろ」

待って……よく見たら——震えてるじゃないか。

古賀くんはずっと笑顔だったけど、その体は恐怖で小刻みに、震えてるじゃないか。

当たり前だ。そんなの当たり前なんだよ。

誰よりも責任を感じていて。

誰よりも自分が裏切り者だと思っていて。

誰よりも普段通りに振る舞うことに抵抗があるはずなのに。

「とにかく、五人でクリパだ。クリスマス、パーティだ。いい、だろ……？」

その過去の経験から、友達に拒絶されることを一番恐れているのは絶対この人なのに。

古賀くんは今、一体どれほどの恐怖と戦っているんだろう――。


「…………あ……」

気がつけば私は、涙を流していた。

私はまだ古賀くんを見誤っていたから。

彼があまりにも尊くて、すごい人だったから。

身の震えを必死に抑え込んで、無理やり笑顔を作っているその姿に。

どんなに無様だろうと、誰もが一番切り出しにくいことを言えるその胆力に。

なにがあっても絶対に五人組を残そうとする、その強すぎる意志に。

私は心の底から感動して、涙を流していたんだ。

そして――恐怖に抗《あらが》いながらも口にした古賀くんの思いは、みんなに伝播《でんぱ》する。

「……その、俺は別に、いいけど……朝霧と新太郎は……俺なんかがいても、いいのか？」

「や、嫌だったら最初から来てねーし……てかそれ、あたしのセリフ……」

「僕だってその……みんながいてもいいっていうなら、だけど……」

「……ぅ……ぅぐ……っ……」


全員がとっくに諦めて、とっくに忘れていた約束。

本当は誰もが望んでいたはずの、五人のクリスマスパーティ。

たとえどれだけ合わせる顔がなくても、古賀くんだけはそこから決して逃げなくて。

壊れてしまった五人をもう一度集めて、こうして本当に全員をその気にさせてしまった。


「……う……うぇぇぇぇぇぇ〜〜……っ」


誇らしい。

この人の彼女でいられたことが、あまりにも誇らしい。

こんなことができる人間が、ほかにどこにいる。

これが古賀くんだぞ。

私が心から愛した、たった一人の男の子。

古賀純也くんだぞ――……っ！

古賀くんはこっそり泣いていた私の背中をぽんと叩《たた》いて。

「……ありがとう」

小声でそう言ってくれた。

それがなんの「ありがとう」なのかは、わからないけれど。

こうしてみんなが揃《そろ》ったことは、本当に――――。

「見つけたぞゴラアアアアアッ！」

――――なんか来た。

改造エンジンを唸《うな》らせながら、私たちに向かって走ってくる一台の黒いワゴン車。

その助手席の窓から上半身ごと乗り出している箱乗りの男が、怒った顔で叫んでいる。

さっき私が殴ったキャップの人だった。たぶん報復のために追ってきたんだね。

私たち五人は反射的に、迫り来るワゴン車とは反対方向へと逃げ出す。

「ほ、ほら見ろ！　成嶋があんなことするから……っ！」

「あんなことってなんだ⁉　誰だよあいつら⁉　なんで俺たちは追い回されてんだ⁉」

「ご、ごめん……さっき私が、あの人たちをぶん殴っちゃったから……」

「ええええっ⁉　よ、夜瑠が⁉　なんで⁉」

「そ、そんなことより、どうするんだよこれ〜っ！」

その黒いワゴン車は堤防の上を必死で走る私たちの真後ろに張りついて、低速で嫌味ったらしく追い立ててくる。

「おらおら、早く逃げねーと轢《ひ》き殺《ころ》しちゃうぞ、この野郎ぉ？」

「もぉ、やめなってば～。おーいミヤブー、転んだりしないでね～」

後部座席からは、狭山先輩も顔を出していた。

古賀くんが振り返りながら叫ぶ。

「ちょ、狭山先輩もいるんですか⁉　やめさせてくださいよこれ！」

「ごめ～ん、この人たち、めちゃくちゃ怒ってるからさぁ～。なんとか逃げて～」

「ああ、わかりましたよ！　じゃあ逃げ切るとこ、見といてくださいよ⁉」

堤防の道を曲がって、広い川に掛かる大きな橋の真ん中あたりまで走った古賀くんは、そこで欄干に手をかける。

「ちょ、ちょっと純也くん？　なにをする気なんかな……？」

「全員で川にダイブ！　深いから大丈夫だって！」

「は、はあ？　そんなので逃げ切れるわけないだろ？　だいたい今、冬……」

「くく、お前ってほんとバカだな。みんなスマホの電源は切っとけ⁉　成嶋もこいよ⁉」

「………………うんっ！」

私たちは一斉に欄干を乗り上げて、
橋の向こう側へと飛んだ。

「ミヤブー、いっけえええええっ！　ずうっと愛してるよぉぉぉっ！」
後ろから聞こえる狭山先輩の嬉《うれ》しそうな声援に押されるように。
星屑《ほしくず》が散らばる夜空を背負うように。
私たち五人は、大きく、大きく、宙を飛ぶ。
大人の象徴のようなコートをたなびかせて。
童心に返った子どものような、これ以上にない最高の笑顔で。
もっと高く、もっと大きく、弧を描け。
夜空の星々まで手を伸ばせ。
私たち五人が揃《そろ》えば、いつだって最強で無敵。
どこまでだって、飛んでいける――――っ！
「ははははっ！　ハッピー、クリスマ～スッ！」
青嵐くんの楽しげな声と同時に、川面《かわも》の弾《はじ》ける音がした。

第十五話　聖夜

月がくっきりと見える露天の岩風呂《ぶろ》で、青嵐《せいらん》はずっと笑っていた。

「にしても、さっきのアレ、マジで最高だったな。スリル満点だったしよ」

「ほんと純也《じゅんや》は無茶ばっかり……下手したら死んでたかもしれないんだよ？　スマホだって」

「その……まあ結果的にはよかったじゃねーか。あの人たちも案外いい人だったし」

スマホは水没しても濡《ぬ》れた状態で通電さえしなければ、意外と大丈夫だったりする。飛び込む直前に電源を切ったおかげで、みんなのスマホは辛《かろ》うじてまだ生きていた。だからそこはいい。ただその前に俺たちは、冬の水温をナメていた。

意外と流れがきつかったその川を必死で泳いで、なんとか川岸まで辿《たど》り着《つ》いて、冷たい夜風を浴びたときにはもう、全員生きた心地がしなかった。

ずぶ濡《ぬ》れで震えまくっていた俺たちをこのスーパー銭湯まで送り届けてくれたのが、なんと狭山《さやま》先輩も乗っていたあのワゴン車の連中だった。

——ぶははは！　イカれてんなお前ら！　なんかやべーもんスニってんだろ⁉

言葉の意味はわからなかったけど、どうも俺たちは気に入ってもらえたらしい。

皆さんは車で俺たちを送ってくれたあと、「また遊ぼうぜ！」とか言ってそのまま帰っていった。狭山先輩も一緒に。あの人は相変わらず、いまいち摑《つか》みどころのない人だった。

で、下着までずぶ濡《ぬ》れだった俺たちは、あの夏のようにまた併設のコインランドリーに濡《ぬ》れた服をブチ込んで、源泉掛け流しの風呂《ふろ》を堪能《たんのう》中。

コートは干しといたけど、俺のはウールだからもうだめだろうな……。

後先考えないガキの行動だったと思うけど、みんなも不思議と後悔はしてなかった。

「まさか、あの人たちを殴っちゃってたなんて……成嶋《なるしま》さんってば……」

新太郎《しんたろう》は岩風呂《ぶろ》に鼻先まで浸《つ》かりながら、眉をひそめている。

「まあ、あいつもなんか妙なナンパされたらしいし、しゃーねーってことで。愛《いと》しの成嶋にそんな攻撃的な一面があって、さすがに引いたか新太郎？」

頭にタオルを乗せている青嵐が、にやりと口《くち》の端《はし》を釣り上げた。

「いや知ってたから……僕も殴られたことあるし」

「ははっ、それあれだろ？　成嶋を襲ったときだろ？　もうそんな無茶はできねーなお前？」

「す、するわけないだろ！　言い訳みたいだけど、あのときだって僕は決して襲おうと思ったわけじゃないからな！　だいたいもう、純也の彼女なんだし……」

「つーか純也も、大概殴られてそうだな？」

「……まあ、そこは想像にまかせる」

正直言って、未《いま》だに信じられない。

また三人でこうして一緒に風呂《ふろ》に入って、こんな話ができる日がくるなんて。

俺は本当に、果報者だよ……。


だけど俺にはもう、決めたことがある。

今回の件で、嫌というほど痛感したんだ。

俺はまだまだガキすぎたって。

だから——ちゃんとケジメをつけなきゃいけないって、思うんだ。


「そいや新太郎。まだ聞いてなかったけどよ、なんでお前ら、あそこにいたんだ？」

「ああ、それは純也がね……」

新太郎が青嵐に、経緯を説明し始めた。俺も釣られて思い出す。

みんなが離れていったあの日から、俺は本当に魂が抜けたような状態になってしまって、なにも手がつけられずにいた。眠ることだってできなくて、成嶋さんにもいっぱい気を遣わせてしまった。これからはもう、成嶋さんと二人だけで生きていくんだって思った。でも。

——あなたの大切なともだちを、必ず取り戻じてあげるがら……ッッ！


あいつはそう言ってくれた。

俺を含めて、きっとみんながもう諦めていたはずなのに。

最後までまだやり直せるって信じていたのは、成嶋夜瑠《よる》だったんだよ。

あの言葉が、俺を奮い立たせてくれた。

だから俺も——その日から行動を開始した。

成嶋さんと一緒に動くのはなんとなくみんなに悪い気がしたから、なるべく会わないようにして、一人で勝手に。

学校も休んで朝からみんなの家の前で張り込んだり、スマホでメッセージを送ったり。

青嵐だけは既読すらつかなくなったから、まずは朝霧《あさぎり》さんと新太郎を中心に。

コンタクトは一切取れなかったけど、新太郎が最後に言ったセリフをふいに思い出した。

——僕を殴りたくなったら、いつでも呼び出してくれていいから。

申し訳ないけど、これを口実にさせてもらった。

『望みどおりぶん殴ってやるから、朝霧さんと一緒に出てきてくれ』

そんな文面を新太郎に送って、返事がきたのが今日の昼すぎ。バイト中のことだった。

バイト先では狭山先輩から、青嵐が参加予定のクラブイベントの情報を聞いたんで、まずは朝霧さんと新太郎の二人と合流してから、そっちに向かった。

そして――――。

「そのクラブの近くで、青嵐と成嶋さんが話している姿を見つけたんだよ」

ちょうど新太郎もそのあたりまで話していた。

「僕はあのとき……正直本当に怖かった。成嶋さんに会うことはもちろんだけど、青嵐に会うことだって。もしあそこで拒絶されたらって考えると……ね」

「……俺だって同じだよ。成嶋が店まで来たときもびびったけど、お前らが来たときなんて、もう逃げちまおうかと思った。俺はそんだけ顔を合わせるのが怖かったんだ。なのによ」

青嵐はお湯で顔をばしゃばしゃ洗ったあと、俺を見た。

笑っていた。

「まさか純也がクリパとか言い出すとは、さすがに思わんかったわ。俺らはあんな無茶苦茶になっちまったってのに、一体どんな鋼メンタルしてんだよって……ははっ」

……俺だってめちゃくちゃ怖かった。

あそこでみんなに拒絶されていたら、俺は今度こそ本当に精神が砕け散って、もう二度と立ち直れなかったと思う。そのときは友達を裏切っていた罰として、すべてを受け入れよう。そんな覚悟で切り出したんだけど。

みんなは快く賛同してくれた。

だから俺は……本当に、果報者なんだよ……。

「あ、そうだ！」

新太郎が岩風呂《ぶろ》から立ち上がった。

「僕を殴るって話、あれいつやるの？」

「ああ、あれは……お前を連れ出すための口実だよ。俺に殴る資格なんか――ぐぼっ⁉」

新太郎の細い腕から繰り出された本気の拳で、俺は湯船に沈んだ。

「殴る資格がない？　ふざけるのも大概にしろよ……っ！」

新太郎は本気で怒っていた。

「お前は自分の彼女を押し倒した男ですら、殴れないって言うのかよっ！」

「そ、それは……もちろんそれに関しては、腹が立ってるけど……」

「だったらかかってこいよ！　僕だってなあ、純也には腹が立ってるんだよ！　めぐみのときは失恋仲間だって思ってたのに、いつの間にか僕よりも先に彼女を作りやがって！」

「え？　もしかして……お前もあのとき……めぐみが……？」

「どうせ純也のことだ。黙って付き合ってたことに罪悪感があるから、僕を殴れないって言うんだろ⁉　そんなのもうどうでもいいんだよ！　僕は単純に、純也と成嶋さんが付き合ってることにイラついてるんだから！」

青嵐も湯船から立ち上がって、嬉《うれ》しそうに拳をポキポキと鳴らす。

「ああ、俺も思い出したら腹立ってきたわ。なるほどな。好きな女を取られるって、こういう気持ちなんか。俺の相手もしてくれや純也」

「ま、待て。殴られるのはいい。でもここだとほかのお客さんに迷惑が」

「客なんてほかにいねーだろうがっ！」

青嵐が遠慮のない前蹴りで、俺の顔面を蹴りつけてきた。

「だいたい純也が人の迷惑を語るなんて片腹痛いんだよっ！」

摑《つか》みかかってきた新太郎が、俺を風呂《ふろ》の底に沈めようとしてくる。

「去年だってうちの体重計を壊して、僕の家族全員に迷惑かけたくせにっ！」

「あー、あんときな。純也が新太郎ん家《ち》の体重計を全力で踏んで、ぶっ壊しちまったやつ」

「ち、違うだろ⁉　あれは青嵐が、何キロ出せるか勝負しようぜとか言うから……っ！」

「そ、そうだ……あれは青嵐のせいじゃないか！　こいつっ！」

「ぐはっ⁉　じゃ、じゃああのときはどうよ？　ほれ、中学の体育館で純也がダンク決めるとか言って、勝手にトランポリン持ち出したとき」

「あー……ゴール壊したこと先生に見つかって、三人でめちゃくちゃ怒られたときね」

「あれは新太郎が、生ダンク見たいとか言ったからだろうがっ！」

「いだっ⁉　なんだよ純也、ちゃんと殴れるじゃないか！　もっとこいよ！　だいたい純也は三人でプールに行ったときだって……！」

「ちょっと待てや新太郎。その話を出す気なら、俺も黙ってられねーぞ？　あんときはお前と純也がなぁ……ッ！」


あのとき。

あのとき……。

あのとき――……。

俺たちは山ほどある宝物を掘り起こしながら、三人で殴り合った。

――ありがとう。

――本当に、ありがとう。

やっぱりお前らは、最高の親友だよ。

だからこそ俺は余計に……ちゃんとケジメをつけなきゃって、思うんだ。


「はは……てめ純也、なに泣いてやがんだ？　俺の必殺拳、そんなに痛かったか？」

「痛くねーし……痛いわけねーし……お前らだって……泣いてるくせに……っ」

「僕のことも、もっと殴れよ……僕だって……やってやるから……っ！」

俺たち三人は、泣きながらずっと殴り合った。

露天風呂《ろてんぶろ》で、素《す》っ裸《ぱだか》で、そんなことやってるもんだから、ひどく可笑《おか》しくて。

涙はいつしか暖かい笑いに変わっていた。

◇

「え？　純也くんって、夜瑠と一緒に電話とかしてきてたんじゃないんだ？」

「うん……向こうもそんなことしてたなんて、私もいま初めて知った」

朝霧火乃子《ひのこ》は成嶋夜瑠と二人きりで、女子側の露天風呂《ろてんぶろ》に入っていた。

「ま、なんにしろ、あたしら全員、そっちの連絡をずっとスルーしてたのはごめんね」

「ううん。みんなが会いづらかったのは当然だと思うから」

火乃子がもっとも会いづらかった相手は、この成嶋夜瑠だ。

もう顔を合わせる資格もないと思っていた相手と、今こうして二人で露天風呂《ろてんぶろ》にいる。なんとも不思議な感覚だった。

すべては古賀《こが》純也が、強引に連れ出してくれたおかげだった。

彼が田中《たなか》新太郎に「ぶん殴ってやるから、朝霧さんと一緒に出てきてくれ」と伝えて。

新太郎から連絡を受けた火乃子は、その時点で当然、純也の狙いも読めていた。

殴るなんて口実で、ただ全員を集めようとしているだけだろうと。

だから拒絶しようと思った。それなのに、できなかった。

ひょっとしたら古賀純也なら、あそこまでめちゃくちゃになった五人の関係を、元に戻してくれるんじゃないかと期待してしまったから。

「しっかし、あの状況でクリパとか、誰が想像できるん？　純也くん、まじでイカれてるわ」

「ふふ。そだね」

「でも純也くんが……あと夜瑠もか。今日は二人があたしらを集めてくれなかったら、きっとみんな、二度と話すこともなかったと思う。気づいてた夜瑠？　クリパ切り出したときの純也くん、すげえ震えてたよね」

「うん……怖かったんだろうな、きっと……」

「そりゃ怖いわなあ……あたしだったら、絶対言えねーもん」

火乃子に限らず、あの状況でクリスマスパーティだなんて誰にも言えないことだった。全員が全員責任を感じていて、各人『自分が』あの五人組を壊したと思っていたのだから。

そんななか、純也だけが勇気を振り絞って、クリスマスパーティの約束を口にした。みんなに拒絶されることも覚悟で、口にした。かつて植え付けられたトラウマによって、友達に拒絶されることを誰よりも一番恐れているはずの彼だけが、だ。

五人組を残すためなら、どんなことでもやってのけてしまう少年――――。

だからこそ火乃子は、純也が好きだったのだ。

……ったく、もう諦めようとしてたのになあ。

これはあくまで仮の話だが。

もし夜瑠よりも先に、この恋に気づいていたら。

もし夜瑠よりも先に、彼にアプローチをかけていたら。

一体どうなっていたのだろう。

成嶋夜瑠と自分の立場が逆になっていた可能性は、あったのだろうか。

もちろんそんな「ｉｆ」を考えても意味はないけれど。

火乃子はやはり悔しくて仕方がない。

だから最後にひとつだけ、意地悪をしたくなった。

「ねえ夜瑠。純也くんも大概だけどさ、そんな人を好きになったあたしらも、相当イカれてるよな？　あんな友情バーサーカーを好きになるなんて、たぶんあたしら以外にいないよ？」

「あはは。それは言えるかも」

「つーわけで、一個聞いてほしいんだ」

火乃子は笑顔で口にした。

「あたしはこれからも、ずっと純也くんを想《おも》い続けるから」

自分でも本当に嫌な女だと思う。

普通の女子なら、わざわざこんな宣言は絶対にしない。

それでも火乃子はあえて言った。しかも夜瑠を嫌な気持ちにさせるために、わざと言っている。もうどうしようもない悪女だと火乃子は思う。

あなたの彼氏に横恋慕し続けます。

こんなことを言われたら、一般的な女子なら間違いなく友達付き合いをやめるだろう。どうしてそんなひどいこと言うの、と泣いて怒る場面かもしれない。

しかし成嶋夜瑠という女子は。

一切動じることもなく。

「うん。それがなに？」

きょとんとしたまま、平然とそう言ってのけるのだ。

「────ふふっ」

火乃子は笑う。

さすがに笑ってしまう。

だってこんな女、ほかにいる？

成嶋夜瑠はどこかネジが外れていて、どう考えたって普通じゃない。

だからこそ、今の夜瑠の答えは。

歪《ゆが》んでいる火乃子にとって、これ以上にない百点満点の答えだった。


「あははっ！　なんて嫌な女……あはははははっ！」

「んふふ。火乃子ちゃんがそれ言うんだ？」

「あはっ、ほんとだ。あたしが言うことじゃねーわ。あはははっ！」

「しかもいつの間にか、さらっと『純也くん』とか名前呼びになってるし」

「だって純也くんは純也くんじゃん？　それよか夜瑠こそ、なんか雰囲気とか口調とか、いつもと全然違わん？　さてはあたしらの前では、ずっと猫かぶってたな？」

「あ、あれは違うんだよ。私って人と話すときは嫌われないか心配で、つい萎縮しちゃう癖があるっていうか……」

「てことは？　あたしらにはもう嫌われてもいいと？」

「ぶー、違います。わかったんだよ。古賀くんと同じで、私が火乃子ちゃんたちに嫌われることはきっと絶対にないって。これからもずっと、ね」

「あははっ！　そこ確信してるんだ？　ほんっと嫌な女だなあ～」

「だからそっちこそ。減らず口叩《たた》いてると、首折っちゃうぞ？　んふふ……」

火乃子にとって成嶋夜瑠は、とっても憎たらしくて怖い女で。

やっぱりとっても大好きな大親友だった。

……うん。やっぱりあたしはまだ、純也くんを諦めない。だって許可をくれたのはそっちだかんね？　あたしはもうしばらく、この恋を追い続ける――――この子の近くにいながら。

あたしは朝霧火乃子。

歪《ゆが》んだ成嶋夜瑠と対等に張り合える、唯一の女。

朝霧火乃子なんだから――っ！


火乃子と夜瑠は休憩処《どころ》で軽食のポテトを摘《つま》みながら、まだ大浴場から出てきていない男子たちを待つ。

適当な雑談をしながらポテトを食べ続ける火乃子を見て、夜瑠が大きなため息。

「あのさあ、火乃子ちゃん……太いポテトは苦手じゃなかったの？」

「ううん？　大好物だけど？」

「ああ、そういうこと……もう騙《だま》されまくりだよ。ほんと嫌な女だなあ」

「あはは。でしょ？」

親友と仲良く食べるポテトの味は、どう考えたって格別だ。

やがて男風呂《ぶろ》から出てきた三人の姿を見て、女二人は仲良く目を丸くする。

「ちょ、ちょっと……？　なんでみんな顔中アザだらけなん？」

「軽トラでも突っ込んできた……のかな？」

男三人は仲良さそうに肩を組んだまま笑う。

「拳で語り合ってきたんだよ」

「はあ？　なんなんそれ。昔のマンガかよ……あはははははっ！」

ああ本当に。

この五人組で、よかったなあ。

……この時間が永遠だったら……いいのになあ……。

心の底から笑いながらも、火乃子は目の奥から込み上げてくる熱を必死で堪《こら》えていた。

◇

お風呂《ふろ》で体を温めた私たちは、乾燥まで済んだ服に着替えてスーパー銭湯を出た。

みんなコートとか羊毛ダウンとかをだめにしちゃったから、各自アウターは手に抱えて持っている。スマホが生きていただけでも奇跡だよね。

そして――。

「う～、さむさむ。早く純也くん家《ち》に行こーぜい」

「まあ待てって。えーと、コーラは二本で足りるかな」

「足りるわけねーだろ。今日は徹夜なんだし、五本いっとけ、五本」

パーティ用の飲み物やらお菓子やらを買うために、みんなで近所のスーパーを物色中。

私はなにか軽いものでも作ろうかなと考えて、一人で精肉コーナーに足を向ける。

「あの……成嶋さん」

田中くんがついてきてくれた。

その表情はとても強張《こわば》っていて、今にも泣き出すんじゃないかって思えるほど。

「その、何度謝っても許されることじゃないけど、この前のことは、本当に……」

「だから私は気にしてないってば。あ、それよりもさ、なにか作ろうと思ってるんだけど、田中くんは食べたいものとかある？」

「………なんでそんなに普通にしていられるのか、僕にはわからないよ」

だって私は、普通じゃないから。

人の心がわからない化け物だから。

それがわかる人間だったら、田中くんの気持ちにだってもっと早くに気づいて、彼をあそこまで追い詰めるようなこともなかったはずなんだ。「古賀くんの話を聞かせて」なんて彼の心を踏みにじるような無遠慮なことも、きっと言わなかったはずなんだ。

青嵐くんのこともそう。私は彼の気持ちにもやっぱり気づかなくて、深く入り込みすぎてしまって……恋愛がわからないという青嵐くんの心に、私の手で黒いシミを作ってしまった。

火乃子ちゃんのことは一番ひどい。

私は私の我欲だけで古賀くんに、「火乃子ちゃんと一回付き合ったら？」なんて言ってしまって……そんなの古賀くんにはもちろん、なにより火乃子ちゃんにとって、あまりにも無礼なことなのに。私はそんな当たり前のことにすら、気づいていなかったんだ。

だから今回のことは、全部私のせい。

私みたいな化け物がこのグループにいたことが、すべての原因だったんだ。

私は——責任を取らなければならない。

まだ誰にも言ってないけれど、私にはもう、密《ひそ》かに決意していることがあった。


「あのさ、成嶋さん……そんなに普通にされると、僕も辛《つら》いっていうか……」

「だって私は本当になにも思ってないから。一切気にしてないんだから別に——あ」

……そっか。そういうことなんだね。

今さらながら、少しだけわかってしまった。

私は田中くんにずっと「気にしてない」とか言い続けてきたけど、それは友達にかけてあげる言葉じゃない。こんなのただ流してるだけで向き合ってないんだから、余計に田中くんを傷つけるだけだったんだ。

友達にかけてあげる言葉なら、きっとこっちが正解。

「許してあげるよ。田中くんを」

自分でも何様だろうと思って、とても胸が痛い。

でも相手の過《あやま》ちから目を背けないで、きちんと受け止めること。そのうえで背中を押してあげること。

それが友達。そうでしょ？

こう言えば田中くんはきっと――。

「……ぐす……あはは……」

ほら、涙声になりながらも、しっかりと笑ってくれる。

「ありがとう成嶋さん……僕を許してくれて、本当に……ありがとう……っ……」

「うん」

私も笑ってあげる。

「あ、でももしまだ気が済まないっていうなら、いくらでも殴ってあげるけど？」

「そ、それはその……またの機会で」

「んふふ……遠慮はいらないからね？」

「うぐ、も、もう……成嶋さんのそういう顔が、本当に……ずるいんだよなあ……」

「おい新太郎。なんでテメェだけカゴ持ってねーんだよ」

青嵐くんたちがやってきた。

みんなが持っているカゴの中には、大量のお菓子や飲み物が入っている。

もちろんクリスマス用のチキンだって。

どれだけ買う気なんだろう……これ私の料理はいらないやつだな。

「つか聞いてくれよ成嶋。マジで爆笑なんだけど、さっき朝霧がさ――」

「だめだめ、それ言うのなし！　バジルと青のりの違いがわからないなんて、そんな！」

「……結局自分で言ってんじゃねーか」

あはは。

「見て見て夜瑠。これ純也くんが見つけた惣菜《そうざい》。超激辛カレーだって」

「半額シールがついてたから買おうと思ってな。あとで罰ゲーム用にするぞ」

「僕がカレー苦手なの知ってるだろっ！　明らかに狙い撃ちじゃないかっ！」

「だからよ新太郎。そもそも負けなきゃいいんだって。つか純也も辛《から》いの苦手だし」

あはははは。

楽しいなあ。本当に、楽しいなあ。


でもきっとみんな、わかっているんだと思う。

いくらまた友達に戻れたからって、完全に元通りにはならないってことに。

これで全部なかったことにしましょう。今日からみんな改めてよろしく。

なんて言えるほど、私たちの間に起きた問題は軽くない。

それこそ目を背けていれば、今までどおりにやっていけるのかもしれないけれど。

そんな都合のいい上辺だけのハッピーエンドなんて、誰も望んでいないんだ。


スーパーを出て古賀くんの部屋に向かっている途中、誰も言葉を発しなかった。

みんなが考えていることは、本当の友達になれた今なら、私でも手に取るようにわかる。

自分がこの五人組をめちゃくちゃにした——。

漏れなく全員がそう考えている。

全員が全員、自分が一番の原因だと考えている。

だけど今さら口に出す人はいない。「俺が」「私が」の不毛な論争になるだけだから。

一人ひとりが抱えた罪の意識は、一人ひとりのもの。自分でゆっくりと時間をかけて、消化していく必要があるんだ。

だから私が密《ひそ》かに決意したことは、きっとみんなも同意見。

みんなと少し距離を置く。

あくまでも友達のままで……だけど今までのように、ずっと一緒ってわけではなく。

私の場合は、古賀くんとの関係も含めて、清算しなければならない。

ここまでの問題を引き起こしておいて、私たちは今までどおり付き合っていくなんて、そんな恥知らずなことはさすがにできない。

古賀くんも同じことを考えているんだと思う。

だって目を見たらわかるんだ。

「…………」

「…………」

友達の後ろで彼とこっそり見つめ合う。

誰にも気づかれない、私と古賀くん二人だけのアイコンタクト。

悲しいけれど。

辛《つら》いけれど。

私たちはもう、決めていた。

だけど今だけは。

「だぁーっ、もう！　なんか暗いぞお前ら！　おい純也、なんか面白《おもしれ》ぇ遊び考えろ！」

せめてこの聖なる夜だけは。

「無茶ぶりすんなよ……急に言われても、なにすればいいんだ」

今までと同じように。

「面白いこと考えるのはお前の得意分野じゃねーか！　山越えてホタル見に行こうぜとか、みんなでストリートライブやろうぜとか、冬に花火大会やろうぜとか……いつも突拍子のないこと言って……俺らを巻き込むくせに……忘れたとは……言わさねーぞ……っ」

せめて今夜だけは、今までどおりの、五人組で……。

「……忘れるわけねーだろ」

みんな立ち止まっていた。

強い夜風が吹きつける田舎道で、みんなが立ち止まっていた。

「忘れるわけねーだろっ！　お前らと出会って、これまで過ごしてきた時間を、忘れられるわけねーだろっ！　なにがあっても、忘れるもんか……っ！」

「うん……うんっ……！　私も忘れないよ……私はみんなと出会えて、ほ、本当に……っ！」

「はは……なんでみんな、泣くんだよ。僕たちはこれから、純也の家で……クリスマス、パーティ……なのに……」

「あたしも忘れない……！　みんなと一緒にいた時間は……最高の、宝物だから……っ！」

「くそ……なんだよこれ……なんで俺ら全員、こんな……っ！」

全員が嗚咽《おえつ》を漏らしていた。

ドラマならきっと雪が降る場面なのに、そんな都合のいい奇跡はやっぱり起こらない。

だけど私はひとつだけ。

もっと身の丈に合わない、すごく罰当たりな奇跡を願ってしまうんだ。

人生で最高に思えるこの瞬間を、永遠に留《とど》めたいという祈りを込めて。

悪魔にだって魂を売る覚悟で。

どうか。どうか。


「「「「時よ止まれ――……」」」」


五人全員が同じことを口に出していたもんだから。

「ふふ……あはははははっ！」

私たちは涙を流しながらも、思わず吹き出してしまうのだった。

みんな同じことを考えていて、同じタイミングでそれを言うなんて。

それってまさに、聖夜に起きた奇跡だよね？

火乃子ちゃん。
田中くん。
青嵐くん。
そして……古賀くん。
ありがとう。
みんなと出会えたことが、そもそも奇跡だったんだね。
私はこの奇跡の出会いを、絶対に忘れないよ。
たとえ、いくつになっても。
今この瞬間に感じている暖かい気持ちだけは。
いくら時が流れても、きっと永遠だから――……。

最終話　それでもあなたのいない世界は嫌だ

時よ止まれ――――。

俺たち全員がいくらそう願っても、当たり前のように季節は移ろう。

時は流れる。

「なんだよお前ら。もう来るなって言っただろ」

いつしかバイトリーダーに昇格していた俺は、また店まで冷やかしにやってきた連中をため息混じりに睨《にら》む。

「まあまあ、そう言うなって。俺ら受験組じゃねーから暇なんだよ」

「つか古賀《こが》だって暇だろ？　スーパーの二階なんて、客ほとんどいねーじゃん」

高田《たかだ》と大渕《おおぶち》。

こいつらとは二年で同じクラスになって以来、ずっと一緒につるんでいる。ほかにも岩本《いわもと》とか大西《おおにし》とか……進級を機に新しい出会いがあって、俺には新しい友達ができていた。

一方まるで反比例するように、あの五人組とは疎遠になっていた。

もちろん絶交したとか、そういうことじゃない。単純に会う頻度が減っただけだ。

みんなと少し距離を置く——。

あのイブの夜、俺は密《ひそ》かにそう決意したんだけど、それはみんなも同じだったらしい。

誰も口には出さなかったけど、全員が同じことを考えて、全員が同じ結論を出してたんだ。

あれからすぐ新太郎《しんたろう》と朝霧《あさぎり》さんはバイトを始めて、青嵐《せいらん》は軽音部に入部して、やがて二年になってクラス替え。

まるで図ったように、俺たち五人はバラバラのクラスになった。

それからは廊下とかですれ違ったときに、軽く話す程度。以前のように毎日顔を合わせることもなければ、頻繁に連絡を取り合ったりすることもなく……五人で集まることだって、あれから一度もなかった。

そして気がつけば、あっという間に三年生。もう卒業目前の十二月。

俺は早い段階で推薦を取ることができたんで、この年末もバイトに勤《いそ》しめている。

——あなたにとって、友達とはなんですか？

推薦入試の面接官からそんな質問を受けたときは、ド肝を抜かれたっけ……。

「じゅんくん」

学校の制服を着ためぐみが、客としてやってきた。もうここのバイトを辞めて久しいのに、めぐみは今もこうして、たまに顔を見せにきてくれる。

「よう、受験勉強はどんな感じだ？」

「ちょっとヤバめ。えっと、こっちの人たちは、じゅんくんの友達？」

めぐみが高田たちを見た。

「ども〜、俺らと古賀は、二年からずっと同じクラスの親友なんだ！　よろしくね！」

「つかキミ、もしかして古賀の彼女だったり……？」

「あは。残念ながら違うよ」

そう言っためぐみは、高田たちに見せる笑顔とはまた別種の笑顔を俺に向ける。

「……楽しそうな人たちだね」

「……ああ。いい奴《やつ》らだよ」

めぐみにはもう話してある。

あの四人とはほとんど会ってないってことを。

時間は決して止まらない。常に流れ続けている。だから人間、いつまでも同じままじゃいられない。環境も、考え方も、人間関係も。時とともに少しずつ変化していくんだ。

そういった変化を受け入れて、前に進み続けること。

それが大人になっていくってことだと思う。

「……また背、伸びたんだね、じゅんくん」

「……ああ」

でもひとつだけ、昔も今も変わらないものがあるとすれば――――。

「古賀っち～。また仕事サボって駄弁《だべ》ってんの～？　て、おお、めぐたん⁉」

遠くから狭山《さやま》先輩が呼びかけてきた。先輩は高校卒業後もフリーターとして、ここのバイトを続けている。将来は美容師になりたいから、まずはその学費を自力で貯《た》めたいんだとさ。

「あは。それじゃ私、狭山先輩にもちょっと挨拶してくるね」

踵《きびす》を返《かえ》そうとしためぐみを、高田たちが呼び止めた。

「ねえねえ、キミって明日のクリスマスイブ、どうしてる？　俺らはカラオケパーティするんだけど、よかったら一緒に行かない？」

「え？　うーん……私は受験組だからなあ。そのカラオケ、じゅんくんも行くの？」

「それがさあ。古賀は明日、用事があるから無理なんだと。クリスマスイブに用事って、絶対彼女とデートだよな？　俺はてっきり、キミがその彼女かと……」

面倒だから、高田たちをさっさと追い払うことにした。

「はいはい、そうだよ。俺は彼女とクリスマスデートだから明日は無理。めぐみも無理。というわけで、お前らはもう帰れ帰れ」

「んだよ～、この勝ち組が」

うるさい友人たちを強引に帰らせたあと、めぐみが忍び笑いで俺を見た。

「明日は本当に、彼女とデートなの？」

「はは、ご想像にお任せするよ」


次の日。あれから二年が経《た》ったクリスマスイブ。

今年のイブも終業式と重なっていたんで、俺は学校帰りに制服のまま、駅まで向かう。

待ち合わせ場所に着く前に、路上でばったり彼女に会えた。

「おっす、純也《じゅんや》くん！」

制服姿の朝霧火乃子《ひのこ》だ。

この二年間で彼女にもいろいろと変化があって、短かった髪は少し長くなっていた。

あとはまあ……体つきとかも、それなりに、な。

「んじゃ行こっか」

「おう」

俺たちは、並んで歩き出す。

「え？　今日も予備校あんの？」

「や、当たり前。あたし受験組だよ？　急に勉強とかがんばり出して、さっさと推薦もぎ取った純也くんとは違うんです」

「じゃあ、今日もあんまり一緒にはいられないのか……」

「まあまあ。これも純也くんと同じ大学に行くためだと思って、許してちょ」

俺たちの最初の目的地は、近くのファミレス。

当時あの五人組でよく集まっていた思い出の場所だ。

店に入った途端、

「おーい、純也、朝霧！　こっちこっち！」

奥のテーブル席から、制服姿の青嵐が呼びかけてきた。

青嵐の隣には新太郎、そしてその正面には――あいつがいる。

「んふ。遅いぞ、二人とも！」

成嶋夜瑠《なるしまよる》。

あれから二年が経《た》って、大人っぽく成長したその容姿は、もう嫌味なくらい魔物的な凄《すご》みが増していた。内気な雰囲気はもはや微塵《みじん》もなく、その朗らかな笑顔で誰にでも明るく話しかけられる十八歳の大人の女性になっていた。俺の知らないクラスメイトたちと楽しそうに談笑している姿は、何度も見かけたことがある。

……そんな成長を、少しだけ寂しく思ってしまう俺は、やっぱり身勝手なんだろうな。

別に示し合わせたわけじゃないけれど、二年前のクリスマスを境に、俺と成嶋さんはおたがい二人だけで会うことはもうしなくなった。連絡を取り合うこともなかった。

俺は今もあのアパートに住んでるけど、成嶋さんはもういない。二年に進級する前に部屋を引き払って、実家に帰っていった。引っ越しの手伝いくらいはしたかったんだけど、成嶋さんはそれすらも断ってきた。「お姉ちゃんが手伝ってくれるから大丈夫」とか言って。

こうして俺たちの内緒だった恋人関係は、自然消滅していった。

そのことは、もうみんなも知っている。

振り返れば付き合っていた期間はたった一ヶ月ほどの、短くて濃い恋人期間だった。

もちろん今でも学校ですれ違ったときには軽く話したりしてるけど、それもあくまで友達としての会話だ。決して恋人としての会話じゃなかった。

「やー、遅くなってごめんね？　純也くんとは途中でばったり会ってさ」

「てゆーか、こいつらが早すぎるんだよ。お前らちゃんとホームルームは受けたのか？」

「……純也はすっかり委員長キャラになっちまったなあ」

「私と別れてから成長したんだよね、古賀くん？」

「うるせ」

朝霧さんと俺も、みんなのいる席に腰を下ろす。

こうしてこの五人で集まるのは、あのクリスマス以来になる。

呼びかけたのは俺だった。

もうすぐ卒業だし、その前に一度くらいはみんなで会っておきたいって思ったから。

この提案をするときも、本音を言えば少しだけ怖かった。また五人で集まるなんて、みんなに拒絶されるんじゃないかって、不安にもなった。

だけどあのクリパのとき、俺は学んだんだ。友達付き合いにはある種の勇気も必要だって。

たとえ連絡しづらくなっても、声をかけて集める勇気。

これがなければ、なにも始まらない。そうだろ？

それに俺は、やっぱり信じていたから。

いくら時が流れても、ひとつだけ変わらないもの——人の心を。

昔の俺は、いつまでもずっと一緒にいるのが友達だと思っていたけど、この二年間を経て、それもわかったんだ。

推薦入試の面接官の質問を思い出す。

——あなたにとって、友達とはなんですか？

「しっかし、この五人で集まんのも、マジで久々だよな」

「……だな。ちょうど二年ぶりだよ」

——一概には言えませんけど、私の場合は。

「んで？　お前ら、進路とかどうなってんの？」

「純也くんは推薦で大学。あたしは同じとこを一般で受験。田中《たなか》くんは？」

「アニメ系の専門学校。って、なんでみんな、『でしょうね』みたいな顔なんだよ」

——たとえ離れていても、会う機会が少なくなっても、一切関係なくて。


「青嵐と成嶋さんは？　二人とも軽音部なんだし、やっぱりそっち系に進学なの？」

「ああ、音楽系の学校には行くけど……まあメインは今までどおり、バンド活動かな」

「私と青嵐くんと、常盤《ときわ》くんの三人でね！　またライブやるから、みんな見にきてよ」

——どんなに変わってしまっても、顔を合わせたらいつでも昔に戻れる間柄。


「古賀くんもだよ～？　たまには私たちのライブ、見にきてよね？」

「ああ。時間が合えば、絶対行くよ」

「とか言いながらお前、一度も見に来たことねーだろ。成嶋も寂しがってんのに」

「あはは、青嵐くんって冗談うまいね。鉄骨でぶん殴ってやろうかな？」

——そんな関係が、友達なんだと思います。

　ずっと一緒にいるから友達ってわけじゃない。

　これから俺たちは、別々の進路に進む。学校で偶然すれ違うこともなくなるし、会う時間はもっと減るだろう。だけどそれで友達関係が終わるわけじゃない。

たとえこの先、何年も会わない期間があったとしても――。


「つか純也と朝霧が同じ大学に行くとか、なんか怪しくね？　今日も二人で遅れてきたし、じつはお前ら、こっそり付き合ってんじゃねーの？」

「こらこら青嵐くん。仮にもキミが一発やってしまった女に対して言うセリフかね？」

「ぐ……っ。そ、それは……そうだな……すまん……」

　はは、そういや俺、言ってたよな。

　いつかみんなで集まって「あの頃は青かったなー」って笑える黒歴史を作りたいって。

「あははっ！　朝霧さん、強烈なネタを手に入れたね。これは青嵐も一生下僕だ」

「お前が言うのか新太郎……？」

「そうだよ～？　田中くんだって私を襲おうとしたことあるんだからね？」

「……僕も一生、成嶋さんの下僕です」

もちろん笑い飛ばすにしては、ちょっぴりビターな思い出もたくさんあるけれど。

でもそのほろ苦さを共有できるのだって、友達だからだろ？

「や、考えてみるとさ。あの頃のあたしらって、ほんと無茶苦茶だったんな？」

「あんときは俺らも青かったんだよ。つか十六にしては、ハードすぎたわ」

「青嵐だけに、青かったって？」

「あ、あれ……？　田中くんって、そんなにつまらないこと言う人だったっけ……？」

しばらく会ってない友達がいる人には、久々に連絡を取ってみてほしいと思う。良くも悪くも、相手と共有しているいろんな思い出の数々が、どれもかけがえのないものになっているはずだ。そして友達と思い出に浸ったあとは、また次の日から、それぞれの道に戻っていく。

たとえ離れていてもそういう思い出を共有していることが、不滅の友情の証明なんだ。

ファミレスで近況報告とかをしたあとは、二年ぶりに五人で遊びに出かけた。

ゲーセンに行って、雑貨屋を冷やかして、ちょこっとだけカラオケにも行った。

やっぱりこの五人で過ごす時間は、本当に楽しくて。懐《なつ》かしくて。

気がつけばあっという間に、解散予定の夕方。

みんな忙しい時期だから、名残惜しいけど今日はここでお開きだ。

もう俺以外は全員が電車組なんで、駅まで見送りに行く。

「じゃあね純也くん！　あたしの合格、祈っとけよ〜」

「朝霧の合格が決まったら、またみんなでパーティでもやってみっか？」

「あ、それいいね。久々に純也のアパートでやっちゃう？」

「あはは。懐《なつ》かしいなあ、あの空気。じゃあね古賀くん、ばいばい」

四人の親友が駅構内の雑踏に消えていく直前。

朝霧さんだけが俺を見て、にやりと意地悪そうな笑み。

……あいつ、どこまで見透かしてんだか。


一時間後。

そいつは俺が待つ駅前広場に、一人で戻ってきた。

「またこんな真似《まね》して……こっそり呼び戻すなんて、よくないぞ？」

俺はずっと開いていたスマホのトーク画面に目を落とす。

古賀純也【悪い。みんなには内緒で、駅前広場まで戻ってきてくれないか】

見送りの際に俺が送ったその文面には、既読がついただけで返信は一向になかった。

「……来てくれないかと思ったよ」

そいつは——成嶋夜瑠は極めて不服そうな顔で、長い黒髪を掻《か》き上《あ》げた。

「私もそのつもりだったんだけどね。ま、ざ古賀とこんな秘密のやりとりをするのも懐《なつ》かしいし、今日くらいはちょっとだけ付き合ってやろうかと」

今日の目的は、あくまで久々に五人で集まることだった。

だけど俺にはもうひとつだけ、やり残していることがあったんだ。

成嶋夜瑠と二人だけで話す。

そして曖昧のまま終わってしまった俺たちの関係に、きちんと決着をつける。

みんなで集まるような機会とかじゃないと、こいつはきっと俺の呼び出しにも応じてくれなかっただろうから……またみんなに内緒で、こっそりこういう真似《まね》をしてしまったことは、本当に申し訳なく思う。

……まあ目ざとい朝霧さんだけは、なんとなく気づいてたっぽいけど。

「で？　わざわざ私を呼び戻した理由はなに？　こっちも用事があるんだから、はよ言え」

　久しぶりに二人きりになって緊張している俺とは違って、成嶋さんはとても自然体だった。

「クリスマスイブに用事って、なんかいろいろ想像しちゃうよな」

「下世話だぞ童貞大王。でもまあ、想像どおりだよ。男の子と会う約束があるの。じつは私、その子から付き合ってほしいって言われててさ。これから直接会って、返事をすることになってるの。話も合うし、いい人なんだ」

「へえ。やっぱ年上？」

「ううん、クラスメイト。最近仲良くしてる男友達だよ」

「……ははっ。変わったんだな、成嶋さんも」

「人間は日々、成長していくのです。なぜなら時は常に流れているのだから」

　胸を張ってそう言う成嶋夜瑠は、本当に変わった。

　もうみんなと話すときの口調だって、当時の俺と二人きりのとき専用だった口調。俺だけが知っている成嶋夜瑠は、もうどこにもいないんだ。

「で、そいつの告白には、なんて答える気なんだ？」

「詮索しすぎだぞ、元カレ。もう私の話はいいだろ。それよりそっちの話はなに？」

「……ああ」

　意を決して、口にする。

「俺さ……成嶋さんにずっと隠してたことがあるんだ」

「うん？」

無数の秘密があった俺たちだけど、最後の最後まで俺が厳重に鍵をかけていた秘密の箱。

その最後の箱を今ここで開けて、すべてを清算する。

成嶋夜瑠と本当の友達に戻るために──。

「俺と成嶋さんが付き合うことになった日のこと、覚えてるか？」

「うん。私がエルシドさんから逃げちゃって、古賀くんが捕まえにきてくれた日だよね。今となっちゃ懐《なつ》かしいなあ……で、それがなに？」

俺は一度頷《うなず》いてから、

「じつは俺、その直前に……朝霧さんと……キスしてた」

成嶋さんはきょとんとしたあと、

「えええええええええええええっ⁉」

自らの驚きを絶叫で表現した。

「ちょっと待って！　いやキスしてた関係なのはもう聞いてるけど、まさかそこでも⁉　じゃあ古賀くんは火乃子ちゃんとキスした直後に、私に『付き合って』とか言ったわけ⁉」

「そうなるな……これまで言えなかった理由は、その」

成嶋さんと朝霧さんの親友関係に、亀裂が入ることを恐れていたから。

もちろんそれはそうだったんだけど、本当はほかにも理由があったんだ。

根っこの理由はもっと身勝手で、自己中心的。

成嶋夜瑠が俺から離れていきそうで怖かったからだ。

「う、うん……まあ、私もいろいろ言ってきたけどさ……それはさすがに……ドン引きだわ。でも、そうだね。あのときにそれ言われてたら、さすがに付き合うことはできなくて、今の私たちはなかったかも」

成嶋さんは笑顔を見せてくれた。

俺がかつて愛した、どこか色っぽい意地悪そうな笑顔だった。

「たくさんの秘密があって、乗り越えてきたからこそ、今の私たち五人組があるのかも」

「はは……そういう考え方も、あるのかな。ははは」

俺たちは顔を見合わせて笑った。

友達同士として、ごく自然に。

二年前のクリスマスイブ、俺は成嶋さんから離れることもケジメだと考えた。きっと成嶋さんだってそうだと思う。

そんな気持ちで、無理やり『恋人』を終わらせた俺たちだったけど。

今ここでやっと、一切気兼ねする必要はない本当の『親友』になれた気がする。

「それにしても、今さらそんな話する？　ほんとざ古賀なんだから。あははっ」

「へへ……だよな。本当に今さらだよな。ははは っ」

成嶋夜瑠のこの笑顔は、もう俺だけに向けられるものじゃない。これからたくさんの人間に向けられていく。俺が隣にいないその未来を想像すると、悔しいけどやっぱり輝いて見えた。

こいつはきっと、これからもどんどん成長していくんだろう。

背筋が凍るほどに美しく、胸が焼かれるほどに愛らしく――。

「じゃあ私、もう行くね？　今日は会えて嬉《うれ》しかったよ。またお話、しようね」

「ああ、俺も嬉《うれ》しかった。またみんなで遊ぼうな」

成嶋夜瑠はにっこりと微笑《ほほえ》んで、今度こそ駅構内に向かって歩いていく。

こうして俺たちは、普通の友達に戻っていく。

……未《いま》だ胸の内で燻《くすぶ》る『この気持ち』は、俺にとって正真正銘、最後の秘密となる。

未来永劫《えいごう》、決して表には出さず。

みんなにも、成嶋さんにも、絶対に秘密の、

誰にも言えない恋――。

「待って」

帰ろうとする成嶋さんの腕を、俺は摑《つか》んでいた。

「……？」

成嶋さんが不思議そうな顔で、ゆっくり振り返る。

どうして引き止めてしまったのか、自分でもわからない。

ただこの二年間、ずっと心の奥で飼い続けていたドス黒い怪物が、鎌首をもたげていた。

そいつはたった今、固く封じたはずの秘密の箱を、滑稽なほど容易《たやす》く食い破る。

「成嶋さんが好きなんだ」

「――っ⁉」

勝手に口をついたそれは。

あらゆる綺麗事《きれいごと》や道徳観、そして理性をすべて削《そ》ぎ落とし。

極限まで磨き抜かれ、最後の最後に姿を見せた、ひどく純粋な結晶。

「今でも好きなんだ。成嶋さんが」

決して抑えることができない、黒い恋心――。

「あは……な、なに言ってんの……？　二年前のこと、忘れちゃったのかな……？」

「もちろん忘れてない。俺のせいで五人がめちゃくちゃになったことは、忘れるわけがない」

成嶋さんの細い両肩を、がっちりと摑《つか》む。

「それでも俺は、また、やっぱり……」

「や、やめろ。それ以上は、もうやめろ。今それ以上言われると……よくない……」

ただ感情のまま突っ走ってしまう。

だってこんなの、理屈なんかじゃない。

無茶苦茶だと思うけど、このまま成嶋夜瑠とまた離れるなんて、やっぱり俺は嫌だった。

「俺はもう一度、成嶋さんを彼女にする……ッ！　ほかの男と付き合うなんて許さないッ！」


脳髄を喰《く》らい尽くすほどの、究極の身勝手。

あまりにも傲慢で強欲で、それでも抗《あらが》えないいんだから、この感情は本当に救いようがない。

俺は涙を滲《にじ》ませていた。

そして俺を見つめている成嶋夜瑠の瞳からも、

「だ……だめだよ、古賀くん……」

大粒の涙が、ぽろりと落ちた。

「わた、私は人の心がわからない化け物だから……人と深く関わったらだめな女だから……もう、誰とも付き合うつもりは、ないよ……？」

人の心がわからない化け物？

成嶋さんはなにを言ってるんだろう。

「あんなことになったのは、全部私のせいなんだよ……？　私みたいな化け物がグループにいたから……こんな頭のおかしい女が、みんなとずっと一緒にいたから……だからみんな、めちゃくちゃになって、古賀くんまでだめにしちゃって……っ！　だから私は、もう距離を置くことに、したんだ……っ！　もうあまり人とは深く関わらないことに、したんだ……っ！」

成嶋夜瑠はとても歪《ゆが》んだ女の子だけど、いつだって優しかった。

誰かのために涙を流したり、怒ったりできる、とても優しい女の子だった。

友情にまっすぐで、恋にまっすぐで。

こいつの行動原理は、いつだって純粋だった。

だからやっぱり、手放せるわけがないんだよ。

俺は友達よりも近い場所で、成嶋夜瑠の傍《そば》にいたいんだよ。

「これ以上、私の心を乱すな……っ！　もう私たちは終わったんだよ……っ！　いくらなんでも、また付き合えるわけがない！　そんなのみんなにどんな顔して——あっ……」

成嶋夜瑠を抱きしめた。

力一杯に。　もう誰に見られていようが関係なく。

「俺は成嶋さんが、ずっと好きだった。今までも、これからも……っ！　たとえいくら時間が流れても、これは絶対に、絶対に変わらない、永久の気持ちなんだよ……っ！」

「や、やめろ……やめろ……ざ古賀……っ！　お願いだから、もう、やめてくれ……っ！」

成嶋さんが俺を押し退《の》けようとする。それでも俺は離れない。

「そんなひどいことを言ってくる古賀くんなんか、きらいだ……っ！　どうやっても忘れさせてくれないおまえが、きらいだ……っ！　この二年間、毎日、毎分、毎秒、私のなかから絶対に消えないおまえのことが、本当に、大っ嫌いだ……ッ！」

「本当に嫌いなら、俺だって諦める……でも違うなら、違うと言ってくれるなら……ッ！」

周りの目なんか気にするな。

理性なんて振り切ってしまえ。

成嶋夜瑠は成嶋夜瑠らしく、いつだって全力で。

ただまっすぐに、感情のまま突っ走れ。

だって今の俺なら――――。

「全部、受け止められるから……ッ！　成嶋さんと、一緒に生きていきたいから……ッ！」

「あぐううううううう～～……ッ！」

涙で声を震わせて、歯を食いしばりながら、そいつは俺の背中に両腕を回してくる。

「みんなを壊して、古賀くんを壊して、全部めちゃくちゃにしたのは、私の狂った恋心なんだぞ……っ！　また同じことを繰り返すのは絶対だめなんだ……っ！　また付き合うなんて、みんなに言えるわけがないだろ……っ！　だけど私は……それでも、それでもっ！」

成嶋夜瑠の腕の力が、より一層強くなる。

「それでもあなたのいない世界は嫌だッッ！」

雪が降ってきた。

二年前のクリスマスイブには降らなかった、無数の白い花びら。

そんな一時的なもので、黒い世界を白く染めるには、あまりにも力不足だ。

「嫌なんだ！　あなたを失うことがッ！　あなたのいない世界で生きていくことがッ！　もう卑怯《ひきょう》でもいい！　みんなに後ろ指さされても構わない！　私は古賀くんのことが、どうしようもなく好きだ……ッ！　今までも、これからも、あなた以外は、考えられない……ッ！」

「俺だって……蔑まれてもいい、なにも反省していないと罵られても構わない。それでもこの気持ちからは、やっぱり逃げたくない……成嶋さんが、たまらなく好きだから……っ！」

「うぐっ……うえええええええええ〜〜〜ッ！」

成嶋夜瑠がボロボロ泣く。俺だって同じようにボロボロ泣く。

ひたすら泣きながら、おたがい強く強く抱きしめ合う。

生きること。

恋をすること。

乗り越えること。

その過程で人はたくさんたくさん間違えて。

ぶつかって、修正して、またぶつかって。

どんどん歪《ゆが》みながらも、決して足を止めずに歩き続ける。

それが大人になっていくってことだから。


「……今から俺の部屋で、話さないか？　俺たちのこと……それから……友達のことを」

「……うん。話そう。いくらでも話そう古賀くん。二年も会ってなかったんだ。話すことなんて、ひと晩じゃ足りないよ……っ！」

俺たちはこれからも、きっといろんな間違いを犯していくんだと思う。

だけど今の俺と成嶋さんなら、いくらでも乗り越えられる。

大切なものから目を背けることだけは、もうやめたから。

少しだけ、ほんの少しだけ、大人になれたと思うから。

「私……古賀くんの、お嫁さんになりたい……みんなにも、お祝いして、もらいたい……」

「ああ……きっとそうなる。そうしてみせような……成嶋さん……」

とっくに見えなくなった友達の後ろで、俺はまた彼女と手を繋《つな》いで歩き出す。
俺たちの心にあるものは、あまりにも醜くて、汚くて、身勝手で。
だけど、それでも確かに暖かい。
決して綺麗《きれい》じゃないけれど、澱《よど》みは一切ない黒の宝石――。
この宝石に名前をつけるとしたら、たとえいくら非難されようと。
俺はもう、こう呼びたいよ。

純愛――って。

あとがき

お久しぶりです、真代屋秀晃《ましろやひであき》です！

二巻の発売から九ヶ月も経《た》ってしまいましたね。皆様大変長らくお待たせしました。

いろんな形の弱虫五人が送る、歪《ゆが》んだ青春物語……いかがだったでしょうか。

本作は書き始めたときから三つの構成で考えていました。第一部となる一巻は相反する価値観の物語。第二部の二巻は恋の物語。そして総まとめとなる第三部、この三巻は歪《ゆが》んだ歪《ゆが》んだ愛と友情の物語となります。当初の想定どおりここまで書き切ることができたのは、ひとえに皆様の温かいご声援のおかげです。本当に感謝しかありません！

さて。一巻、二巻と徐々に毒が強まっていくなか、この三巻もまたハードな内容となりました。えっちい描写はさておき、みんながみんな、さらに醜くて弱い部分をこれでもかってくらい前面に押し出しちゃってますからね。「このキャラ、さすがに汚すぎ……」って引いちゃったりしてません？

ちなみに今回「恋愛なんて一皮剝《む》けば、ギトギトのネチョネチョ！」みたいなこと言ってる人もいますけど、あれあくまで彼らの主張ですからね？　僕自身もそう思ってるかどうかは、まったく別の問題ですからね！

でも現実の恋愛事情って、案外生々しいものだとは思うんです。作中の五人みたいに、弱くて、ずるくて、自分の黒さを自覚しているけど、それでも抗《あらが》えない恋をしている人たちは結構多いはずなんです。本作はそんな人たちの姿をリアルに、まっすぐに描いてみたいなー、という思いからスタートしました。

だからあの五人組は鉄壁の理性の持ち主ではありません。みんな欲望のままちゃんと流されますし、身勝手な発言も弱い行動もガンガンしちゃいます。性欲だってばっちりあります。それって決してキラキラの恋愛とは言えないわけで。二巻のあとがきでも書きましたが、執筆中は「これ本当に書いても大丈夫か」とか「わざわざラブコメ作品でやることか……？」とかいろいろ悩んだんですけど、皆様からは想像以上のご支持をいただけたおかげで、悩みを振り切って、無事ここまで書き切ることができました。

そしてさらに、本作を『このライトノベルがすごい！２０２３』で文庫12位、新作4位に選んでいただいた感動は、もう言葉ごときでは伝えきれません。勇気を出して純也《じゅんや》くんたちに動いてもらってよかったと心の底から思います。

担当編集者の阿南《あなん》様、そして二巻までついていただいたサブ担当の大澤《おおさわ》様にも大変お世話になりました。こんな尖《とが》った企画を通してくださり感謝感謝です。イラストのみすみ様にも大変お世話になりました。黒い本作を素敵なイラストで彩《いろど》ってくださり感謝感謝です。

それでは皆様、またお会いできることを祈って。本当にありがとうございました！

――でもまだ続きます。

紙版ではここであとがき三ページ目突入です。もうこのネタいらないですかね？　不思議なことにページが増えたんで、もういろいろ書いちゃいます。ここからは若干ネタバレです！

まず終盤のスマホ水没の件。あの場面「スマホは濡《ぬ》れた状態でも通電さえしなければ～」と書きましたが、絶対に試したりしないでくださいね？　そもそも濡《ぬ》らさないに越したことはありませんからね！　壊れたスマホ片手に「マシロヤの嘘《うそ》つき」とか恨み言はナシですよ？

それから新キャラの狭山《さやま》先輩。この人は最後までなにを考えているのか明確に描きませんでした。きっとこの人も未熟で子どもで、いろいろあるんだろうなーとか想像していただけたらとても嬉《うれ》しいです。でも未成年なのにミヤブーを夜のクラブに誘っちゃうのはだめ！　ただでさえ今のご時世いろいろキビシイんだから！　単語ひとつで校正さんに怒られるんだから！

そして純也《じゅんや》の回想以来、初めて登場しためぐみさん。彼氏彼女ができた途端、友達よりもそっちばかりになっちゃう人っていますよね？　友達も大事だったはずなのに、やっと摑《つか》んだ恋のことしか見えなくなって、つい友達をないがしろにしてしまう……「恋は人格を変える」という負の側面を見事に体現していただいたキャラでした。

まあ一巻のアレがきつすぎたこともあり、再登場させた途端に石とか投げられないかなって心配だったんですが、当時の彼女もまだまだ弱くて未熟だったということで……。

と、もう字数が足りなくなりました。じつはこれ書いている今現在、担当氏を待たせている状態なんですよ。さっきも「早くあとがきよこせ」と催促のメールがきたところです。なんと本日だけで二回もきました。大事なことだから二回。「日付が変わる前に送ります！」と返したんですけど、もうばっちり0時回ってます。本当にごめんなさい。しかも今回は締め切りを破ってまで推敲《すいこう》を粘ったんで、もう迷惑かけっぱなしです。どうか許してください。

本作は小ネタも多く、ここで書ききれなかったことは、また僕のツイッターで補足するかもしれません。よかったらフォローしていただけると嬉《うれ》しいです。まあ普段は「麦茶飲みたい」とか、どうでもいいことしかつぶやいていませんが……。

振り返れば高校が舞台なのに、最終的には女性キャラがみんな経験済みになっちゃうような歪《ゆが》みまくった物語となりましたが、少しでも皆様の心に残る作品となっていれば、これに勝る喜びはありません。

本作はここで一区切りとなりますが、すでに次回作の準備も進めております。次もやっぱり似た空気の、ちょっぴり歪《ゆが》んだ純愛ラブコメになる予定です。はい歪《ゆが》んだ『純愛』ラブコメです。ここ大事。どうか本作で懲りず、今後も応援していただけたら……感激の涙で水没です。

それでは皆様に真実の愛を込めて。

最後は夜瑠《よる》さんに代弁していただきましょう。

「私たちの物語を愛してくださって、本当に幸せでした！　んふふっ！」

二月九日　ヨルシカやっぱり大好きすぎる真代屋《ましろや》秀晃《ひであき》

本書に対するご意見、ご感想をお寄せください。

ファンレターあて先
〒 102-8177　東京都千代田区富士見 2-13-3
電撃文庫編集部
「真代屋秀晃先生」係
「みすみ先生」係

本書は書き下ろしです。

電撃文庫

友達《ともだち》の後《うし》ろで君《きみ》とこっそり手《て》を繋《つな》ぐ。誰《だれ》にも言《い》えない恋《こい》をする。3

真代屋秀晃《ましろやひであき》

2023年3月10日　初版発行

発行者　山下直久
発行　株式会社KADOKAWA
〒102-8177　東京都千代田区富士見2-13-3
0570-002-301（ナビダイヤル）
装丁者　荻窪裕司（META＋MANIERA）
印刷　株式会社暁印刷
製本　株式会社暁印刷

●お問い合わせ
https://www.kadokawa.co.jp/（「お問い合わせ」へお進みください）
※内容によっては、お答えできない場合があります。
※サポートは日本国内のみとさせていただきます。
※ Japanese text only

※定価はカバーに表示してあります。

ISBN978-4-04-914822-0　C0193　Printed in Japan

電撃文庫　https://dengekibunko.jp/

電撃文庫創刊に際して

文庫は、我が国にとどまらず、世界の書籍の流れのなかで〝小さな巨人〟としての地位を築いてきた。古今東西の名著を、廉価で手に入りやすい形で提供してきたからこそ、人は文庫を自分の師として、また青春の想い出として、語りついできたのである。

その源を、文化的にはドイツのレクラム文庫に求めるにせよ、規模の上でイギリスのペンギンブックスに求めるにせよ、いま文庫は知識人の層の多様化に従って、ますますその意義を大きくしていると言ってよい。

文庫出版の意味するものは、激動の現代のみならず将来にわたって、大きくなることはあっても、小さくなることはないだろう。

「電撃文庫」は、そのように多様化した対象に応え、歴史に耐えうる作品を収録するのはもちろん、新しい世紀を迎えるにあたって、既成の枠をこえる新鮮で強烈なアイ・オープナーたりたい。

その特異さ故に、この存在は、かつて文庫がはじめて出版世界に登場したときと、同じ戸惑いを読書人に与えるかもしれない。

しかし、〈Changing Times,Changing Publishing〉時代は変わって、出版も変わる。時を重ねるなかで、精神の糧として、心の一隅を占めるものとして、次なる文化の担い手の若者たちに確かな評価を得られると信じて、ここに「電撃文庫」を出版する。

1993年6月10日
角川歴彦